고양이처럼 나는 혼자였다

고양이처럼 나는 혼자였다

화가 이경미 성장 에세이

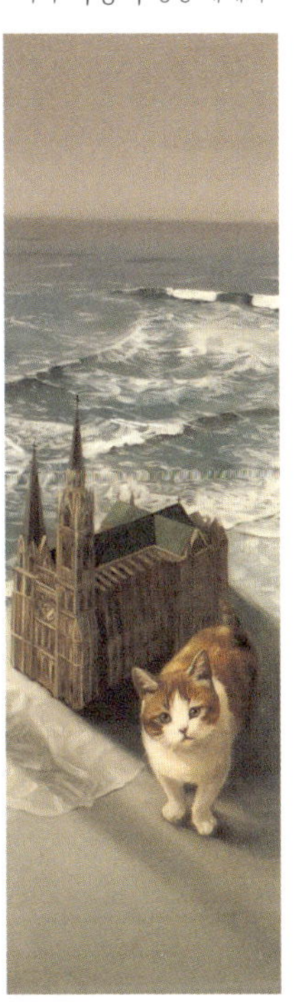

샘터

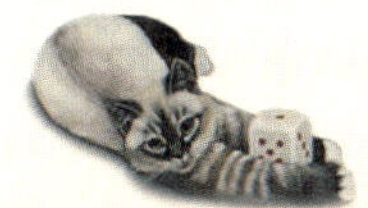

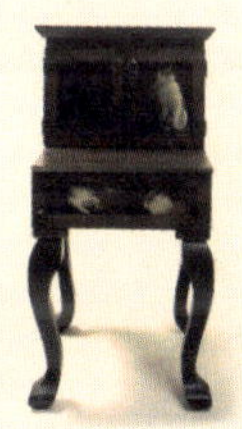

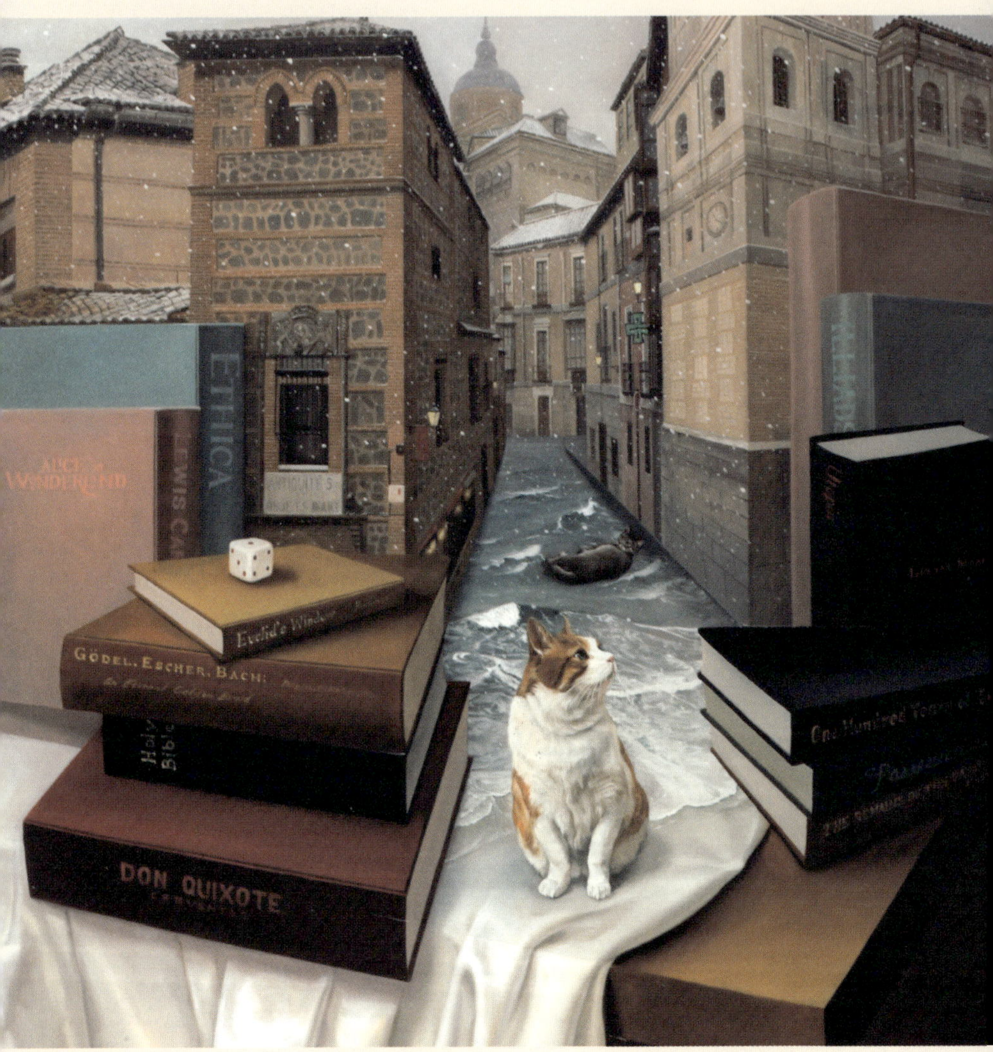

ALICE IN WONDERLAND
ETHICA
Euclid's Window
GÖDEL, ESCHER, BACH;
Holy Bible
DON QUIXOTE
One Hundred Years

아득하게만 보이던 입시를 그럭저럭 통과하고 갑작스럽게 내 손에 쥐어진, 미대생으로서의 유학 살이는 결코 녹록지 않았다. 기숙사비, 재료비, 생활비……. 내 기준에서는 상상할 수 없는 큰 금액의 등록금을 제외하고도 돈은 끊임없이 들어갔다. 가난한 집안 형편 때문에 입시미술도 무료로 공부할 수 있는 학원을 찾아 전전하던 내가, 대학당국에만은 그런 흥정을 할 수 없다는 사실에 무기력했다. 게다가 크리스마스 트리처럼 화려한 옷가지와 장신구로 치장하고 거리를 활보하는 대도시의 그녀들을 보며, 나는 더 큰 문화적인 충격 속에 점점 더 작아졌다. 팍팍하고 낯선 내 현실을 극복할 생각은 하지 못하고 늦은 잠에서 헤어나지 못했다. 1주일에 3일간 아르바이트를 하고 밤늦은 시간에 기숙사로 돌아와 잠들고 난 다음 날이면, 재료를 사지 못해서인지 그저 자율적인 학생이 못 되어서인지, 언제나 수업 시간이 한참 지난 뜨거운 정오가 되어서야 눈이 뜨였다. 기숙사의 천장과 닿은 좁은 2층침대에서, 잠 못 들던 지난밤에 보던 코로(Jean Baptiste Camille Corot)의 구겨진 화보를 펼쳐 두 손으로 눌러 덮고 밝은 창을 바라보았다. 길쭉한 창밖으론 키가 큰 낯선 아카시아가 운치 있게 흔들리고 있었다. 무기력한 하루 또 하루가 오가는 날들이었다.

가끔 실기실에 조용히 앉아 있을 때에도 나는 서울에서 다양한 문화를 누려오던 그녀들의 대화에 끼지 못했다. 그리고 많은 부분을 알아들을 수 없었다. 문자상으로는 익숙한 언어이지만 자간 공백의 정확한 뉘앙스를 감지하지는 못하는 외국인 같았다. 서울에서의 유학 생활은 돌이켜보면 지금의 외유 생활보다 더한 고독이었다. 비슷한 생김새에 또래임에도 불구하고 그토록 이질감을 느끼던 나는 늘 눈물이 알 듯 모를 듯 고여 있던, 자그마한 지방 출신 여학생이었다. 작은 소도시에서 재능으로 가난을 극복하고 진로를 열었다는 긍지와 자존심은 해묵은 낙엽처럼 초라해졌다.

난 수업에 들어가지 않고 선배들이 '미대 벤치'라 부르던 곳에 앉아 멀거니 공중전화를 바라보곤 했다. 당시만 해도 공중전화와 삐삐가 유일한 통신수단이어서 많은 지방 유학생들이 서너 대가 맞붙은 공중전화 부스 앞에서 초조하게 긴 줄을 서 있었다. 나도 덩달아 서서 차례를 기다렸다가 경주의 고향집으로 천천히 버튼을 눌렀다. 두어 번의 신호음 뒤에 엄마가 받았다.

"여보세요?"

나는 '엄마……'라고 내뱉은 순간부터 주체할 수 없이 눈물이 쏟아져 나와 어떤 말도 더 이을 수 없었다. 언제나처럼 여리지만 강인한 엄마는 별일 없냐며 나의 안부를 묻고 집에도 별일이 없다고 알려주었다. 하지만 내내 아무 말이 없는 나에게 이상하다는 듯, 감기에 걸렸냐고 물어왔다. 나는 그저 안간힘을 써서 '응……'이라고 코맹맹이 소리로 대답했다. 또 전화하겠다는 말을 남기고 황급히 수화기를 내려놓고는, 내 뒤에서 차례를 기다리던 이와 옷깃을 세차게 스치며 눈앞의 학생회관 화장실로 바삐 걸었다. 눈물이 방울방울, 처음 신어 어색한 뾰족한 신발 굽 위로, 아직은 해 이른 마른 보도블록 위로 떨어졌다. 누군가 아는 이를 마주친 것도 같고 사람들이 흘깃흘깃 쳐다보는 것도 같았지만 눈물이 범벅된 얼굴을 들 수가 없었다. 등 뒤의 따스한 햇살과는 반대로, 고향에서와는 달리 차가웠던 4월의 봄바람이 뜨거워진 볼을 차갑게 만들었다. 나는 화장실 문을 잠그고 내내 울었다.

엄마!

너무나 그리운 이름이었다. 내가 엄마라는 사람에게 얼마나 크게 기대며 성장해왔는지 또 그 엄마가 얼마나 먼 거리에 있는지를 깨닫자마자, 이제는 그 따뜻한 엄마가 내 삶에 미치는 영향력이 손 쓸 틈 없이 급속히 멀어져가고 있음을 실감했다. 너무나 안타깝고 슬프고 후회스러웠다. 가난한 유학생의 타향살이가 어떤 중압감인지도 모른 채 대학 입학금만 대주면 나머지 부분들은 알아서 하겠다고 그렇게 큰소리를 쳤었나 싶은 부끄러움. 그리고 그런 다짐과는 비교할 수 없을 정도로 초라하고 무기력한 현실이 새내기라는 말도 어색한 나를 실타래 풀듯 해체했다. 이제는 온전히 모든 책임을 혼자서 지고 갈 수밖에 없다는 자각이 가슴 밑바닥에서 스멀스멀 올라왔다. 화장실의 문 안쪽엔 수많은 '대학생'들의 낙서가 가득했다. 나는 순간 그런 여유조차 부러웠다. 가벼운 농담 한마디조차 나에겐 별나라의 일들이었다.

내 삶에 큰 궤적을 그려온 그녀, 엄마는 이제 칠순을 넘기고 손자 셋을 본 호호 할머니가 되었다. 내가 새내기였던 시절만큼 절도 있고 강하던 여성은 아니지만, 그로부터 십 수년이 지난 지금도 엄마는 여전히 단아하다. 엄마는 초등학교만 졸업했다. 그런 엄마에게 나는 자랑스러운 딸이었고, 나는 내가 하는 일들을 엄마가 모두 이해하도록 만들고 싶었다. 그래서 본격적으로 내 작업 형식을 만들어갈 무렵부터 구상적인 모티브를 선택해 그림을 구성했다. 그렇게 모인 화면이 만들어내는 추상적인 뉘앙스를, 미학이라는 단어를 모르는 그녀도 마음으로 느끼리라 믿는다. 여전히 엄마는 내 그림의 최초 관객이자 마지막 관객이어야 한다.

그리고 아버지. 내 삶의 굴레였던 아버지는 부조리한 이 땅, 이 나라 그리고 그 제도와 마찬가지로 언제나 나를 옥죄고 분노하게 만들었다. 나는 아버지와 언제나 반목했고, 그를 거부하고 그가 있던 고향을 떠나왔다. 그가 나의 아버지임을 부정하듯이 말이다. 그렇게 늘 탈출해야 하는 대상으로만 존재했던 아버지의 갑작스러운 죽음은 나를 성찰로 이끌었다. 고학생 가장이 된 뒤 이른 사회생활 속에서 수많은 아버지들과 완고한 사회구조를 맞닥뜨렸고, 경쟁과 도태라는 남성적 형식에 갑작스레 적응하며 치열하게 20대를 살아야 했다.

하지만 서른도 훌쩍 넘기고 뒤돌아보니, 내가 그렇게 버틸 수 있었던 이유는 아버지에 대한 무한한 분노를 그리고 그에게서 탈출하려는 의지를 어려서부터 품어왔기 때문이었다. 그는 분노를 통해 생기는 가열찬 에너지가 얼마나 큰 것인지를 각성케 만든 분이다. 지치고 힘들어도 꺾이지 못하고 다시 일어나야만 했던 내 뿌리는, 너무나 미웠던 아버지가 살아생전 심어놓은 것이었다. 그렇게 탈출하기 위해 고군분투하던 나를 황망히 남겨두고 아버지는, 내가 스물두 살이던 해 당신의 발로 병원에 걸어 들어간 그날 밤 심근경색으로 운명을 달리했다. 아버지가 이 땅에 존재하지 않음을 깨달았을 때 내 분노는 길을 잃었다. 그를 향한 원망도 무색해졌다. 살아생전 이율배반의 표상이었던 그는 그림을 향해 질주하는 나의 근원적인 에너지원이다.

그리고 현재 진행형인 나의 남편. 그는 내가 삶에 오만해질 즈음 나타나 '관계'라는 것에 대해 밑바닥에서부터 모두 재정립했다. 그가 없었다면 나의 화면은 그저 고독하기만 했을 것이다. 오만함이 스민 고독이었을 것이다. 30년이 넘도록 스스로 잘해왔다고 믿고 있었다. 많은 시련을 이겨내왔다고 믿었더랬다. 하지만 내가 외로운 것이 내 잘못은 아니라고 생각해왔다. 그를 만나기 전에는 나의 내면에 다른 이를 들이기를 거부해왔다는 사실도 몰랐다.

사회적인 성취와 강인한 내면 외에도 소통이 얼마나 중요한지를 그를 통해 배웠다. 내가 구성하는 화면이 어떻게 보이는지 또 그 속에서 고독 외에 무엇을 더 담을 수 있는지도 그를 통해서 넓혀왔다. 단지 사랑이라는 화학적인 현상을 넘어서서 그는 사회적인 관계 외에 내 내면의 자아를 하나가 아닌 둘 이상의 다양함으로 채워주었다. 머리로 아는 것과 가슴으로 원하는 것이 다르다는 깨달음은, 내가 그림 안에서 구사하는 연쇄적인 연결 구도와 아이러니를 통합해 담은 '저부조의 입체구조'로 이어졌고, 관람자의 의구심과 시선을 꾸준히 잡아두는 화면의 조형적 핵심으로 자리 잡았다. 그로 인해 나는 내 그림을 통해 얻게 되는 감정과 반응을 화면 안으로도 끌어올 수 있게 되었고, 그런 동기를 부여해준 남편에게 늘 감사하며 작업하고 있다. 그는 지금도 여전히 이곳 실리콘밸리에서 글로벌 기업의 구성원으로 하루하루를 열심히 살아가며 나에겐 과거가 된 사회인으로서의 세상살이를 환기시킨다. 내 작업에 대한 비평도 늘 함께 말이다.

그림이란 무엇인가? 이러한 질문은 기원전부터 이번 세기까지 수많은 논의를 거쳐 다양하게 정의되어왔지만, 나에게 있어 그림이란 내가 그린 그림을 통해 나를 아끼고 사랑하는 주변인들의 마음을 얻는 일이다. 그들이 내가 그린 그림을 바라보고 공감하며 나를 생각하게 되는 일, 내가 살아온 이야기들 혹은 그들이 살아가는 이야기들을 발견하고 함께 아파하고 위로받는 일, 내가 세상을 향해 사랑과 인정을 구하는 도구인 것이다. 나는 어떤 형태로든 진심을 다하는 것이 곧 예술이자 사랑이라고 여기고 있다.

내 그림의 화면 속에 주로 등장하는 주인공인 나의 고양이들, 나나, 랑켄, 바마, 주디는 어릴 적부터 함께해온 동물 친구들을 대표하는 이미지이기도 하지만, 때로는 소수자를, 때로는 기피의 대상을, 때로는 소외를, 때로는 지난날의 나를 상징하기도 한다. 가장 깊숙한 어둠 속에 있을 때에도 나는 나나에게서 위로를 받았고 이 작은 동물에게 의미가 되기 위해 하루를 견뎌냈다. 화가가 어떤 역할을 하는지조차 몰랐을 때였다. 하지만, 내 무릎 위에서 내 눈을 궁금한 듯 바라보며 나의 우울함을 날려버리는, 나를 이해해주는 듯한 신비하게 깊고 맑은 파란 눈동자를 바라보며 나의 그림도 이러한 위안이 되기를 바랐다. 가장 소박한 희망사항이었지만 이제 화가라는 직업을 가진 나에게 가장 중요한 가르침을 준 존재도 이 작고 사소한 동물 친구 나나였다.

지난했던 가난과 상처 가득한 과거를 극복하고 세상을 관조하게 해준 수많은 책들과, 이를 토양으로 나를 일으켜 세운 나의 그림에 관련된 이야기들을 이제는 좀 더 많은 이들에게 보이고 싶다.

여기, 구렁텅이 같은 삶에서 건져 올린 자잘한 조약돌 같은 글과 그림을 함께 나누고 싶다.

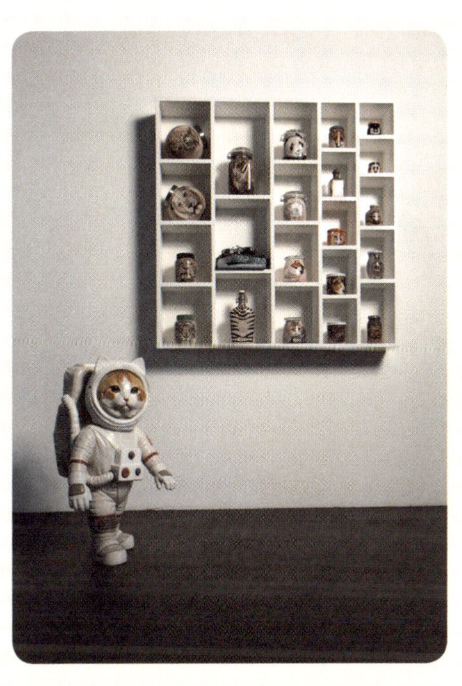

사소함 속에 우주가 있다

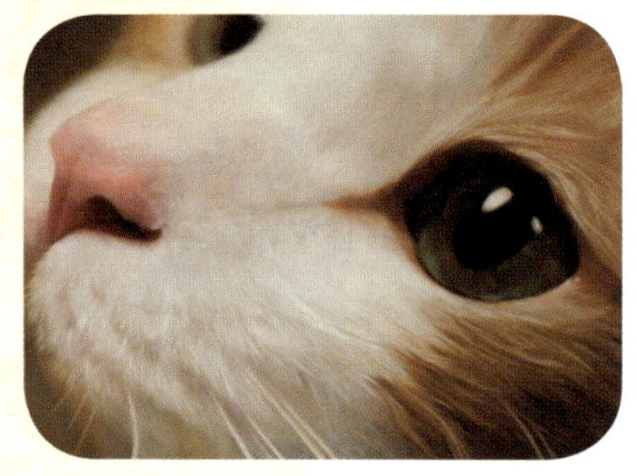

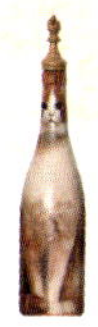

우리 나나입니다.

나나는 우리 아버지가 갑작스레 돌아가신 그해 여름에 태어났습니다. 물론 새끼 고양이였을 때에는 너무 예뻐서 잠시도 떼어놓고 다닐 수가 없었지요.

그런데 이 녀석 성격이 별로 좋지 않은 거 있죠?

늘 툭탁툭탁, 늘 티격태격……. 그래도 전 나나를 너무나 사랑했지요.

전 그 당시 아침 7시에 일어나 엄마가 입에 밀어 넣어주는 밥을 눈 감은 채 먹고, 떠지지도 않는 눈으로 학원에서 학생들을 가르치고 틈틈이 학교에 가고, 밤 10시 30분까지는 학원에서, 밤 11시부터 새벽 3시까지는 개인 교습을 했습니다. 사는 게 사는 게 아니었죠.

그러던 어느 날 엄마는 팔이 부러지는 사고를 당했고, 그야말로 나 때문에 사는 게 아니라 죽고 싶어도 죽지 못하는 나날들을 보냈습니다.

불이 꺼진 새벽에 집으로 들어서면 강아지들과 노란 고양이 나나가 저를 반겨주었지요.

삶이 고단하다는 것을 사람에게 말해 무엇하겠습니까? 그들 또한 고단하지 않을 리 없는데……. 그래서 저는 강아지와 나나에게서 위로받고 또 위로받았습니다. 특히 나나는 아무것도 바라지 않고 언제나 부담스럽지 않게 저를 편하게 해주었지요.

그런 나나가 시름시름 앓기 시작한 건, 이제는 하루에 여섯 시간은 잘 수 있겠구나 하는 생각이 들던 다음 해 겨울이었지요.

나나는 너무나 괴로워했습니다.

동물병원에 데려가고 싶었지만 어머니는 한사코 반대했습니다. 제가 힘들게 번 돈을 그렇게 쓰고 싶지 않다고…….

시간이 지날수록 나나는 더욱 괴로워했고 차마 더 이상 볼 수가 없어 결국 병원에 데려갔지요. 방광 결석이라더군요. 수술을 강행했습니다.

어머니가 울었습니다. 저도 많이 울었습니다. 어머니는 제가 어렵게 번 돈을 그렇게 쓰게 되어 안타깝고 제가 안쓰러워 우는 거였고, 저는 나나가 너무 가엾고 맘이 아파서 울었습니다…….

아버지가 돌아가실 때 전 너무나 갑작스러워 많이 울지도 슬퍼하지도 못했습니다. 경제적으로 기울어가는 집안 형편이 저를 그러도록 내버려두지 않았으니까요.

그런데 나나가 너무나 괴로워할 때는, 보는 제가 가슴이 찢어지는 것만 같았습니다. 모두들 잡종 길고양이인 나나를 포기하라며 안락사를 권했지만, 그럴 수는 없었습니다.

희멀건 병실등 아래 거추장스러워 보이는 기계들을 부착하고 의식 없이 계시던 아버지의 마지막 모습을 보며, 아무것도 할 수 없다던 의사 선생님의 말을 듣는 둥 마는 둥 했지요. 아버지가 어떤 모습이건 손바닥만큼만이라도 살아 있었으면 좋겠다는 바람을 목구멍으로 내뱉지 못하고 속으로 삼켰던 기억이 납니다.

나나는 수술 뒤 한 달 넘게 치료를 반복하며 병원에 있있습니다. 이찌 됐든 나나는 그 후로도 종종 병원 신세를 졌고 또 두 번 재발해 총 세 번의 어려운 수술을 잘 견뎌주었습니다.

나나는 저에게 어떤 의미일까요?

저도 잘은 모르겠지만 지난 고통스러운 나날들을 함께해온 너무나 소중한 존재입니다. 나나는 아마도 저에게 절대적인 그 무엇이겠지요.

그러나 이 녀석, 저보다 항상 다른 사람과 더 친한 듯합니다.

그래도 저는 나나를 그립니다.

특별히 거대하거나 뚜렷한 이유는 없지만!

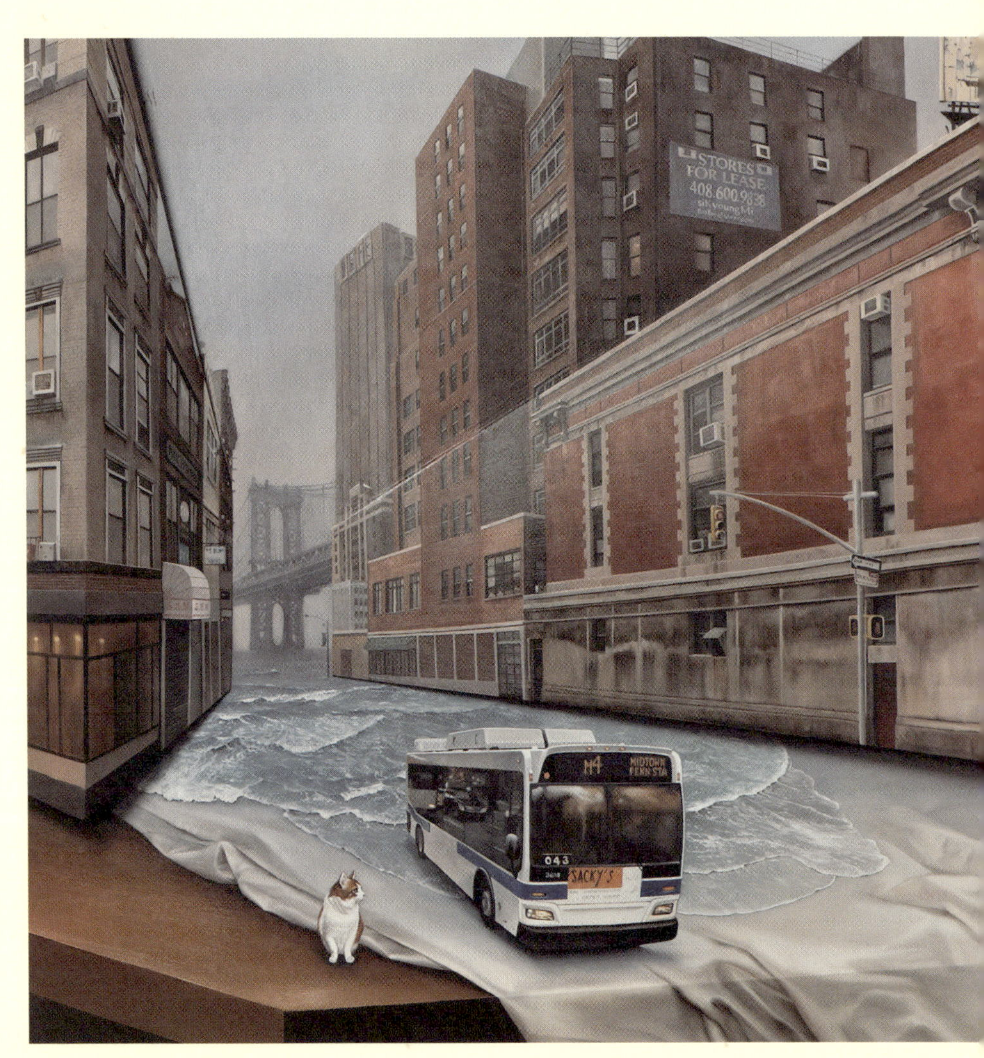
STORES
FOR LEASE
408.600.98
sih.youngMi
M4   MIDTOWN
PENN STA
043
SACKY'S

미국,
신세계라는 우주의
고양이

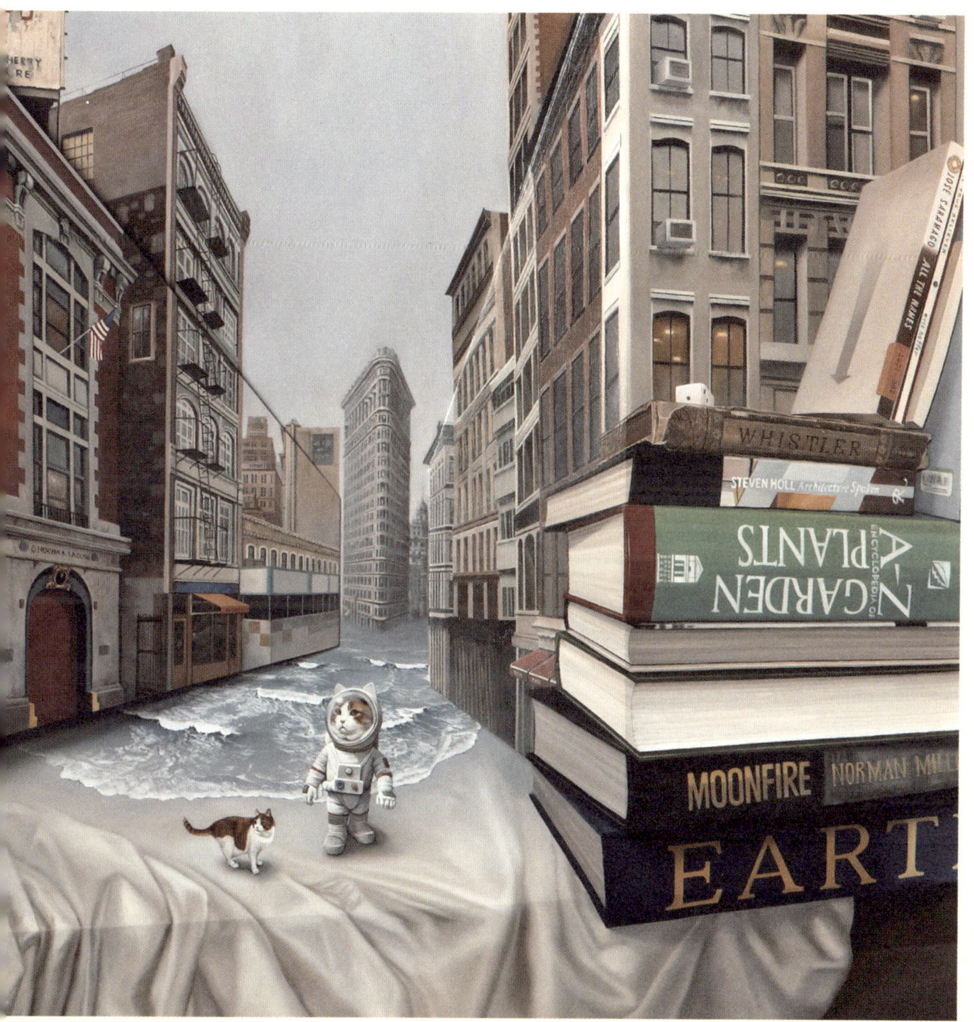

달에 다녀온
다음에는 어디로?

서류 절차가 진행되는 동안 우리는 어쩔 수 없이 미국 내에만 머물러야 했다. 변호사의 말로는 길어지면 1년도 걸릴 수 있다고 해서, 그와 나는 서울 집에서 꼭 필요한 물건을 몇 가지만 간소하게 싸 오게 되었다. 그렇게 결정된 미국 살이는 이제 만 3년이 되어간다.

6년 전 샌프란시스코 국제공항에 내려 그의 작은 독일산 차를 타고 달리던 101도로는, 짙은 초록빛이다 못해 시커먼 사이프러스와 지나치게 많은 꽃송이의 무게 탓에 목을 땅바닥에 처박고 있는 올랜더 덤불 때문에 징그럽기까지 했다. 도로의 구석은 사람 손이 닿지 않은 듯 군데군데 쓰레기가 있었고 사계절이 뚜렷한 한국에선 보기 드문 파란 보랏빛의 야생화가 가득 피어 있었다. 쨍쨍한 햇살 때문일까? 말로만 듣던 캘리포니아의 날씨는 모든 게 너무 과해 보였다. 멀리 보이는 산은 황무지처럼 나무 하나 없는 누런빛이고 강렬한 햇빛에 지쳐 나무들은 거무스레했다. 길가엔 오렌지며 레몬이 수도 없이 열리고 떨어져 길바닥에 뒹굴었고, 능소화처럼 보이는 덩굴식물은 내 생애 단 한 번도 본적이 없을 만큼 거대하게 증식하는 생명력으로, 담을 무너뜨릴 듯 피어 있었다. 어째서 먼 산은 황무지이고 인가의 꽃들은 미칠 듯이 필 수 있는가? 관찰이 주특기인 나는 서니베일(Sunnyvale)로 가는 내내 갸우뚱해 있었다.

스탠포드 대학이 있는 팔로 알토(Palo Alto)를 지나자 거대한 불릿 모양의 카고가 있는 나사 파크(NASA Park)가 황량하게 눈에 띈다. 나사 파크의 외계적인 거대한 카코를 보자, 마치 시간여행을 하듯 다치바나 다카시의 인터뷰집 《우주로부터의 귀환》의 한 대목, "지구를 떠나보지 않으면, 우리가 지구에서 가지고 있는 것이 진정 무엇인지 깨닫지 못한다"라는 말이 떠올랐다. 그 인터뷰의 주인공 제임스 라벨의 얼굴을 머릿속에 그려보려 했다. 오랜 시간이 지나 떠오른 몇몇 흐릿한 우주인 중에서 그의 얼굴을 가려내는 것은 실패했지만, 나는 그의 말이 무척 마음에 와 닿았다. 시절도 많이 지나고 오래된 그 책 속의, 전설 같은 유명한 주인공들의 무대가 이곳 미국 땅이었다는 게 새삼 감동적이었다. 20대 중반의 고독한 나에겐 그저 깊은 적막 속의 동질 감으로 다가왔었던 고독한 우주인이었지만, 지금 이곳 미국 땅에서의 우주사업은 철 지난 놀이공원의 흥행쇼처럼 지나버린 영광이었다.

다카시의 책이 나온 1983년보다 한참 후인 2005년, 영국 출신의 작가인 앤드류 스미스는《문 더스트》라는 또 다른 생존 우주인의 인터뷰집을 발간했다.《우주로부터의 귀환》이 우주인들의 철학적이고 정신적인 내용을 다루고 있다면《문 더스트》는 다소 기록 중심이고, 미소 냉전시대 당시 과한 몸집 부풀리기로서의 우주사업에 대해 객관적으로 수치화된 결과와 이후에 남겨진 숙제에 대한 회고라고 볼 수 있겠다. 그는 인터뷰집에서 이렇게 질문을 던졌다.

"Where do you go after you've been to the moon?"

질문을 받는 사람에 따라 수도 없이 답이 달라질 그의 질문은 "달에 다녀온 다음엔 당신은 어디로 갈 것입니까?"였다. 달에 다녀온 다음에 그들은 어디로 갔을까? 너무 당연한 대답을 머릿속으로 하려는 찰나, 운전하던 그가 꽉 다문 나의 입을 흘깃 보며 머쓱하게 묻는다.

"여기 촌스럽지? 실리콘밸리가 말이 첨단이지 완전 시골이야."

"호호……."

시골 같다는 긍정의 뜻으로 말끝을 흐린 게 아니었다. 왠지 미국이라는 나라는 만화 속에서 본 미래도시처럼 깍뚝하고 반들반들할 줄 알았다. 그런 기대에서 한참 어긋난 풍경 가운데 중세의 성처럼 보이는 나사(NASA)의 카고를 바라보자니 나 나름대로 떨떠름한 충격 탓에 잠시 말을 잃었을 뿐, 나는 혼자 계속 생각을 이어갔다.

그 우주인들은 우주에서 아마 저들의 고향을 생각했을 것이다. 손에 잡힐 듯 파랗게 빛나는 지구를 보며 떠나온 그곳을 생각했을 것이다. 돌아가지 못할지도 모른다는 불안감을 안고 오래도록 비행했을 그들을 생각하니 마음이 저려왔다. 어렸을 때 TV화면으로 본 챌린저호의 끔찍한 폭발 장면과 당시 그 우주선에 탑승했던 교사 출신의 여성 우주인과 슬퍼하던 그녀의 가족들을 떠올렸다. 그리고 마치 창밖으로 파란 지구가 만져지는 듯한 생각이 들어 가만히 모은 내 두 손이 이유 없이 꼼지락거린다.

한때는 달에 정말 토끼가 살고 있다고 굳게 믿었던 적이 있었다. 어린 시절, 이미 잔뜩 술에 취한 아버지의 연이은 술심부름으로 작은오빠의 손을 잡고, 커다란 항아리에 막걸리를 표주박으로 떠서 팔던 동네의 주가로 노란 빈 주전자를 들고서 달이 낮은 강둑길을 털래털래 가던 중이었다. 작은오빠는 무슨 생각이 났는지 한참 달을 보다가 문득 나에게 말했다

"똥강아지야, 달은 네가 거짓말하는 거 안다. 거짓말하면 달이 계속 따라오거든."

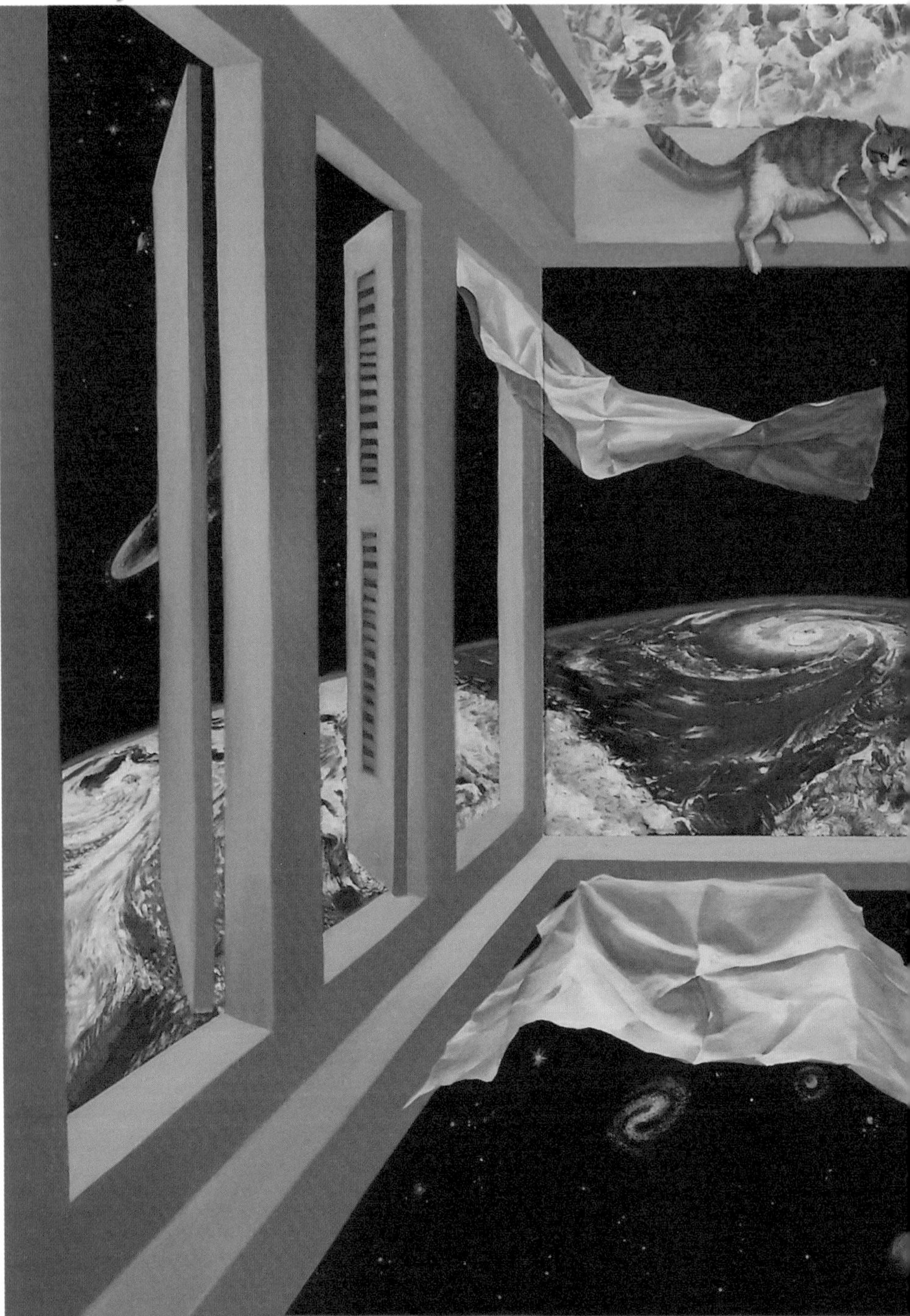

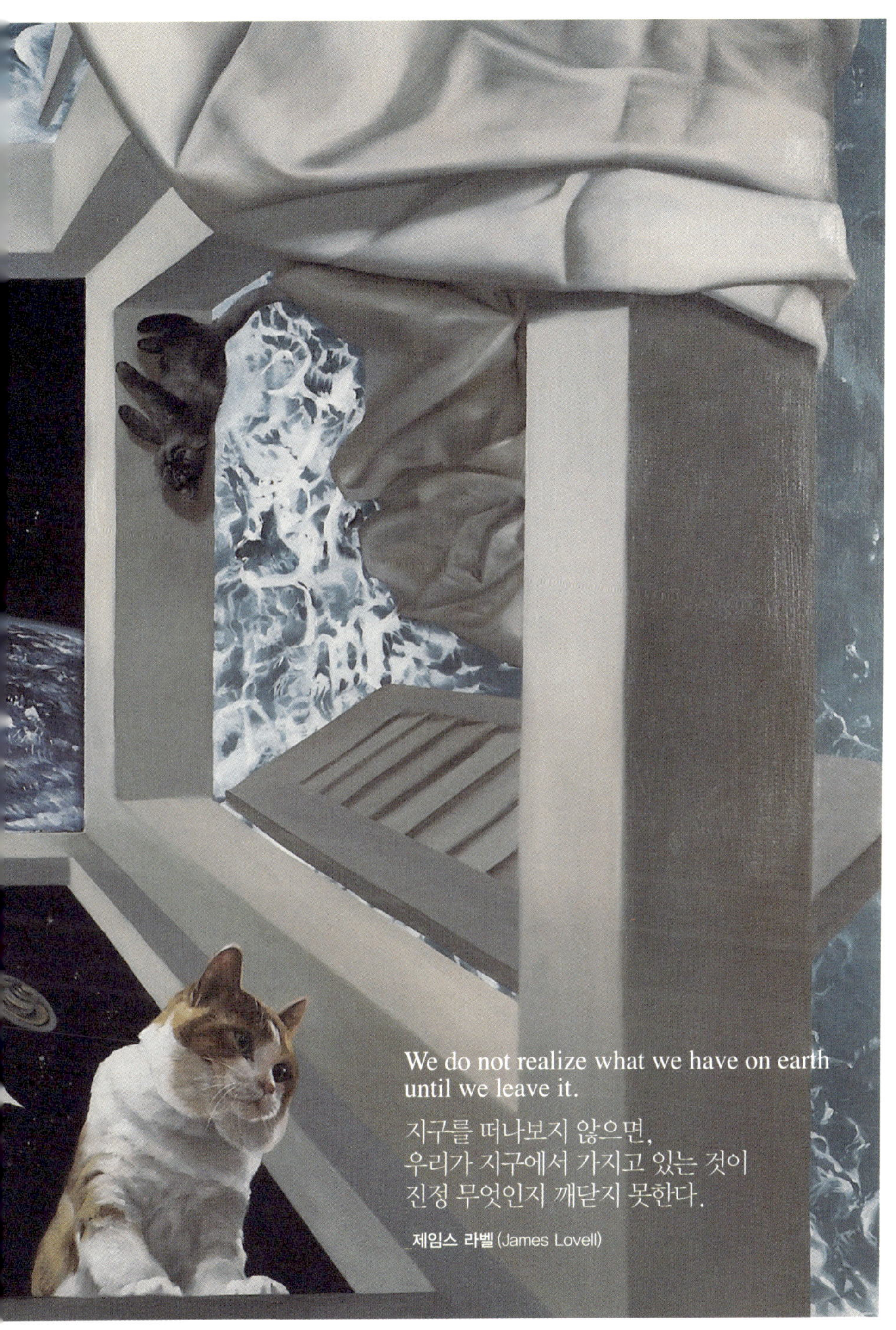
We do not realize what we have on earth
until we leave it.

지구를 떠나보지 않으면,
우리가 지구에서 가지고 있는 것이
진정 무엇인지 깨닫지 못한다.

_제임스 라벨 (James Lovell)

나는 둥근 달을 올려다보았다. 커다란 만월이었다. 정말 내가 걸을 때마다 달이 나를 쓱쓱 따라왔다. 많이 어렸던 나는 오빠의 말을 철석같이 믿기도 했지만, 별다른 이유 없이 따라오는 달이 너무 무서워 오빠의 손을 끌어당기며 울었었다. 신이 난 오빠는 달엔 토끼가 산다고도 했고 그 토끼는 매일 밤 방아를 찧는다고도 했다. 나는 따라오는 달의 연역적 증거에 따라 오빠의 말을 순진하게 모두 믿었었다. 지구촌의 수없이 많은 아이들이 들어왔을 법한 어린 시절의 흔한 이야기이기도 하다.

아버지가 돌아가시기 전에 나는 아버지의 반대를 무릅쓰고 홀로 유학 준비를 하고 있었다. 아버지가 갑작스레 돌아가시지 않았다면 아마 수년 전에 이곳 미국에 도착했을 것이었다. 이후 고학생 가장이 된 나는 유학 대신 일터 근처인 모교의 회화과로 다시 편입했고 대학원도 그곳에서 마쳤다. 이미 유학이라는 단어와는 거리가 생긴 나이가 되어 도착한 미국 땅은 생각처럼 큰 감흥이 없었다. 하지만 마치 달에 가려다 뒤늦게 선구자의 자리를 놓친 늦깎이 우주인 같은 기분이 슬며시 드는 건 어쩔 수가 없었다.

대학생이 누리는 특권 같던 배낭여행 한번 할 여유가 없었던 나는, 그가 제안한 갑작스러운 여행으로 밟게 된 미국 땅에서 예상에 없던 나사 파크를 보고 상념에 잠겼다. 아폴로 계획은 유사 이래 가장 감동적인 쇼였다. 개인에겐 가장 저렴하고 미 정부에겐 가장 고가였던 그 쇼가 보여준 것은 신비의 베일이 벗겨지는 '달'이 아니라 적막한 우주 공간에 외롭게 떠 있는 파란 '지구'였다. 처음으로 우리 자신을 아주 미약한 존재로 볼 수 있는 소중한 기회였다고《문 더스트》의 저자는 말했다.

잔상으로 남은 나사 파크를 지나 서니베일의 메리가로 차가 들어서자, 아파트의 낯익은 플라타너스들의 조형적인 선들이 겹쳐져 있었다. 떠날 때와 매한가지로 늘 그렇게 변치 않을 것처럼, 내가 없던 시간에도 그렇게 그려놓은 선들처럼 그러했을 것이다 계란색 카펫이 깔린 조용한 계단을 오르니, 반쯤 열린 그의 방이 보인다. 그의 침대와 책상이 그때처럼 변함없이 놓여 있었다. 연애 시절 그의 방에 처음 들어섰을 때의 기억이 떠올랐다. 이 방문을 열 때마다 고독한 우주 속의 블랙홀 같았던 그 순간이 스쳐 지나간다.

한국은 새벽일 시간인 정오쯤의 방 안 창가 옆 책상 위에는 그의 영어 단어 책과 소소한 인문학 책, 곰브리치의《서양미술사》,《수채화 기법》책 등이 책장에 꽂혀 있었다. 내가 선물한 작은 수채화 키트도 포장이 뜯기지 않은 채 얌전히 놓여 있었다. 의자 뒤엔 그가 자그마하게 차려놓은 '심슨(Simpson) 피겨(Figure)의 제단'이 있었다. 수줍게 웃고 있는 그의 사진이 놓인, 화장실 콘솔보다 작은 그 테이블 밑 은밀한 공간에서 나는 그가 오랫동안 보관하던 옛 연인의 선물을 찾아냈었다. 처음 방문한 내 눈에 띄지 않도록 깊숙이 감추어둔 게 분명한 그것은 작은 상자들 밑에 숨겨져 있었다. 빨간 종이로 여러 송이의 장미를 접은 하트 모양의 상자엔 그녀가 정성을 들였을 손글씨가 써 있었다.

'사랑하는……' 그 순간엔 사랑을 듬뿍 담았을 것임이 분명한 '사랑하는……'으로 시작하는 그녀의 글씨를 보고 나는 숨이 멎을 뻔했다. 1년 전 그와 결혼한 내 귓가에는 그날의 울음 섞인 그의 목소리가 때때로 웅웅거린다. 내가 그 물건을 찾아내지 않았더라면 그는 평생 자신의 아픔에 대해 고백하지 않았으리라. 지금은 비어 있는 그 은밀한 공간에 손을 넣어 다시 한 번 확인해본다.

사랑에 대한 의문 반 새로운 여행에 대한 기대 반으로 도착했던 처음과 달리, 정말 이곳으로 삶의 터전을 옮긴 지금도 여전히 이곳의 풍경은 기묘하다. 운명처럼 이곳에 꽤 오랜 시간을 머물러야 한다면 새로운 땅에 대한 탐험과 배움이 먼저겠지만 마음속 저 깊은 곳에서는 떠나온 나의 집, 나의 가족, 나의 고국을 생각하게 된다. 아마도 우리가 이곳에 머물러야 하는 이유는 그 때문일 것이다. 벌써 그리운 그곳을 더욱 사랑하기 위해서, 달로 떠난 그들이 우주 속에 있던 짧은 시간 동안 평생을 돌이켜도 끝나지 않을 감동적인 깨달음을 얻어온 것처럼, 그래서 나도 그곳을 떠나온 것이리라 믿기로 했다.

주디, 달에서 만난 그리움

2주간의 유럽 여행을 마치고 집으로 돌아오니 주디가 우리를 무척 반긴다. 근처 유학생 부부에게 부탁하고 다녀오기는 했지만 며칠에 한 번씩 들러 밥과 모래를 갈아주는 낯선 이에게 주디는 오히려 경계심을 느꼈나 보다. 반면 하루 종일 한 번도 열리지 않은 창과 문을 바라보며 주디는 많이 외로웠나 보다. 우리는 도착한 날부터 며칠간은 주디의 끊임없는 애정 공세에 시달려야 한다.

여행을 준비할 때마다 거실 카펫 위에 짐을 싸려고 열어놓은 트렁크에 쏙 들어가 자리를 잡던 주디는, 마치 자기를 왜 데려가지 않았냐는 듯 졸랑졸랑 쫓아다니며 온몸으로 '부비부비'를 한다. 잠을 자려 침대에 누우니 마치 내가 있는 걸 확인하려는 양 불쑥 베개 옆에 뛰어올라 내 얼굴에 부비부비를 한다. 사람처럼 분석하고 설명할 능력은 없지만, 작은 고양이 주디도 그리움을 안다. 조금 귀찮아도, 오래 혼자 있게 했으니 미안해서 그냥 둔다. 작은 얼굴로 나를 다소곳이 응시하는 상냥하고 조그만 동물 친구 주디!

주디는 우발적으로 입양한 '미제' 고양이이다.

파티오의 큰 창 앞에 이젤을 놓고 홀로 한가롭게 여유를 즐기며 홍콩으로 보낼 작업을 하던 중, 지역 라디오 방송에서 '입양의 날'이라는 행사를 한다는 광고가 몇 번 반복해서 들렸다. 호기심이 솟아나 방송에서 들은 동물 보호소의 홈페이지에 들어가보니, 입양 가능한 유기견과 유기묘의 사진들을 자세히 열람할 수 있었다. 미국인들의 자연과 동물에 대한 사랑과 열정은, 온갖 새들이 어마어마하게 많은 샌프란시스코 만의 늪지대나 잘 관리된 수많은 공원들을 산책하면서 이미 보아온 터였다. 하지만, '동물 보호소'를 직접 방문해본 적은 없어서 그가 퇴근하기를 기다렸다가 조심스레 이야기를 꺼냈다.

"여기 근처 '산호세 동물 보호소'에서 입양의 날 행사를 한다는데 우리 구경 한번 가볼까?"

나를 만나기 전에는 한 번도 동물을 키워본 적이 없다던 그는 퇴근 후 소파에 앉아 잡지를 읽으며 살짝 미간을 좁혔다.

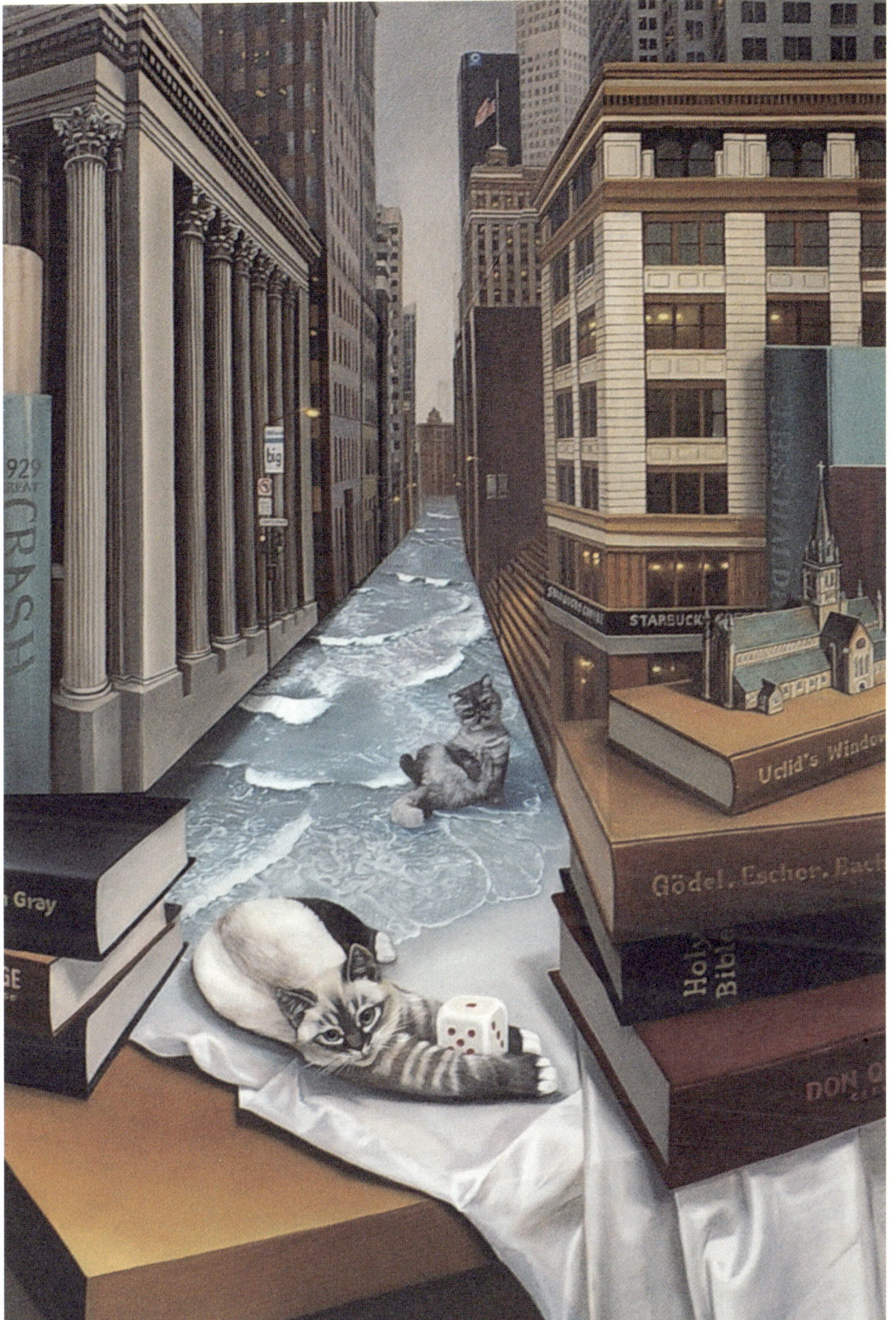

1929
GREAT
CRASH
n Gray
GE
STARBUCK
Uclid's Window
Gödel, Escher, Bach
Holy
Bible
DON Q

사실 한국을 급히 떠나오면서 고양이 세 마리를 모두 부모님께 맡기고 나와 죄송스럽기도 했고, 늘 사색하는 둘째 '랑켄' 뒤로 오바마 대통령의 당선 축하 겸 입양한 '바마'의 성향이 그가 기대했던 다정다감한 막내와는 거리가 멀어, 바마의 입양을 적극적으로 추진한 그에게는 심히 상처가 되었던 것이다. 사람을 좋아하지 않는 고양이도 가끔 있다. 키우는 애묘인 입장에서는 상당한 스트레스가 되지만 어찌하랴. 동물에게도 나름대로 타고난 성격이 있는데 어쩔 수 없다. 그것도 자연의 뜻일 것이다. 아무튼 나는 그에게 구경만 하겠다고 다짐하고, 실제로도 그럴 계획으로 집을 나섰다.

산호세 동물 보호소로 가는 한낮의 햇살이 쾌청했다. 따가운 햇살과 서늘한 나무 그늘이 반복되는 너도밤나무 길을 지나, 누런 강아지 옷을 입은 자원봉사자가 팻말을 열심히 흔드는 보호소에 도착했다.

2008년도 후반기는 미국의 서민경기가 가장 위축된 때였다. 그들은 내심 유기동물을 입양할지도 모르는 젊은 아시안 부부를 향해 연신 손을 흔들며 환영한다. 건물의 옆구리를 통과하도록 짜인 동선의 작은 펜스로 나뉜 구역에서는 자원봉사자들이 유기견들을 자연스럽게 보여주고 있었다. 동물 각각의 개인적인 성격이며, 어떠한 이유로 외동 강아지로 키워야 한다거나, 혹은 어떤 성격이기에 둘째나 막내로 추천한다거나, 어디에서 발견되었다거나, 어떻게 구출된 것인지도 팻말에 상세히 나와 있었다.

우리는 야외에 있는 강아지들을 보고 실내의 넓은 홀로 들어갔다. 수많은 장난감과 크리스마스트리로 장식된 동물 보호소에는 유니폼을 입은 자원봉사들이 방문객만큼이나 붐볐다. 그들은 밝은 얼굴로 과하게 인사를 건네면서도, 마치 점쟁이처럼 우리들의 얼굴을 세세히 살핀다. 동물 보호소의 많은 강아지와 고양이들은 사람들의 끔직한 학대로부터 구출된 경우도 많기 때문에, 그들은 방문객의 면상을 마치 탐정처럼 뚫어져라 져나보았디.

부담스러운 시선들을 피해 고양이들이 있는 긴 칸막이 방들로 향했다. 미국 특유의 무언가 효율적이지도 않게 넓고 투박해 보이는, 미니멀한 실내 건축이다. 아이보리 빛으로 보이는, 용도가 분명하지 않은 공간들이 사람과 사물들을 왜소하고 쓸쓸하게 만들었다. 고양이들은 한두 마리씩 번갈아 가며 쇼룸에 나타났다. 유리 사이로 칸이 나뉜 케이지 속의 생김새를 눈으로 자세히 볼 수 있지만, 직접 쇼룸으로 들어가 자원봉사자들의 품에 안긴 사랑스러운 고양이들을 만나볼 수 있다.

주디는 첫 번째 쇼룸에 있었다. 눈에 띄게 우아하고 몸집이 작은, 신비한 라일락색 털을 빛내며 나를 향해 사뿐사뿐 걸어오는 그 고양이를 남편과 나는 홀린 듯 바라보았다.

멀리 우크라이나에서 왔다는 쇼룸의 자원봉사자는 우리에게 이런 저런 질문을 하고 주디에 대한 정보를 건넸다. 놀라울 만큼 친화적이라는 라일락색 고양이의 임시 이름은 조이스였다. 제임스 조이스를 따라 지은 이름인지 기쁨이라는 의미인지는 모르겠지만, 우리가 왜 웹사이트에서는 이 사랑스러운 주디를 발견하지 못했는지 궁금했다. 정말이지 놀라 쓰러질 만큼 사랑스러운 고양이였는데 말이다. 나중에 주디의 케이지에 달린 안내문의 사진을 보니 그 이유를 알 것 같았다. 뾰로통한 얼굴만 클로즈업 된 주디의 사진은 정말 새침떼기처럼 보였다. 사진상으로는 까탈스러울 것만 같은 깍쟁이의 인상이었던 것이다. 우리는 쇼룸을 나와서 녹아내리는 듯한 표정을 하고 시무룩히 다른 고양이들도 봤다. 그는 다시 한 번 우리가 구경만 하러 온 것임을 강조했다. 하지만 '네가 정말 원한다면 입양도 괜찮아……'라는 단서를 달았다.

솔직히 남편의 입에서 나온 그 말이 아니었다면 그렇게까지 흔들리지는 않았을지도 모른다. 아마 그도 나만큼이나 주디의 고운 자태와 상냥한 성격에 마음을 빼앗긴 게 분명했다. 우리는 그렇게 무언가에 홀린 듯 얼른 쇼룸으로 돌아가 주디를 입양하기로 결정했다고 말했다. 자원봉사자는 너무나 고마워하며 우리에게 이런저런 자격

요건 등을 에둘러 물어본다. 어렵게 구조된 상처 많은 고양이를 잘 키울 수 있는 여건이 되는지를 알아보려는 것 같았다. 영아가 있는지, 집에 사람이 있는지, 다른 동물이 있는지, 고양이를 키워본 경험이 있는지 등등. 그 질문에 대해 우리가, 한국에서 고양이 세 마리를 10년 넘게 키워왔었다고 답변하자 그녀는 입가에 만족스러운 미소를 띠며 더 이상 묻지 않았다. 대신 고양이들이 그녀에게 얼마나 많은 위로를 주었는지, 이 작은 생명들이 얼마나 소중한지 함께 공감하기를 원했다. 그것은 일종의 면접이었다. 우리는 그렇게 여러 단계의 절차를 필요 이상 길게 거치며 신분증, 예방접종의 의무, 지역 병원에 등록하라는 고지, 주디의 중성화 기록 그리고 내장된 마이크로 칩의 정보까지 담은 두툼한 서류봉투를 안고 주디를 구멍 뚫린 종이 상자에 넣어 데리고 나왔다. 그들은 사진도 찍고 가라고 붙잡았지만 둘 다 사진기피증이 있어 도망치듯 꽁무니를 내뺐다. 우리는 차에 올라 서로를 겸연쩍게 바라보며 웃었다. 분명 이러지 말자고 다짐했던 것 같은데…….

돌아오는 길은 기분이 묘했다. 내 무릎 위에 놓인 상자의 구멍 사이로 주디의 안부를 확인하며 생소한 주변의 경치를 살폈다. 우리의 작은 차는 나지막한 싱글 하우스들이 적어도 100년은 그 자리에 있었을 법한 동네의 작은 길, 붉은 신호 앞에 멈춰 섰다. 횡단보도 주변의 주택들은 마당과 보도 사이에 심어진 키 큰 나무들에서 떨어진 낙엽과 가지들 때문에 마치 동화 속의 낡은 오두막처럼 검소해 보였다. 낮은 측벽엔 어린 시절 교실의 마룻바닥처럼 가로로 길게 덧대어진 판넬들이 있었는데, 판넬의 칠이 플라타너스의 나무껍질처럼 벗겨져 그 틈 사이로 계절 없이 피었다 지는 이 지역만의 나른한 꽃들도 떨어져 있었다. 추운 겨울이 지나면 일시에 마른 가지에서 꽃이 피고, 꽃이 지면 열매가 맺고, 열매도 수확하고 낙엽도 지고 나면 너나 할 것 없이 다시 마른 가지들이 앙상해지는 한국과 달리, 이곳은 꽃들이 수시로 피고 지기를 반복한다. 노랗게 익다 못해 떨어져 바닥을 어지럽히는 감귤류의 나무엔 꽃과 자그마한 새로 생긴 열매와, 올해생인지 작년생인지 알 수 없는 늙은 열매들이 공존한다. 그래서인지 이곳에선 달력을 보지 않으면 시간이 멈춘 것만 같다.

아! 그런데 그때, 룸미러로 저 멀리서부터 보이던 뒤의 하얀 승용차가 속력을 줄이지 않고 계속 달려오는 게 아닌가? 당황한 남편과 나는 어! 어! 어! 하고 소리를 질렀지만 그 차는 빨간 신호에 정차해 있던 우리 차를 막무가내로 들이박고 말았다. 퍽! 하는 소리와 함께 차가 앞으로 조금 밀렸지만 남편과 나는 다행히 다치지는 않았다.

칠이 벗겨진 낡은 보닛과 앞문과 뒷문의 색이 모두 조금씩 다른 구

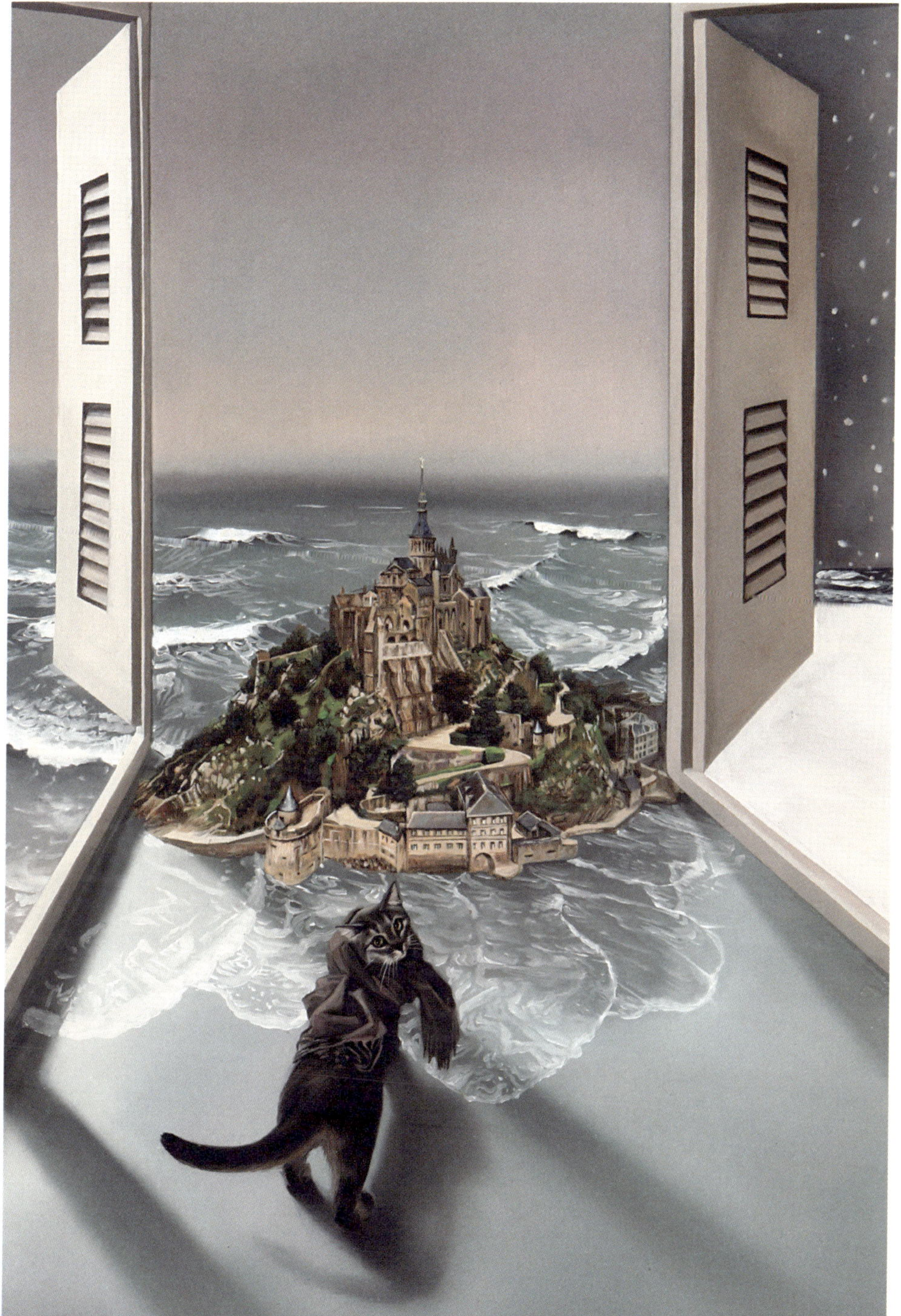

식 일제차의 주인은 중년의 멕시코 아저씨였다. 긴 단발머리와 후줄 그레한 차림으로 연신 "Sorry! Sorry!"를 외쳐댔다. 우리보다는 그가 많이 당황해했다. 미안한 가해자의 입장으로서는 당연한 반응. 그가 좀 진정하기를 기다렸다가 자동차 번호를 기록하고 서로의 연락처를 주고받았다. 그가 등록증을 집에 두고 왔다고 얘기했을 때에도 크게 우려하지는 않았다. 사실 우리 차는 범퍼가 조금 일어난 정도의 찰과 상이었고 뒤차는 달려온 속도의 충격을 고스란히 그대로 되받아 앞 범퍼와 보닛이 보기 흉하게 찌그러졌다. 그는 멈춰 서서 어딘가로 계속 전화하며 우리에게 보험으로 처리하겠다고 다짐했다. 놀란 마음을 추스린 우리는 주디가 다치지는 않았는지 확인하고 정신없이 집으로 돌아왔다.

지금도 내 무릎에 올라 열심히 '꾹꾹이'를 하는 주디는 여전히 건강하고 사랑스럽게 내 곁을 지켜주고 있지만, 그날의 불안한 표정을 한 멕시칸 아저씨는 노숙자인 데다가 등록되지도 않은 자동차를 타고 다닌 걸로 밝혀졌다. 사고 당일 남편은 우리 측 보험담당자에게 사고 경위와 그의 정보를 알려주었는데 주말 내내 주고받은 길고 지루한 전화의 대가는 허망했다. 등록되지도 않은 차이기 때문에 보험도 당연히 없으며, 그는 연락도 되지 않는다는 것이었다. 의도적으로 전화를 피하는 게 분명했지만 우리로서는 별다르게 취할 수 있는 대안이 없었다. 화가 가라앉자 크게 손상을 입지 않았다는 걸 다행이라 여기기로 했다. 하지만 차 수리비는 고스란히 우리 몫이 되어버렸다.

때때로 사람이 중요한지 고양이가 중요한지를 두고 갑론을박하는 경우를 자주 본다. 사실 생각해보면 미국처럼 잘사는 나라의 이면에는 보험도 적용되지 않는 수많은 무등록 차량이 있고, 집이 없는 사람, 병에 걸리면 그냥 죽기를 기다릴 수밖에 없는 최하층민이 매우 많다. 동물을 위해 많은 자산을 기부해 최첨단의 동물 보호소를 만드는 미국이지만 반면 노숙자가 넘쳐나는 나라이기도 하다.

가끔은 무엇이 우선인가를 두고 나도 고민스럽다. 지구상에 굶어 죽고 있는 아이들이 1분당 몇 명이라든가, 보호자가 없는 노약자들을 위한 자선단체라든가, 반면 인간의 손에 학대당하고 버려지는 안타까운 동물들이 구출되자 얼마 안 되어 안락사를 당해야 한다는 등의 문제들.

한 개인의 힘으로 할 수 있는 일은 그리 많지 않다. 혼자서 세상을 바꿀 수도 없는 일이다. 하지만 의지와 판단력 있는 언어로 도움을 구할 수 있는 사람보다는, 작고 힘이 없는 하나의 생명을 입양하는 것으로 개인적인 위안을 삼고자 한다.

보험사와의 줄다리기 통화에 지친 남편이 한탄하듯 얘기했다.

'액땜한 셈 치자. 그 사람도 얼마나 심장이 내려앉았겠나? 사랑스러운 주디를 입양한 것으로 위안을 삼자……."

동전의 양면 같은 풍요로운 부와 상대적인 빈곤은, 대접받지 못하는 인간과 권리를 과도하게 누리는 애완동물처럼 동시대와 한 공간에 아이러니하게 공존하고 있다.

이곳 첨단 도시 실리콘밸리에.

나와는 달라도 너무 다른 남편은 화창한 토요일이면 언제나 드라이브를 해야 한다. 늦은 취침 시간 탓에 나는 잠이 덜 깬 몽롱한 상태였지만, 강아지 같은 남편을 배려하여 근처 산으로 드라이브를 따라 나서기로 했다. 우리가 살고 있는 산타 클라라(Santa Clara)는 실리콘밸리라고 불리는 지역의 작은 소도시이다.

실리콘밸리는 샌프란시스코부터 내려오는 서부의 해안 산맥 산타 크루즈(Santa Cruz)와 샌프란시스코 만의 서쪽 디아블로 레이지(Diablo Rage)로 둘러싸인 비옥한 지역이다. 산타 클라라 계곡 지역의 신생 산업 '실리콘(silicon)'에서 이름을 따 대략 50년 전부터 경제 용어로 불리는 별명인 셈이다. 이곳의 모든 식물들이 검붉게 보이고 꽃과 과실이 풍성하게 열리는 이유는 샌프란시스코 만의 늪지대와 이어진 질 좋은 토양과, 여름이 건조한 지중해성 기후 때문이다. 이곳에 살고 있는 주민의 입장에선 새삼스럽게 신경 쓰지 않는 한 잘 알아채지 못했겠지만, 멀리 아시아의 척박한 한 귀퉁이 나라에서 온 신출내기 이방인인 내 눈엔 정말 이해되지 않을 정도로 식물들이 잘 자란다. 구글과 페이스북 그리고 다름 아닌 애플의 본사가 자리한 곳. 전설적인 회사의 세련된 간판들과 달리 보여지는 건물들의 뭉툭한 외관은 한가롭다 못해 지루하다. 각 회사들의 그다지 높지 않은 밋밋한 건물들보다는 엄청난 키의 레드우드와, 풍성하게 출렁이는 유칼립투스가 차라리 풍경에 활력을 더하는 듯하다.

그는 이미 10분 전에 차에 가서 기다리고 있다. 나도 부지런히 대충 끼워 입고 서둘러 나간다. 낮은 지붕들이 해막이처럼 나란히 드리운 아파트의 차고를 향해 열매라곤 찾아보기 힘든 꽃만 수두룩이 열리는 배나무를 지나친다. 무거운 차 문을 열고 자리에 앉자, 그가 조바심을 억누르며 한마디 한다.

"여자는 시간이 많이 걸리지……."

나는 대꾸 없이 그의 옆모습을 한번 노려본다.

　겨울 서너 달을 제외하곤 늘 누렇게 말라버린 밀피타스의 민둥산으로 오른다. 그는 운전을 얌전히 조심스럽게 한다. 하지만 운전대를 잡고도 나와 진지하게 토론할 수 있는 멀티태스킹 족이다. 나는 대담해서 적당히 속도를 낼 수 있는 운전을 즐긴다. 대신 하나에 집중하면 다른 주변 상황을 잘 신경 쓰지 못하는 일방통행의 몰두형의 사람이다. 창밖으로는 완만하면서도 유려한 산등성이들 사이로 무성한 나무들이 계곡을 따라 자리를 잡고 있다. 울창한 나무숲엔 내가 그림을 그릴 때 밑판의 재료로 쓰는 자작나무의 하얀 바탕에 가로줄무늬와 도트들이 박힌 둥치들도 선명하게 눈에 띈다.

　그가 말을 꺼낸다. 운전을 하며 연신 자신의 견해를 피력한다. 무심히 듣고 있던 나도 나름 나의 의견을 피력한다. 차창 밖의 상쾌한 경관과는 전혀 상관이 없는 우리의 대화를 요약하자면 이렇다.

　그 : "철학은 현실을 변화시키지는 못했어. 항상 기술이 실질적인 변화를 주도했고 세상이 바뀐 이후에 그 결과를 철학이 뒤늦게 분석했지. 역사적으로 말이야."

　나 : "철학이 변화를 주도하지 못한 건 현대에 와서이지. 기술이 모든 면에서 혁신을 주도하진 않아. 수익에 맞지 않으면 신기술도 사장시키는 판국이잖아. 나는 기술과 철학의 조화가 변화의 시발점이라

고 봐. 사상이 허락하지 않았을 땐 기술도 침묵했다고."

구불구불한 2차선 산길 옆으로는 긴 금발을 어깨에 치렁치렁 늘어뜨린 아가씨들이 승마를 하고 있다. 키가 큰 포플러의 반짝이는 잎들이 보석처럼 달랑이는 사이로 날개를 활짝 편 독수리가 유려하게 활강한다. 짧게 깎인 능선의 풀 사이로 급박한 다람쥐들이 분주히 구멍을 찾아 쏙쏙 사라지고 있다. 연속된 정지 화면인 양 브레이크 댄서 같은 그들의 모습을 신기하게 바라보고 있으니 그가 한마디 한다.

"그래 네 견해도 맞긴 하지만. 나는 여전히 기술이 세상을 바꿨다고 생각해!"

넓지 않은 10평 남짓한 공간에 둘이 같이 있으면 내가 기분이 안 좋은 것, 불편한 것, 잠이 깬 것, 나의 하루가 어이 없이 지나간 것, 세월이 무상한 것 모두 그 사람 때문인 것 같다. 주변의 모든 '두 사람'은 사소한 문제부터 시작해 심각한 불만까지 서로의 문제를 상대 탓으로 돌리며 '제3자'에게서 자신의 상대에 대한 견해를 평가받으려 한다. 언제나 주제는 '이렇게 된 원인이 너 때문인 거잖아!' 이다. 사실 정말 심각한 문제일 경우도 있고 타협할 수 없는 큰 문제로 부딪힌 결코 양보할 수 없는 이유들도 존재하지만, 대개는 '둘'이거나 '둘'뿐이기에 생기는 문제인 것이다. 혼자라면 달라서 다툴 일도 화낼 일도 서운할 일도 없지만, 대신 둘이라서 행복할 일도 좋은 영화를 보며 공감할 일도 너무나 다른 그의 눈을 통해 내가 성장할 일도 없는 것이다.

하지만 뻔히 알면서도 또 가리고 싶다.

아니, 어제 갔던 그 길을 왜 또 가야 해? 산책 매일 하면서 또 가야 하는 이유가 뭐야? 그게 어떻게 게으른 거야? 네가 과하게 부지런한 거지! 주디라도 붙잡고 하소연하는 수밖에.

내 말이 맞지, 주디야?

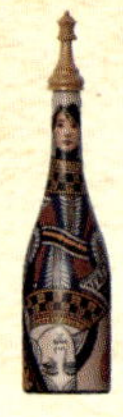

나는 그에 비하면 애교가 없다.

그에 비하면 여행을 많이 하지 않았다.

그에 비하면 수동적이다.

그에 비하면 단순하다.

그에 비하면 솔직하다

그에 비하면 시시콜콜 궁금하지 않다.

그에 비하면 말이 없다.

그에 비하면 화를 내지 않는다.

그에 비하면 참을성이 강하다.

그에 비하면 통각이 아주 무디다.

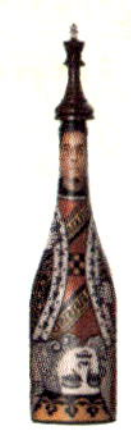

그는 나에 비해 무척 부지런하다.

나에 비해 뭐든 빨리 한다.

나에 비해 싫증을 잘 낸다.

나에 비해 규칙적인 생활을 선호한다.

나에 비해 조심성이 많다.

나에 비해 복잡한 걸 싫어한다.

나에 비해 기분 변화가 크다.

나에 비해 계획적이다

나에 비해 산책을 자주 해야 한다.

나에 비해 사과를 잘한다.

나에 비해 실수도 빨리 인정한다.

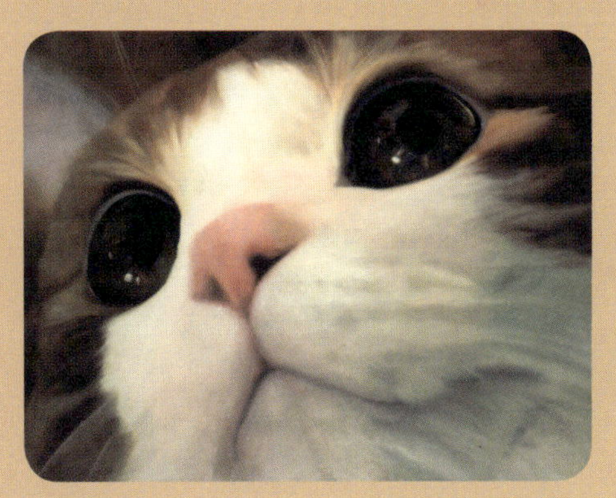

영원한 이방인

현재 서른 중반이 된 나는 북아메리카 대륙 샌 프란시스코 만의 남쪽 도시에 살고 있다. 태어나고 자란 고향을 떠나 여섯 살에 작은 지방의 소도시인 경주로 이사했고 열아홉에 서울의 대학으로 유학, 서른셋에 남편의 직장 때문에 이곳에 살고 있는 것이다. 어릴 때부터 참으로 많은 곳을 떠나왔었다. 나의 자발적인 의지이건 아닌 건 이 글들은, 내가 있었으나 지금은 없는 곳과, 지금은 있으나 미래에는 떠나갈 곳에 대한 수집된 기록의 지도인 셈이다.

우리가 한국을 당분간 떠나 있어야 한다는 사실을 운명으로 받아들였을 때에는, 미처 자각하지 못했던 부분이 하나 있었다. 그것은 이곳에서 시간을 보내며, 주변에 지인들이 하나둘 늘어가면서 경험하게 된 떠나온 자와 돌아갈 사람 간의 '생각의 차이' 같은 것이었다. 그저 막연한 생각의 차이라기보다는, 떠나왔지만 돌아갈 집을 마음에 두고 있는 사람과 떠나왔기에 이곳에 뿌리를 내려야 하는 사람 간의 차이 같은 것이었다. 언젠가 떠나갈 나는 이곳에 대한 끊임없는 불만과 부정이 은연중에 말속에 묻어나오는가 하면, 내가 돌아가야 할 그곳을 떠나와 이곳에 뿌리를 내려야 하는 그들은 떠나올 수밖에 없었던 그곳에 대한 끊임없는 부조리를 나열했다.

미국으로 유학 온 한국 유학생들은 세계인이 놀라워하는 경이롭고 빠른 경제성장 속에서 성장한 만큼, 여유롭고 철없는 행동을 하는 경우가 잦다고 한다. 반면 이곳의 교포 학생들은 딱딱하고 미국적인 방식으로 팍팍하게 학교생활을 하는 것이다. 유학생은 떠나온 자의 여유와 방종이 있고 교포학생은 예민한 인종적 갈등이 내재해 있는 이 땅에서 이곳의 사회로 편입해야 하는 현실적인 부담감. 그것이 좁혀지지 않는 갈등의 근본 원인인 듯했다. 이곳의 유학생은 대부분 졸업 후에 곧 한국으로 돌아간다. 잠시 떠났던 집으로 돌아가는 것이다. 교포인 학생들의 집이 이곳인 것과는 근본적인 차이가 있다. 같은 한국인이지만 말이다.

이런 차이를 만드는 '집'이라는 상징은 '우리가 복종할 수밖에 없는 압도적이고 교환 불가능한 무엇이며, 우리가 여러 해 동안 집을 떠나 있었다 해도 우리 삶의 방향을 결정하고 길잡이가 되는 어떤 것'이다. 우리가 이 '집'이라는 상징을 어디에 부여하느냐에 따라 가치관과 행동이 판이하게 달라질 것은 분명하다.

처음 이곳으로 이주를 한다고 서울에서 챙겨온, 긴 여행과 그리 다를 바 없었던 간소한 짐을 풀고 나서부터 나는 이유 없이 많이 아팠다. 굳이 그렇게 생각하려 하지는 않았지만, 마치 나의 터전에서 뿌리째 뽑히고 잔가지를 다 쳐버린 채 새로운 땅에 옮겨 심어진 나무처럼, 꽤 오랜 기간을 아팠다. 미국과 한국을 오가는 일은 그 이전부터 죽 이어져왔었고 특별히 변화가 있었던 것도 아닌데 말이다. 나만의 터전을 옮긴다는 생각에, 일시적이라 정해놓은 유랑기간이라 마음먹었는데도 그렇게 스트레스를 받으며 그 스트레스가 몸으로 나타났다. 그리고 이런 증상은 대부분의 집 떠나온 사람들이 공통적으로 겪는 증상이었다. 남편도 이곳의 친구들도 신기하게 첫 1년은 모두 특별한 이유를 모른 채로 아팠다고 했다.

이곳에서 삶을 영위하고 뿌리를 내려야 하는 사람들의 마음고생은 이루 말로 다할 수 없을 것이다. 정체성의 고민과 지역사회의 교류 등 어떤 것도 그냥 간단히 해결되는 문제는 없다. 적응을 하고 못하고의 개인적인 능력이나 의지에 관한 문제라기보다, 한 차원 더 높은 자의식의 문제인 것이다. 다수가 아닌 소수로서 살게 되는 삶 또한 결코 녹록하지 않다.

나는 여전히 이곳을 여행지로 여기며 살고 있다. 언제나 돌아가야 할 곳인 나의 집을 떠나온 것으로 상정하고 있고 이 이방인으로서의 삶이 너무 길어지지는 않기를 바라고 있다. 때때로 친구들이 언제 한국으로 돌아올 거냐고 물으면 난 웃으며 대답한다. "우리 신랑이 회사에서 잘리면." 굳이 그런 이유가 아니라도 남편과 나는 집으로 돌아갈 것이다. 머지않은 시간 내에 말이다.

하지만 이곳, 미국 특유의 텅 빈 고독을 가득 담은 풍경 속을 여전히 거닐고 있는 이유는 아직은 미완인 장소에 대한 나의 고민을 더 연장하기 위해서이다. 결론이 내려진 현상은 이미 죽은 것으로 존재할 수밖에 없다. 관광지의 도시는 기념비나, 광장, 거대한 궁전, 이국적인 공공건물이 지탱하겠지만, 타향에 머무르는 이방인에게 도시는 영원히 닫혀 있는 그곳의 집이다. 반듯하게 현관문이 닫힌 맞은편의 집과 하얀 버티컬이 드리운 창문은 멀리서 배어나는 은은한 짚불을 태우는 연기처럼, 벽 너머에서 들리는 웅웅거리는 웃음 섞인 대화처럼, 나를 영원히 이방인처럼 느끼게 만들 것이기 때문이다. 그래서 내가 떠나온 그곳을 더욱 또렷이 기억하기 위해 노력하며 내가 이방인임을 자각할 것이다.

이곳은 외로움을 극적으로 증폭시키는 나라이다.

　미국의 사막 속 신기루 같은 도시 라스베이거스나, 에드워드 호퍼의 그림 속 무대가 된 샌프란시스코의 교외는 지극히 미국적인 풍경이라는 느낌이 든다. 대지가 너무 넓어서 공기의 매질이 너무 투명해서 덩그러니 놓인 그 밤의 불빛은 더욱 외롭고 청명하다. 한국에서는 흔한 좁디좁은 사적인 거리가 존재하기 힘든 거대한 자연이, 관리 불가의 미국적 미니멀리즘을 만든다. 그러한 고독한 미국인들은 집을 떠나 이곳에 정착했으나 여전히 뿌리가 없는 듯, 불안한 영토 싸움을 계속 진행 중이다. 외부인에 대한 그들의 신경질적인 반응은 그들의 뿌리 없음을 반증한다. 이곳 미국은 그들에게 여전히 정복되지 않은 미지의 거대한 대륙이고, 그들은 여전히 그들 고향의 지명을 가져와 꾸준히 팻말을 늘려간다. 이미 달과 같은 건조한 표면의 이곳의 사막에서 하늘조차 대륙을 닮아 거대한 밤을 응시한다.

　멀리 고즈넉한 달에는 '플라토(Plato)', '코페르니쿠스(Copernicus)', '튀코(Tycho)'라는 익숙한 이름의 지명이 있다. 닿지 않던 땅에 붙인 이 친숙한 이름들 덕분에 무인의 황무지가 인간의 것이 된다. 모두 떠나온 자의 소행이다.

아마도 우리가 이곳에 머물러야 하는 이유는
그 때문일 것이다. 벌써 그리운 그곳을 더욱 사랑하기 위해서,
달로 떠난 그들이 우주 속에 있던 짧은 시간 동안
평생을 돌이켜도 끝나지 않을 감동적인 깨달음을 얻어온 것처럼,
그래서 나도 그곳을 떠나온 것이리라 믿기로 했다.

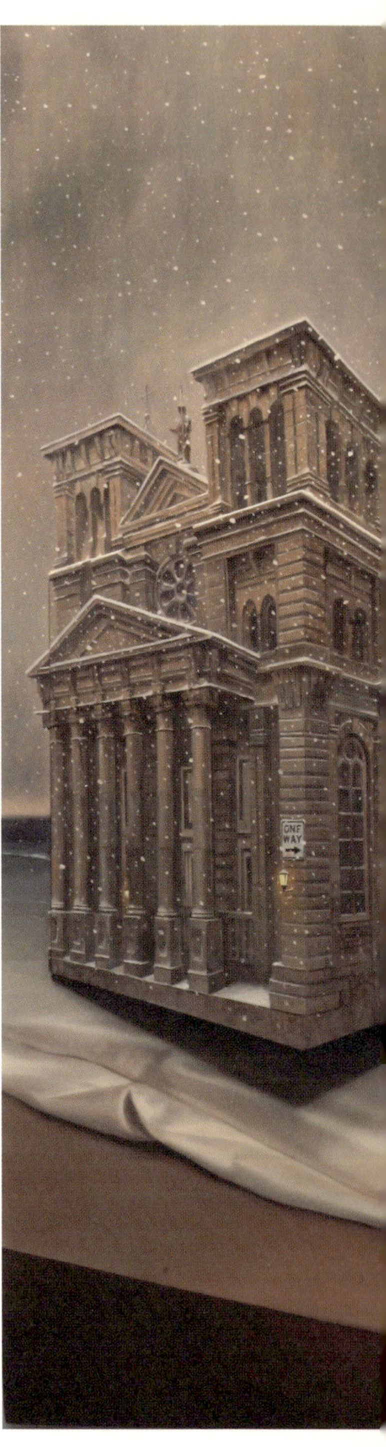

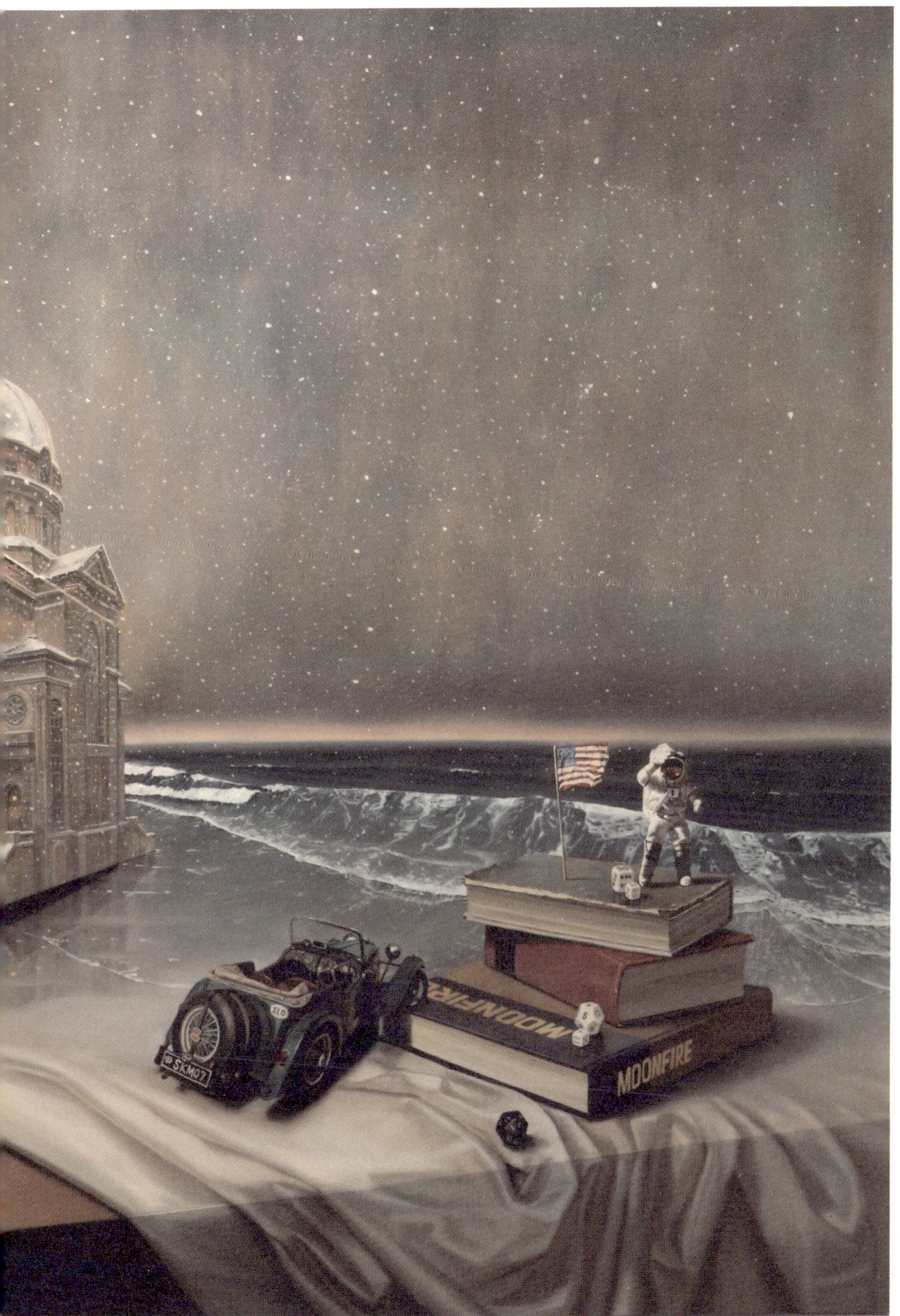
MOONFIRE
MOONFIRE
SKM07

떠나온 뒤에야
달은 보인다

석양에 반짝이는 잘잘한 타일 조각 같은 도시의 빌딩을 바라본다. 실리콘밸리를 따라 길게 흐르는 번화로 '엘카미노 리얼'의 한 커피 체인에는 한국어, 영어, 스페인어, 중국어, 힌두어가 제각각 또렷하게 들려온다. 분명하지 않은 발음을 듣고 얼굴을 찡그리는, 큰 체격에 둔탁한 파란 눈을 한 점원은 자신과 피부색이 다른 고객이 겪는 당황스러움이 언제나 반복돼온 지루한 일상인 듯, 표정이 무료하다. 소란스러운 장면인지 활기찬 광경인지 잠시 생각해본다. 누군가를 향해 열심히 저들의 언어로 대화를 이어가는 그들도 모두 나처럼 가족과 집과 고국을 떠나왔을 것이다. 그들은 그들의 정체성을 어떻게 정의할지 아주 많이 궁금해졌다.

한 개인으로서 독립적인 나만의 완벽한 자의식을 갖는다는 게 가능한 일일까? 라캉의 욕망이론을 따르면 불가능하다가 정답일 것이다. 나를 둘러싼 세계와 가족, 끊임없이 거울처럼 반영되는 익명의 욕망들이 모여 나를 이룬다. 그 원전 부재가 한 개인의 정체성이니 그중 아무런 영향을 받지 않은 독자성을 추출하기는 무척 어렵기도 하거니와, 설사 가능하다 해도 추출할 수 있는 분량이 무척 소량임은 분명할 것 같다. 하지만 그렇다고 수동적으로 만들어지기만 하는 것이 아니라, 기왕이면 나 스스로 분석하고 해석해서 나를 주체적으로 조각해가는 일 또한 삶의 큰 의미라 믿고 있다. 때로는 운동장에서 넘어지며, 때로는 고향을 떠나오며, 때로는 실연하고, 때로는 고국을 그리워하고, 때로는 부모님의 죽음을 지켜보는 수많은 사건들의 여집합을 추출해 나만의 모습을 하나하나 조각해볼 수도 있지 않을까.

한국에 돌아와 다시 정착하자고 열심히 그를 설득해왔던 내가 계획에 없이 미국이라는 나라에 살게 되어 겪는 이곳 미국과, 한국에서 머릿속으로 그리던 태평양 건너의 미국은 많이 달랐다. 그것은 마치 달로 간 우주인들이 꿈꾸어오던 달과 실체로서 경험한 달의 차이를 인지하는 것과 비슷할 것 같다. 또한 한국에서 생각해왔던 한국의 이미지와 정체성은, 미국으로 떠나와서 바라본 한국의 그것과도 많이 달랐다. 그 또한 달로 떠난 우주인들이 지구에서 생각해온 지구와 우주에서 자각하게 된 지구가 달랐듯이 말이다.

생각해보면 참으로 안타까운 일이기도 하다. 성장한 어른이 지닌 모든 정보가 새로 태어나는 아이에게도 모두 유전이 된다면 이렇게 길고 긴 시간을 실수하며 상처받고 후회하며 살지 않아도 좀 더 현명한 삶을 살 수 있을 텐데. 그리고 인류는 놀랍도록 지적인 완벽에 가까운 문명을 가질 수 있었을 텐데. 잔인한 신은 인간의 부족함을 통해 신의 존재를 깨닫게 할 요량인지, 우리들의 아이는 언제나 너무나 무기력하고 꼬물거리는 작은 동물로 태어나게 하는 것이다.

옆 테이블의 어른들 사이에 어린 시절의 나와 닮은 양갈래 머리카락을 한 소녀가 등을 돌리고 무언가를 만지작거리고 있다. 그 시절, 아버지의 손에 이끌리어 찍힌, 엄마가 없는 우리 집 가족사진에는 밝은 갈색빛이 도는 부드러운 고수머리를 양 옆으로 땋아 내린 내가 얼어붙은 듯 정면을 응시하고 있었다. 그즈음은 여전히 미소 냉전기였고 양국의 팽팽한 대립 때문에 국제 정세는 긴장의 도가니였지만, 한국의 작은 산골에 사는 엄마 없는 어린 소녀에게는 존재하지 않는 정보들이었다.

희미하게 들려오는 달나라보다 먼 나라 미국이 내 삶에 이렇게 크게 들이닥치리라곤 상상도 못했다. 언제나 실체 없이 주말의 명화를 보고, 마이클 잭슨을 논하고, 샌프란시스코의 금문교나 수국이 가득 핀 롬바드 로드(Lombard Road)의 사진을 사진첩에서 보고 TV 뉴스 속의 미국 대통령 선거는 때로 우리의 것보다 더한 이슈가 되던, 거대한 얼굴이 떠오르지 않는 아버지 같던 나라였었다.

옆 테이블의 소녀만큼 작았을 때 아버지에게 처음으로 일본과 미국에 대한 이야기를 들었던 생각이 난다. 나는 귀찮아하는 오빠 대신 잠시 다니러 온 사촌 오빠에게 난생 처음으로 숫자를 배워 한참 신이 나 있었고, 내가 아는 숫자를 목격할 때마다 반갑게 소리 내어 읽었었다.

함께 버스를 타고 가던 아버지가 무심결엔 읽은 '일본'이라는 생소한 단어에도 내가 아는 숫자 1이 있었다. 나는 아버지에게 내심 자랑하듯 당당하게 물었다.

"아부지, 일본이 있으면 이본도 있겠네요?"

주변 승객들의 왁자한 웃음이 들려왔다.

"그건 숫자 '일'이 아니야. 일본은 나라 이름이야. 미국처럼."

"일본이 커요, 미국이 커요?"

"미국이 훨씬 크지."

"우와……!"

아버지의 귀찮다는 듯한 표정에 나는 이내 더 이상 질문하기를 멈추고 생각했다. 일본은 있는데 이본이나 삼본은 왜 없는지 못내 서운해하며, 훨씬 크다는 말의 의미를 내 나름 가늠해보려 창밖의 먼 산을 바라보았다.

'저 멀리 보이는 먼 산을 넘으면 미국이 있을까?'

내가 태어난 손바닥만 한 동네조차 한번 벗어나본 적이 없던 어린 시절이었다. 그 어린 시절에 알게 된 열 개의 숫자만큼이나 단순한 단어였던 미국에, 30년도 지난 지금의 내가 묵직한 철재 의자에 앉아 가지런한 뒷머리를 한 소녀가 주스를 엎지르는 광경을 바라보고 있다. 나는 누구인지? 또, 인생이 어떤 모양인지? 정답을 찾기 힘든 질문을 다시 한 번 나에게 물으며…….

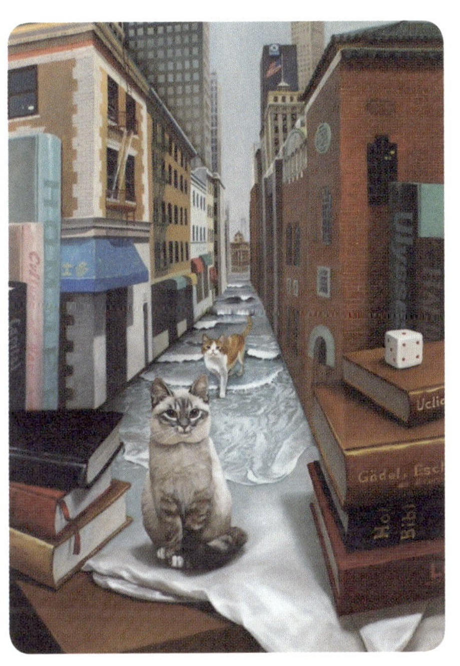

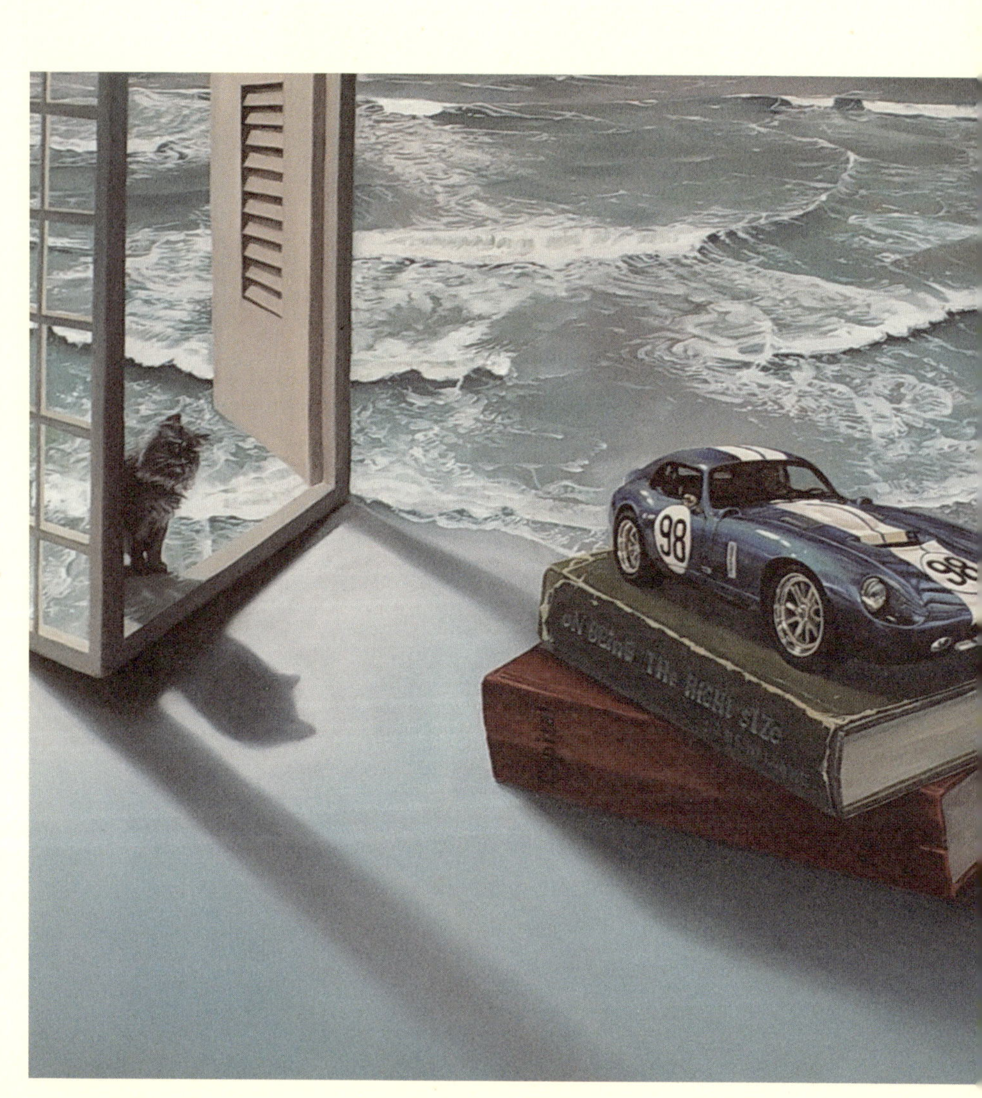

유년,
엄마 잃은
고양이

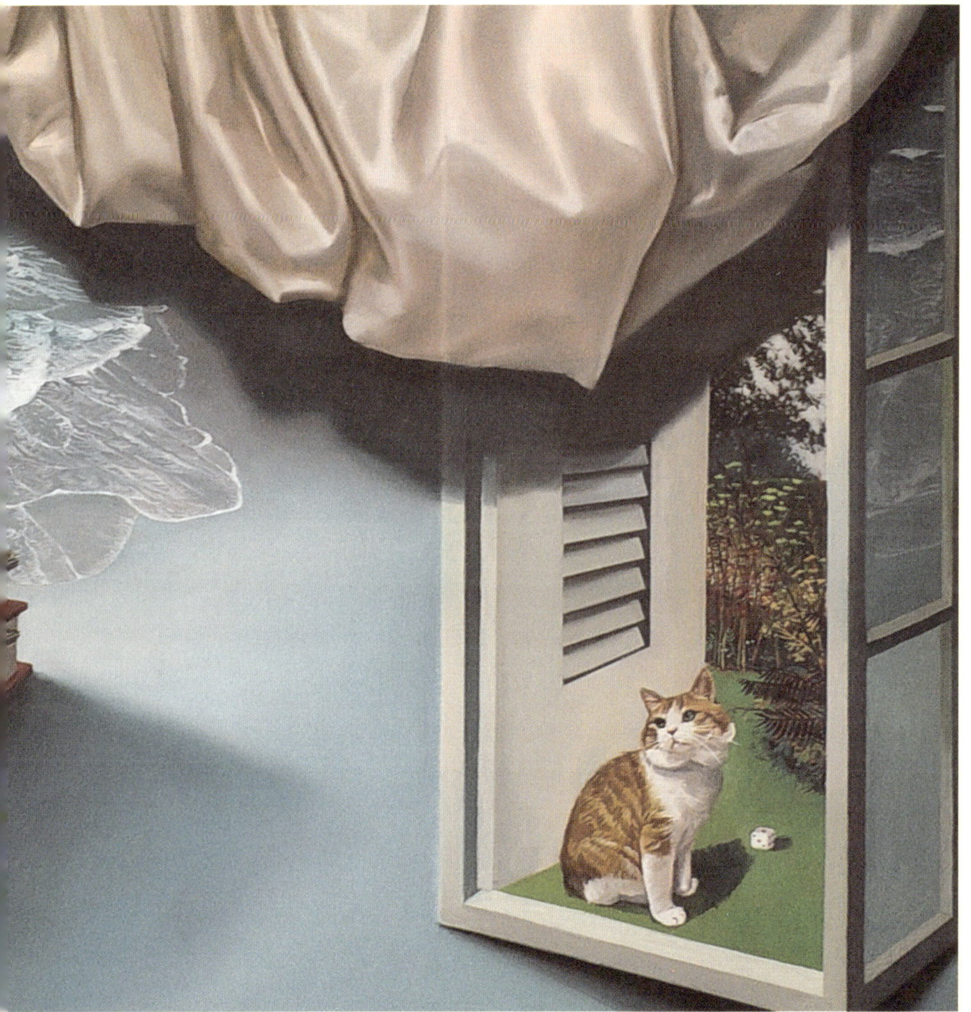

나에게 전부였던 엄마가 나를 두고 떠난 후부터 나는 몹시 외로웠다……

<u>스스스스</u>……

조용한 가운데 창호지 밖을 채우는 작은 소음이 들려오던 여름 낮, 해 그림자가 문살을 지나 방 안으로 격자무늬를 내 발끝까지 들이밀었다.

나는 발끝을 모으고 무릎에 얼굴을 묻었다.

나는 빈방처럼 외로웠다.

뒷목에 통통한 주름이 지도록 고개를 젖혀 올려다본 하늘은 눈물이 나도록 높고 푸르렀다.

청량한 바람에 작은 새들이 하늘로 날아갔다.

온 하늘에 널려 있던 햇살만큼 외로웠다.

동구 밖의 과수원 길을 따라 소나무가 드리운 흙길을 걷는다.

바닥에 널린 실낱 같은 갈비들이 작은 내 발 아래에 바스락거린다.

쌓인 갈비 켜켜이 품은 공기만큼 외로웠다.

뜨거운 여름의 강이 화려한 햇살을 흩뿌리며 도도히 흐른다.

마름모 빛 해들이 모래알처럼 어지럽다.

물결 위로 수시로 뒤바뀌는 여울처럼 외로웠다.

늦가을 벼들과 이른 갈대가 스산한 소리를 내며 일렁인다.

광활한 늦여름 들녘에 혼자임이 외로웠다.

목재소 위로 눈발이 날리기 시작했다.

하늘은 무거워 바닥으로 닿았고 어머니의 얼굴은 눈물로 얼룩졌다.

내 작은 어깨를 감싸 안으며 안녕을 고하는 어머니를 나는 잡지 못했다.

언제 오냐고 되물었지만 달싹거리는 엄마의 입술은 대답이 없었다.

돌아서는 어머니의 어깨 위로 가혹한 눈들이 드리운다.

하늘에서 눈이 내린다.

서로서로 속삭이듯…… 서로서로 열을 맞추어…….

내 눈앞에 어지러이 펼쳐진다.

홀로 선 나를 둘러싸며 군무를 추는 눈 속에서 나는 외로웠다.

계절이 무시로 바뀌어도 나는 말이 없었다.

아무리 불러도 없는, 엄마

엄마가 가출한 후 나는 시골의 빈방에 홀로 앉아 얇은 창호지 문을 바라보며 문밖의 풍경을 상상했다. 엄마가 나에게 예쁜 한복을 손바느질로 지어 입히셨던 방이다. 부엌과 연결된 작은 덧문으로 엄마가 아침상을 들이곤 했었다. 한낮이었지만 실내는 서늘하고 그림자는 푸른빛이었다. 문을 바라보고 다리를 벽에 기댄 채 모로 누운 나는 학교에 가고 없는 오빠들을 생각했다. 어딘가로 사라지고 없는 아버지도 생각했다. 그리고 우아하고 갸름했던 엄마를 생각했다. 눈물이 차오르기 시작한다. 어째서 엄마는 내 곁에 없는 것일까…… . 엄마는 뭉클한 통마늘을 넣은 따스한 감귤차를 종종 끓여주었었다. 엄마가 부엌으로 향해 난 문을 삐그덕 열 것만 같았다. 마지막으로 안녕을 건넨 사람은 나였지만, 나는 그 순간에 엄마가 건넨 말들이 무슨 뜻인지 이해하지 못했다.

"엄마가 돈 많이 벌어서 너 데리러 꼭 올께! 오빠들 말 잘 듣고 잘 있어야 된다. 알았지?"

"응…."

엄마가 하룻밤만 자면 올 거라고 믿었던 것 같다. 매일매일 내일은 엄마가 올 것이라 기다렸다. 하지만 기다려도 기다려도 엄마는 오지 않았고, 나에게 시간은 무척 느리게 흘렀다. 엄마가 없는 나의 첫 각성은 형용할 수 없는 외로움과 까닭 없는 슬픔이었다. 어린 나의 세계는 외로움과 고독으로 가득 채워진 깊고 넓은 바다였다. 나는 깊은 해저에 있는 것처럼 숨 쉬기가 힘들었다.

빈방에서 멍하니 창호지문을 바라본다. 문 밖은 따스한 초여름의 기운이 가득했다. 창호지문은 밝은 햇살 때문에 마치 등을 켜놓은 듯 훤하다. 가장자리는 은은하고 붉은 아지랑이가 아른거린다. 바람 때문인지 빈방을 채운 격자무늬의 그림자는 눈치채지 못할 정도로 살랑살랑 일렁였다. 내 눈가의 물기 때문인지 정말 그림자가 일렁이는지 알 수는 없었다.

문을 흘깃 바라보며 작은 목소리로 불러보았다.

"엄마……."

나는 너무 절실하고 싶지는 않았다. 내 목소리가 낯설다. 또다시 불러본다.

"엄마……."

이번엔 조금 더 목소리에 힘을 준다. 의지와는 반대로 나는 점점 더 절실해져갔다.

"엄마!"

이제는 계속 부른다.

"엄마! 엄마! 엄마! 엄마……!"

엄마라고 불러본 지 너무 오래되어 입 밖으로 튀어 나오는 그 이름이 무척 낯설었다. 어색한 느낌을 잊어보려는 듯 나는 더 크게, 더 또렷하게 불러본다. 문 밖에 엄마가 있는 것처럼. 저 문을 열고 엄마가 "왜?"라고 대답할 것만 같아 나는 더욱 목청껏 불렀다. 메아리도 없이 아른거리는 옅은 바람 소리조차 들릴 듯한 초여름의 고요함이 나를 짓누른다. 그런 고요함이 싫었다. 나는 용을 쓰며 불렀다.

"엄마……!"

그때 갑자기 벌컥 창호지문이 열렸다. 억센 손에 반동조차 짧은 파열음이었다.

"너네 엄마가 어디 있어?!"

험상궂은 눈가에 핏기가 어린다.

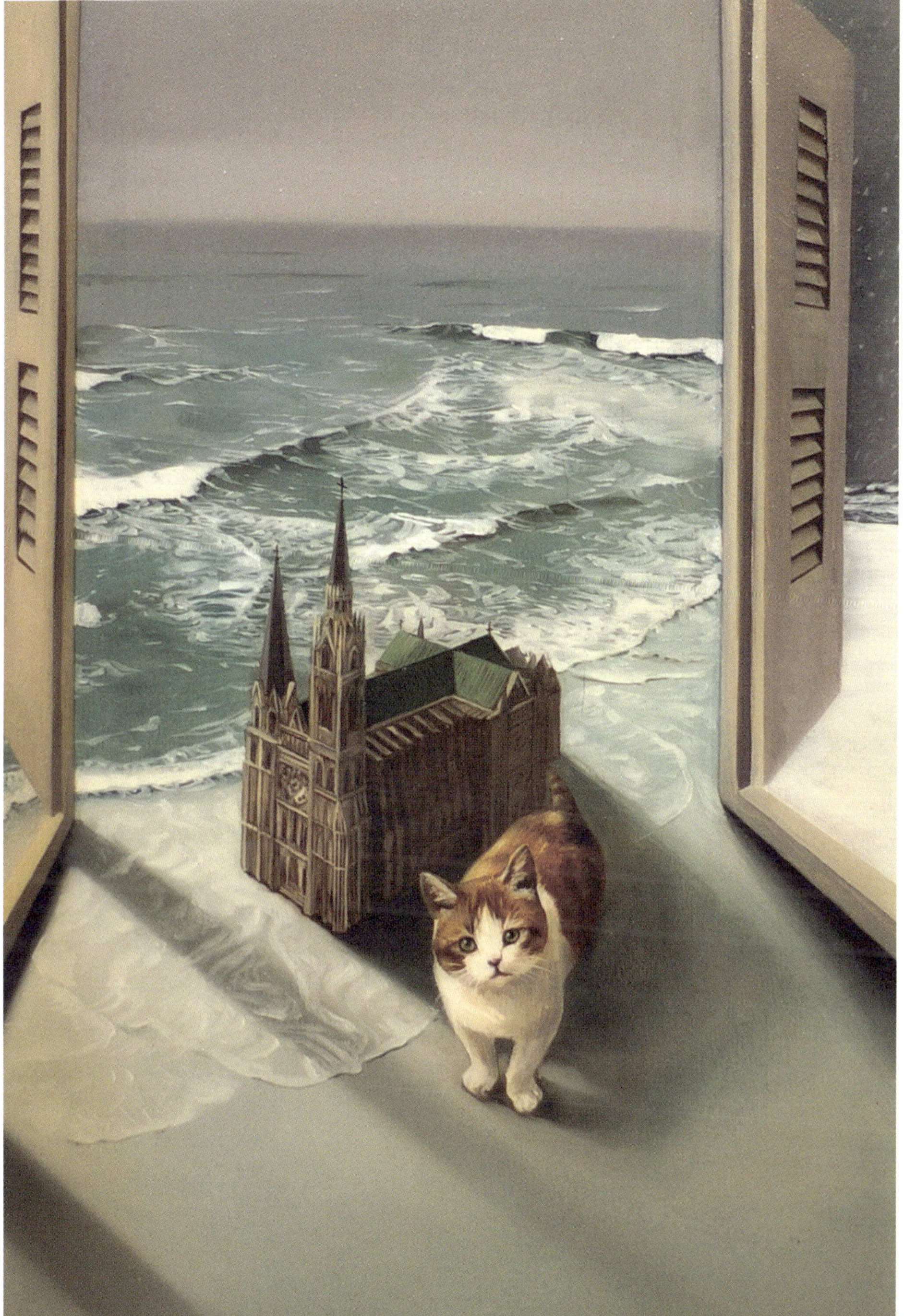

“대체 너네 엄마가 어딨냐고!!”

“아부지…….”

나는 할 말이 없었다. 분노가 얼굴에 이글거렸다. 아버지는 분노가 가라앉지 않은 목소리로 말한다.

“너네 엄만 없다. 없는 거다! 알았어?”

아버지는 밖에서 선 채로 창호문의 손잡이에 달린 손때 가득한 끈을 홱 잡아당기며 문을 와락 닫으시곤 사라졌다.

나는 울지 않았다. 그저 멍하고 무안했다. 엄마가 없다는 걸 몰라서 불러본 게 아니었다. 하지만 이상하게도 내가 엄마를 그리워하는 게 부끄러워졌다. 내 입으로 그렇게 큰 목소리로 엄마를 불렀다는 게 얼굴이 달아오를 만큼 부끄러웠다. 아버지가 조금 밉기도 했다. 바다에서 반사된 해가 볼을 더 달아오르게 만들었다. 그래서인지 그날 이후부터 나는 이유 없이 부끄러워 입을 꼭 다물게 되었다. 누군가 ‘엄마’라는 말을 뱉을 때마다 창호지문이 벌컥 열리며 분노가 드리운 아버지의 세계가 들이닥치는 듯했다.

기억력이 좋다는 건 좋지 않은 기억을 많이 가질 확률이 높다는 뜻일지도 모른다. 엄마가 가출을 하고 난 여러 달 후였다. 나는 채 다섯 살이 되기 전이었고 두 오빠는 학교를 다니고 있었다. 유일한 여자아이인 나는 오빠들이 학교를 가야 했기 때문에 종종 아버지의 행상을 따라 단 둘이 다니기도 했고, 술에 취해 잠든 아버지의 주변에서 혼자 마당에 핀 민들레나 냉이, 개머루를 보거나 그림을 그리며 놀기도 했다.

그날은 며칠째 이어지던 아버지의 폭음이 극에 달했다. 쉼 없이 연달아 술을 마신 아버지는 알 수 없는 중얼거림과 함께 간간히 짧은 욕지거리도 뱉어냈고, 눈동자는 허공을 향해 있었다. 잠들었나 싶다가도 벌떡 일어나 앉아 고개를 푹 숙이고 중언부언. 내가 옆에 있어도 나는 보이지 않는 듯 행동하던 아버지.

나는 볕이 슬쩍 서쪽으로 기울어질 무렵 밖으로 나왔다. 옅은 재냄새가 한낮의 열기가 식어가는 느낌을 신호로 알렸다. 갑자기 아버지가 부실한 창호문을 박차고 나오신다. 손에는 낡은 냄비가 들려 있었다.

"이것 말입니까?"

아버지가 쳐다보던 그곳은 허공이었다. 다시 들어간 아버지가 또다시 얼마 되지 않는 주방기구를 손에 들고 나왔다.

"그럼 이겁니까?"

나는 겁에 질리기 시작했다. 아버지의 얼굴은 너무나 심각했고 분명 어린 내가 볼 수 없는 그 어떤 존재와 대화를 나누고 있었다.

나는 공포에 질려 마당에 우두커니 서 있었다. 아버지는 모든 세간들을 하나씩 밖으로 날랐다. 그러곤 어김없이 해가 기우는 측벽을 향해 똑같은 질문을 했다.

아버지는 내가 아는 유일한 세상이었고 어른이었다. 나의 아버지이기도 했지만 또한 알 수 없는 사람이었다. 세상에서 가장 두려운 사람이었고, 항상 어떤 짐승 같은 모습이었다. 그 순간 아버지는 세상에서 가장 공포스러운 존재였다. 나의 세계는 생기기도 전에 파괴되고 있었다. 나는 안절부절하다 못해 아버지의 옷소매를 끌며 울먹이며 말했다.

"아부지……."

공포에 질려 그만하기를 바라는 간절함이 내 말 속에 섞여 있었지만 아버지는 한 손으로 나를 뿌리쳤다. 어린 나는 두어 발치 옆으로 나동그라졌고, 아파서라기보다는 누구도 이 상황을 진정시킬 수 없다는 게 힌탄스러위 울기 시작했다. 아버지는 나에게 소리를 지르기도 하고 화도 내고, 또 벽을 향해서도 계속 애기를 하며 표정을 일그러뜨렸다. 나의 울음소리에 앞집과 옆집에서 이웃 사람들이 뛰어나왔다.

담장 밖의 그들은 구세주였고 나는 누군가에게 들려 업혔다. 아버지는 그들에 의해 진정이 되었던 듯하고 나는 자주 맡겨지던 아주머니의 집에서 오빠들이 찾으러 올 때까지 걱정스레 기다렸다.

그날의 아버지의 모습은 내가 성인이 된 후에도, 돌아가신 지 10년이 지난 후인 현재까지도 머릿속에서 떠나지 않는 충격이었다. 당신이 너무나 멀게 느껴졌다. 집을 떠난 어머니보다도 더욱 멀게 느껴졌다.

어른들의 말에 의하면 아버지는 며칠째 밥을 먹지 않고 폭음을 해서 헛것을 본 것이라고 했다. 헛것과 대화를 하는 아버지라니……

나는 채 다섯 살도 안 된, 엄마 없는 아이였을 뿐이다. 엄마가 너무나 보고 싶었다.

그때보다 더 어린 서너 살 무렵의 나는 아버지를 찾으러 나선 어머니의 등에 업힌 채, 아버지가 마을 어른들과 소 잡는 광경을 봤었다. 아버지는 방금 스러진, 아직 숨통이 남은 소의 목에서 피를 받아 한 모금 들이키셨다. 때때로 아버지는 귀엽다며 나의 팔 한쪽과 다른 한 쪽만 획 들어 올리곤 했다. 아버지는 그런 분이셨다.

어른들의 이성이 명징하고 정직할 것이라는 기대는 어린 내가 가진 환상이었던가? 아버지는 내 이름을 가르치기 위해 계속 질문을 했지만 나는 어떤 이유 때문인지 대답하지 않았다. 그래서 아빠는 애꿎은 오빠들에게 계속 책임을 물었고 끝끝내 대답하지 않는 나를 엄마가 감싸 안은 채 이제 그만 됐다며 아버지를 제지했다.

나는 따스한 엄마 품이 너무나 좋았고 엄마를 너무나 사랑했다. 그러한 엄마가 내 곁에 없었다. 따스한 엄마가 너무나 그리웠다. 말할 수 없이 그리웠다.

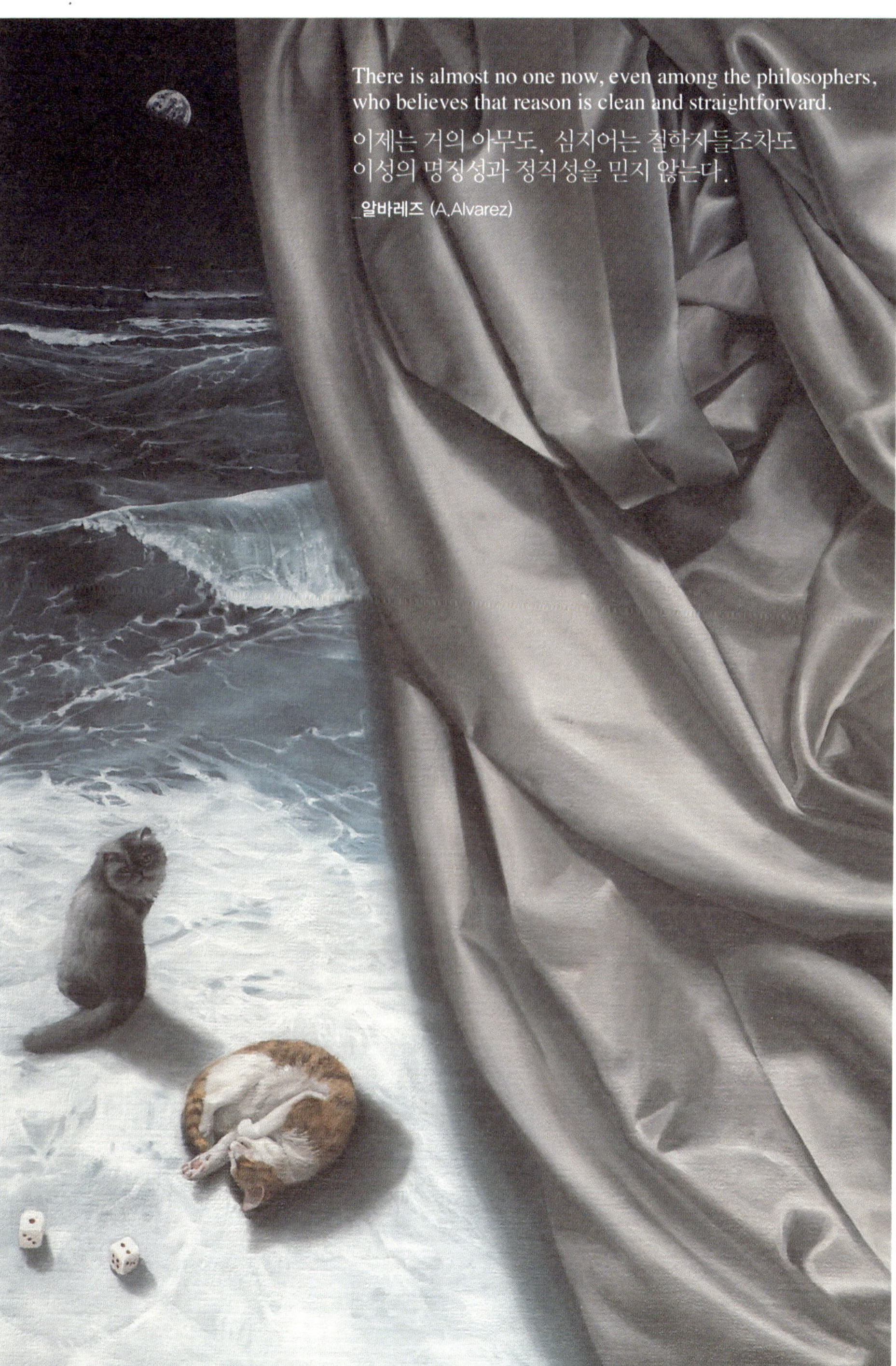
There is almost no one now, even among the philosophers,
who believes that reason is clean and straightforward.

이제는 거의 아무도, 심지어는 철학자들조차도
이성의 명징성과 정직성을 믿지 않는다.

_알바레즈 (A.Alvarez)

십자가,
최초의 아름다움

아버지는 엄마가 사라지자 벌려놓았던 읍내의 가게를 대충 정리하고 시골집으로 돌아왔다. 가게는 처음에는 밥집이었고 다음에는 국수집이었고 다음에는 트럭을 몰고 가 수박밭에서 수박을 밭뙤기째 사들여 식당 가득 파는, 정체가 모호한 을씨년스러운 가게로 변해갔다. 물론 술에 절어 행패를 부리는 주인 때문에 가게는 모든 품목에서 망했다. 엄마는 그래서 가출했다. 지금에야 할 수 있는 말이겠지만 엄마는 결단력이 있었고 판단은 현명했다. 가족들에게는 필요한 선택이었다.

가출한 엄마를 잊자는 듯 아버지는 우리에게 부지런히 밥을 해 먹였고 여덟 살 터울인 큰오빠와 다섯 살 터울의 작은오빠 그리고 나는 각자 나름대로 적응해갔다. 국민학교 고학년이었던 큰오빠는 둘째오빠와 나를 챙기느라 항상 힘들었지만, 나는 머리를 빗겨주는 오빠가 좋았다. 아버지는 커다란 빗으로 항상 귀를 함께 빗겼기 때문에 귀가 너무 아팠기 때문이다. 아버지는 아이든 동물이든 가게든 꾸준히 돌보거나 키우는 데는 젬병이었다. 한 달 중 하루는 열심이었고, 나머지 나날은 만취한 상태였기 때문에 그의 세간살이는 언제나 시간과 함께 방치되었다. 나도 오빠도 방치되었다.

아버지는 어느 날 나를 마을의 도가에 있는 하니뿐인 이발소에 데리고 가서, 오빠들의 애절한 반대에도 불구하고 오랫동안 길렀던 내 머리카락을 싹둑 잘랐다. 그렇게 머리를 묶은 채 잘린, 작은 말꼬리 같았던 밝은 갈색의 내 머리터럭을 아버지는 장롱 위에 잘 간직해두었다가, 엄마가 돌아온 다음 상자째 보이셨다. 마치 이렇게나 잘 돌봤다고 자랑하듯 말이다.

또 어느 날 아버지는 밥 먹을 때 반찬 대신 먹자며 쌈장을 잔뜩 만들었다. 그 쌈장이 담긴 통은 보랏빛 오로라 무늬가 마블링처럼 채색된, 최신 플라스틱 재질의 작은 대야였다. 우린 그 쌈장통을 양은 밥상 위에 올려두고 먹었다. 그 보랏빛 통에 된장을 게고 계시던 아버지가 입은 윗도리는 눈물 나게 그리웠던 엄마의 노란색 털 스웨터였다.

광택이 도는 노란 털실이 목 끝까지 올라와 목이 가늘고 길던 엄마에게 무척 잘 어울리던 그 옷은 체격 좋은 아버지가 입으니, 옷 중앙의 꽈배기 무늬가 특유의 우아함을 잃고 옆으로 익살스럽게 퍼져 있었다. 아버지는 혹시 그 옷이 탐났던 것일까? 아니면 엄마를 대신할 수 있다는 자신감을 그렇게나마 드러내고 싶었던 것일까? 아니, 어쩌면 아버지는 그 옷이 엄마의 일부분이었다는 기억조차 잊고 있었는지도 모른다.

그렇게 일상에서 일관성이 부족했던 아버지보다는 성실하고 카리스마가 있던 큰오빠가 우리를 통솔했다. 오빠는 앞마당에 있던 수도 펌프로 지하수를 길어 밥을 지었고 작은오빠는 부사관 역할을 열심히 흉내 냈다. 어린 나는 항상 두 오빠를 관찰하며 따라다녔다. 큰오빠는 아침마다 내 머리를 묶어주고 옷을 챙겨 입혔다. 눈이 펑펑 내린 겨울날이면 뽀얗게 쌓인 눈을 퍼다가 밥을 해주고 뜨거운 여름방학엔 우리를 냇가로 데려가 개구리 뒷다리를 구워 먹였다. 그는 엄마가 우리 곁에 있었을 때에도, 그리고 없었을 때에도 실질적인 아버지와 같은 존재였다.

엄마를 재회하던 그해, 시골에 단 하나뿐이던 국민학교에 병설유치원이 생겨 나를 보내라고 서에서 누군가가 찾아왔다. 큰오빠는 새로 산 유치원복 멜빵의 가슴 부위에 스테이플러를 엇박아 작은 십자가를 만들어주었다. 유치원은 어떤 경로를 택하더라도 도가로 향하는 길을 한참 걸어, 좌우가 까마득한 논으로 펼쳐진 길고 넓은 흙길을 지나야 했다. 그 길은 마을에서 유일하게 버스가 다니는 길이었고 마을의 정류장은 도가였다. 나는 그 길 앞에 설 때마다 세상에서 그 길이 가장 길고 넓은 길일 것이라 믿었다.

어린 내가 지루하게 긴 시간을 걸어 그 길 끝에 다다르면, 교회의 뾰족하고 작은 첨탑 위에 세워진 십자가가 보인다. 엄마와 함께 그 교회에 간 적도 있었다. 엄마는 원래 불자었나. 온갖 술주정에 행패를 부리는 아버지로 인해 마음고생이 심하던 어머니를 안쓰럽게 여긴 동네 어른들이, 교회에 나가면 술 담배를 못하게 한다 하시며 교회에 다녀보라고 권하셨던 것이었다. 더 어렸던 시절 나는 이발소를 대각으로 마주 본 작은 절의 단청을 본 적이 있다. 엄마가 스님들께 고개를 숙일 때마다 엄마 등에 업힌 내 다리가 조여왔기 때문에, 나는 선잠에서 깨곤 했었다.

그 교회 건물을 지날 즈음에 소나무 숲 뒤로 국민학교가 있었다. 학교 뒤의 제법 넓은 소나무 밭은 평소에는 한적했지만 운동회나 소풍 때는 사람들로 북적였다. 솔밭을 지나면 마을까지 들어오지 않는 더 큰 버스들이 다니는 넓은 포장도로가 있었다. 학교와 큰길 사이에는 여름이면 제법 깊어지는 강이 있었고, 강 주변의 넓은 자갈밭은 사시사철 건조했다. 큰길 건너 강둑에는 작은 기도원 건물이 있었고 그곳에는 교회 종탑에 있던 모양과 같은 십자가가 하얗게 걸려 있었다. 유치원을 일찍 마치고 나와서는 친구와 강둑까지 걸어 나와 그 기도원을 바라보았다. 엄마가 타고 올지 모르는 큰 버스를 기다린 것도 같고, 어쩌면 한 번도 건너본 적이 없는 큰길 너머의 기도원에 엄마가 있을지도 모른다고 생각했었다. 기도원이 무엇을 하는 장소인지 그때는 전혀 몰랐기 때문에 그 건물은 꽤나 음산해 보였다.

하지만 하얀 십자가는 마음에 들었다. 내 가슴 부근에 박힌 스테이플러로 만든 십자가를 만지작거리며, 강이 대각선으로 타고 올라 큰길의 지평선과 마주한 지점에 있던 그 작은 기도원을 하염없이 바라보곤 했다. 그때는 그저 십자가가 예뻤다. 엄마가 경주 시내에 있다는 소식을 아버지가 어디선가 풍문으로 듣고 우리를 경주로 데려가기 전까지, 나는 그 원복을 입고 유치원에 다녔다.

얼마 지나지 않아 나는 유치원을 중퇴했다. 서운하지 않았다. 하지만 원복의 그 작은 십자가를 자주 볼 수 없다는 건 조금 아쉬웠다. 감색 원복에 박힌 십자가를 나는 소중히 여겼다. 그건 내가 가진 최초의 액세서리 같은 것이었다. 금속 붙이에 작고 섬세하게 교차된 두 개의 은빛 선이 어린 내 눈에는 무척 예뻐 보였다. 예쁜 모양 때문만 아니라, 내겐 가장 어려운 큰오빠가 부여하는 어떤 엄숙한 느낌까지 덩달아 따라와, 나는 그 십자가를 자주 뿌듯하게 내려다보았었다.

어린 시절에 만나 더 잊을 수 없는 사물과 순간들이 있다. 세상에 가장 무방비하던 시절, 그래서 가장 세상 모든 것을 모든 감각으로 받아들이던 시절. 그 십자가는 내가 지닌 최초의 모던하고 인위적인 미의 각인이었던 것도 같다.

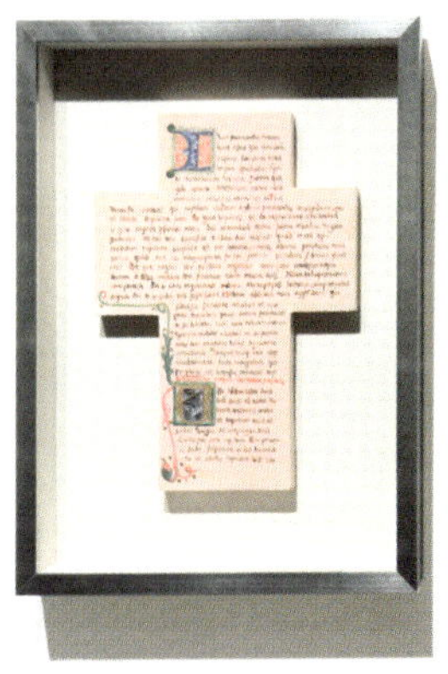

어떤 공포

엄마가 돌아왔다. 엄마와 재회한 여섯 살배기의 나는 말이 없었다. 엄마가 떠나기 전에도 나는 말이 없었다. 나는 점점 더 말이 없어졌다. 엄마가 머물던 이모네 포목집 문간의 작은 방에서 몇 년 만에 엄마를 마주했을 때에도 나는 엄마가 낯설었다. 나는 엄마를 찾아 경주시내로 나와 변두리의 여인숙을 전전하던 아버지와 오빠들에게서 정갈하고 깔끔한 엄마에게로 건네졌지만, 그런 엄마가 없던 사이 나의 인식이 생겨나고 자랐다.

나는 세상의 모든 이가 낯설었다. 엄마는 더욱 낯설었다. 엄마의 방에 있던 작은 전기밥통이 무척 예뻤다. 뚜껑이 유리로 된 밥솥은 장작불 없이도 밥을 짓는 신기한 물건이었다. 영원히 남의 물건처럼 보이던 그 물건에 나는 한참 동안이나 익숙해지지 않았다. 시골집에서 정주간 아궁이의 무쇠솥 속에서 거대한 밥만 봤던 나에게는, 작은 일제 전기밥통과 엄마가 똑같이 낯설게 느껴졌다. 나는 한동안 엄마에게 네, 아니오,라는 말밖에 하지 못했다. 그 말조차 입 밖으로 나오기가 무척 버거워, 입안에서 조그마하게 맴돌다 사라지는 경우가 대부분이었다.

엄마는 작은 문간방에 재봉틀을 두고 이모가 집으로 전화를 걸어오면, 시장으로 나가 손님의 치수를 직접 재어 와 한복 짓는 일을 하고 있었다. 때때로 엄마와 함께 시장으로 나가는 날이면 모든 게 어리둥절했다. 작은 시장이었지만 세상의 물건들은 다 있었다. 계절마다 변하는 야채 품목이 초입이었다. 바쁜 엄마의 손을 잡고 나는 구경하기 바빴다. 바다를 단 한 번도 본 적이 없던 나에겐 커다란 망태에 마치 거대한 뱀 같은 탱탱한 미역들이, 심마니에게 끌려 시장 바닥에 패대기쳐진 듯 드러누워 있었다. 손은 엄마에게 잡혀 앞을 향해 죽 뻗어 있으면서도 얼굴은 목이 떨어져라 옆으로 젖혀 있기가 일쑤였다.

그렇게 정신없이 구경하다 엄마 손을 놓친 날이 있었다. 엄마는 무슨 일로 급했는지, 그 자리에서 꼭 기다리고 있으라며 사람들 사이로 서둘러 사라졌다. 엄마가 사라진 그곳에는 뻥튀기 아저씨가 있었다.

아저씨가 뻥— 튀긴다고 예고해주지만, 그래도 나는 그 뻥튀기가 너무 무서웠다. 성글성글 돌아가던 시커먼 둥근 몸체가 멈출 때면 귀를 꼭 막고 눈도 감았다.

"쉭—뻥!"

나는 그 큰 소리가 너무 무서웠다. 뻥튀기 소리는 세상에서 내가 아는 가장 큰 소리였다. 질끈 감은 두 눈을 뜨고 휙 돌렸던 몸도 제자리로 돌리고 보니, 내가 어느 방향으로 향해 있었는지 헷갈리기 시작했다. 뻥튀기 아저씨가 쥐여준 강냉이 몇 알이 한 손에 넘치게 쥐여 있었지만 갑자기 불안해졌다.

불안은 금세 두려움으로 변해갔다. 지나온 길이라 생각된 어떤 가게 쪽으로 향했다. 그런데 이상했다. 분명 길이 있어야 하는데 정면으로 보이는 그곳은 막다른 길이 아닌가……? 나는 너무 두려웠다. 엄마를 또다시 못 보게 될지도 모른다는 생각은 공포로 변해갔다. 방향을 바꾸어 반대쪽으로 조금씩 걸어갔다. 하지만 눈앞에 보이는 그 길은 생경한 풍경이었다. 다시 왔던 길을 거슬러 올라가봤다. 하지만 눈앞에 펼쳐진 그곳은 역시나 막다른 곳이었다.

눈물이 나기 시작했다. 어째서 내가 온 그 길은 감쪽같이 사라졌을까……? 세상은 이렇게 갑자기 변하기도 하는 것인가? 나는 순식간에 건물이 새로 생기기도 하는지 궁금하기도 하고 걱정도 되고, 어떻게 해야 할지 알 수도 없었다. 알 수가 없었다. 알 수가 없다는 것도 두려웠다. 어린 나이였지만 내가 알던 세계를 잃는다는 것은 큰 충격이었다. 공포였다. 나는 이러지도 저러지도 못하며 점점 정신이 마비되어갔다. 이런저런 봉지를 든 어른들이 나를 팍팍 스쳐 지나간다. 누군가 나에게 무어라 묻기도 했지만 이미 나는 충격으로 아무 말을 못하고 있었다. 그때의 나는 내가 무엇을 원하는지조차 표현할 수 없는 아이였다.

획획 사람들이 지나갔다. 어른들의 얼굴들이 광선처럼 흘러간다. 모두들 나를 의문스러운 눈빛으로 쳐다보긴 했지만 무심했다. 한 사람, 두 사람, 세 사람, ……아줌마, 아저씨, 할머니, 아줌마……. 그러다 나를 보는 그 사람의 의아한 눈은 금세 엄마의 얼굴로 변해 있었다. 엄마였다. 엄마였다! 왈칵 울음이 쏟아진다. 엄마는 당황하며 왜 우냐고 물었지만 나는 대답은 못하고 손가락질을 했다. 길이 있어야 할 그곳을 향해……. 그리고 그제야 낑낑대며 말했다.

"길이 없어……. 길이 있었는데 없어졌어……."

"응? 무슨 말을 하는 거니?"

엄마는 갸우뚱거리며 나를 끌었다. 그 막다른 곳을 향해서.

아! 그런데 막다른 그 골목에 길이 있는 게 아닌가! 가까이 가면 갈수록 주변 풍경이 넓어지면서 삼거리의 대로가 보이기 시작했다. T자형 도로가 시장이 시작되는 지점이었기에 멀리서 보고는 짐짓 내가 골목을 돌아온 사실은 잊은 채 길이 막혀 있다고 여긴 것이었다.

지금 생각하면 어린 내가 얼마나 어리석고 소심했는지 알게 해준 소소한 일이었지만, 당시의 나에게는 온 세상이 노랗게 변하는 거대한 사건이었다. 분명 길이 있어야 할 곳이 막다른 골목으로 보이기 시작하며 끝없이 골목 양 옆으로 사라지는 사람들은 보이지도 않은 것이다. 공포를 느끼기 시작하면서 다른 정보들이 눈에 들어오지 않는 신기한 경험을 했던 최초의 사건이었다.

아마 엄마는 기억조차 하지 못할 것이다. 하지만 나는 이후로도 그 삼거리를 수도 없이 드나들었고 그 시장통을 걸을 때마다 뺑튀기 아저씨의 공포와 함께 그날의 어리석은 내가 떠올랐다. 길을 끝까지 가보기 전까진 아무것도 모른다는 사실을 그때 깨달았는지도 모를 일이다.

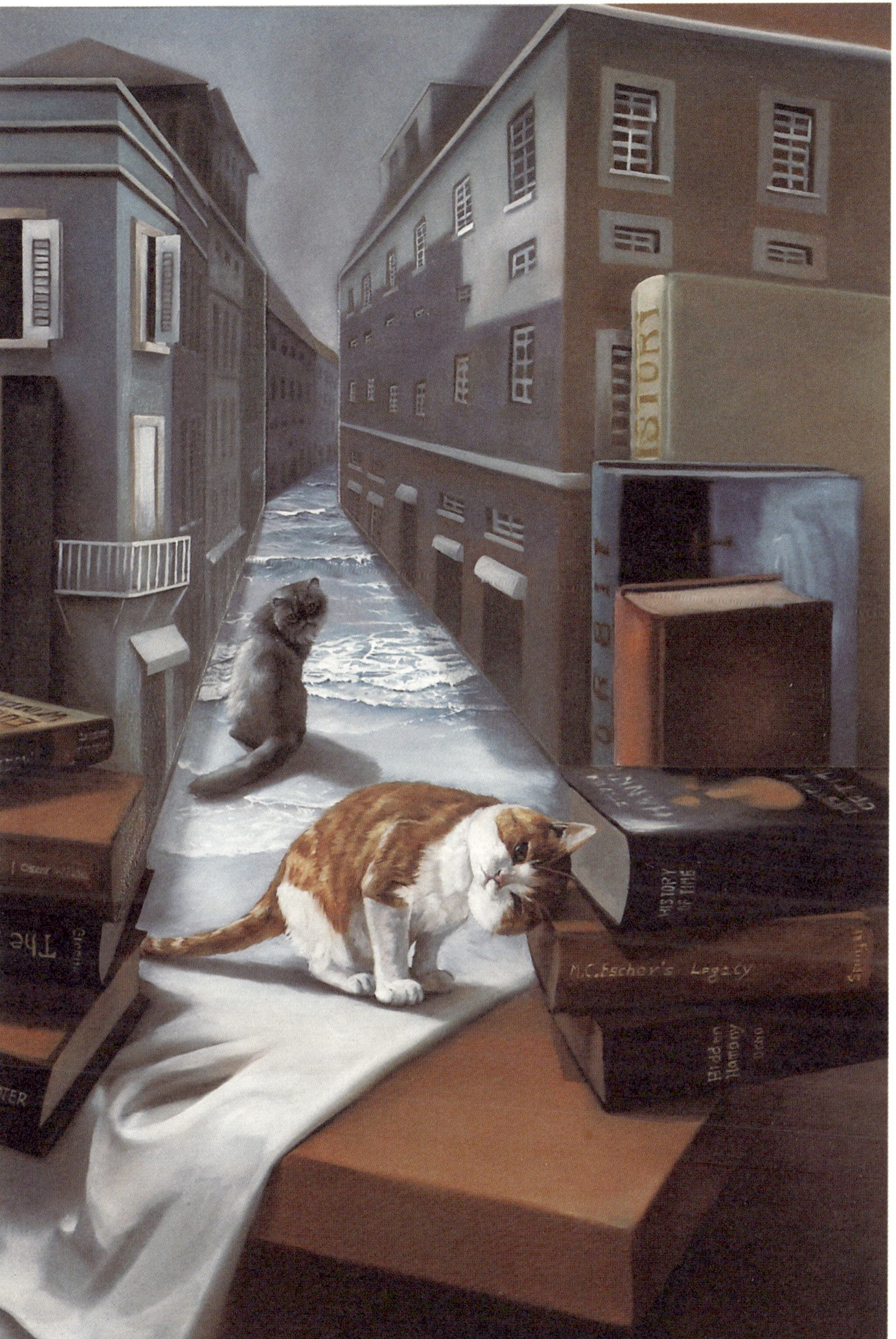
HISTORY
HOBBIT
HISTORY
OF TIME
M.C. Escher's Legacy
Hidden Harmony

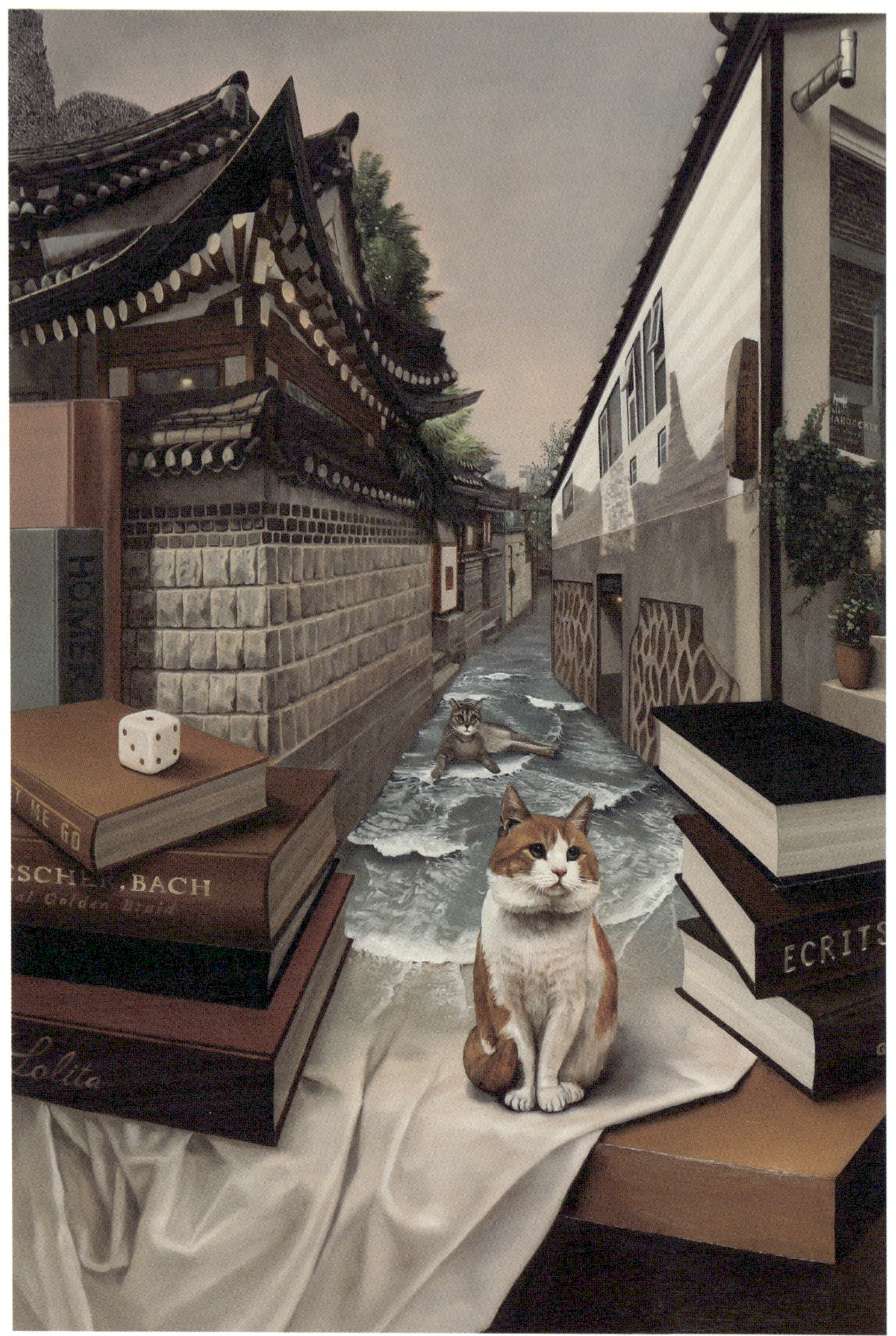

등 돌린 어깨를
닮은 골목길

도시를 향한 새로운 삶을 준비해 돌아온 엄마는 대구 서문시장에서 배워 익힌 한복 만드는 일을 본격적으로 시작했다. 일거리는 주로 시장에서 포목집을 하던 이모네에서 받아왔고 경주 기차역 인근 성동시장 주변의 빈곤한 마을에 자리를 잡았다.

우리 집은 시장과 맞닿은 큰길 골목 초입의 대문간 방이었다. 우리 집의 맞은편도 역시나 마당과 화장실을 공유하는 셋집이었고 옆집도 마찬가지였다. 그들의 가족구성원도 우리 집과 비슷하거나 혹은 편부모에 결혼하지 않은 장성한 자녀 한둘로 구성되었다. 혼자 사는 사람들도 있었다. 이혼이나 미혼이라는 말을 몰랐던 나이였다.

그들이 저마다의 집으로 들어가고 조용히 남은 그 골목길은, 밝고 건조한 시멘트로 만든 하수구 뚜껑이 서너 개씩 드문드문 덮인 채 골목을 따라 함께 흘렀다. 길은 긴 벽을 따라 두어 번 굽어졌다. 학교에 가려면 그 골목을 시장과 반대 방향으로 따라 내려가 큰길로 나가야 했다. 사람이 많이 다니지 않는 그 길은 마치 주인이 사는 골목에 낀 셋집사람들인 마냥, 어둠이 깔리면 낯선 이가 다니지 않았다.

폭우가 내린 다음 날 작은오빠와 나는 골목에서 다친 참새를 주워 어설프게 치료해주기도 하고 길을 따라가며 집집마다 다르게 열린 과일들을 감상하기도 했다. 감나무며 대추나무도 있었지만 가을이면 빨간 구슬이 터진 껍질 사이로 보석처럼 보이는, 하늘색 대문 집의 석류나무가 으뜸이었다. 골목이 두 번째로 꺾이는 곳의 대부분을 차지했던 '최 교장 댁'에는 큰 수선화 밭이 있었고, 주변에는 밤나무가 몇 그루 심어져 있었다. 군데군데 호박도 심어져 있었고, 전신주에는 두세 개의 가로등이 달처럼 달려 있었다. 엄마에게는 교장 집에서 충동적으로 따 온 작은 애호박을 골목에서 주운 것이라고 거짓말하기도 했다. 엄마는 짐짓 못 믿는 눈치였지만, 다음에는 땅에 떨어진 것이라도 주워오지 말라는 말로 마무리했다.

봄이 오면 길게 줄지어 선 수선화가 봉우리를 내밀었고, 그 수선화가 질 무렵에는 밤꽃이 비릿한 냄새를 풍겼다. 농사를 짓기 위한 밭이 아닌 넓은 꽃밭을 처음 본 나는, 그때는 이유를 알 수 없던 그 풍요로움이 너무나 좋았다. 노란 수선화가 만개할 때는 미안하게도 가녀리게 고개를 숙인 꽃송이를 꺾고 싶은 충동을 누를 길이 없었다. 아름다운 꽃과 탐스럽게 달린 과실을 보면 꺾고 싶은 마음이 인간의 본능에 가깝다는 것을 어린 시절부터 느끼며 체득해온 듯하다.

사람들과 차들이 분주히 오가는 큰길과는 달리, 끝이 굽이쳐 가려진 골목. 도시의 골목이 생전 처음이었던 나에게 그곳은 세상의 전부였다. 언제나 등 돌린 듯 얼굴을 보여주지 않는 누군가의 어깨처럼, 집집마다 담벼락에 매달린 석류나 감들은 내 시선을 사로잡았고 동경을 품게 했다. 여름이 가까우면 골목에는 어김없이 짙은 보랏빛 라일락 향내가 진동했다. 함께 골목을 걸어오다 내가 고집 부리고 울며 주저앉으면, 짐짓 골목 어귀까지 걸어가던 체하던 작은오빠는 성큼성큼 다시 뒤돌아 와 나를 덥뿍 들어 안고 집으로 왔다.

골목길에는 간간히 좀도둑도 있었고 아이들이 이리저리 몰려다니며 숨바꼭질도 하고 드문드문 지나가는 사람들을 아랑곳하지 않고 고무줄뛰기도 했다. 그러다가 그 골목의 바닥에 넘어져 머리가 찢어지기도 했다. 친구들이 모두 집으로 돌아간 조용한 골목길에 혼자 남아, 어떤 이의 집 지붕 위로 넘어가는 붉은 해를 몇 번이고 바라보기도 했다.

밤을 맞이하는 골목은 조금 무서웠고, 아빠 때문에 새벽에 교회로 향하다 돌아본 푸르스름한 그 골목은 평소의 친숙한 골목이 아니라 만화 〈이상한 나라의 폴〉에 등장하는 갑작스레 변신한 기괴한 길이기도 했다.

긴 고생을 하고 탈 많았던 남편도 먼저 보낸 엄마가 중얼대던 말이 있다.

"한때는 하루하루 어찌 살아야 하나 싶을 만큼 긴 것 같았는데, 지나보니 인생은 저 골목어귀 같더라. 멀리서 올 때는 너무 멀어 보였는데 어귀를 돌고 나니 골목은 금방 끝이더구나……."

어른들이 말하는 인생을 알기에 나는 너무나 모자란 나이였다. 하지만 엄마의 담담한 말은 이제는 떠난 지 오래되어 잘 기억나지도 않는 그 어린 시절의 골목과 아련히 겹치며 눈물 나게 했다.

눈 내리는 날, 엄마!

학교에서 집으로 돌아오는 길, 아침부터 어둑하던 공기 사이로 갑자기 눈송이들이 하나둘 내린다. 작은오빠는 점심도 먹고 오후 수업도 더 들어야 하는 고학년이어서 나는 정오가 지난 하굣길을 혼자 재촉했다.

불안하다. 엄마가 떠나던 그날도 눈이 내렸다.

그날 하늘에서도 눈이 어지러이 내렸다. 무게가 없는 듯 깃털처럼 부는 바람에 이리저리 날리며 나의 시야를 가득 채운다. 강한 바람에 사선으로 쏟아지는 속도감이 뭉클하다……. 또 어느새 바람 없는 적막한 눈이 내린다. 속절없이 눈을 맞는 나무가 처연해진다. 검푸른 잎들 위로 하얀 눈이 쌓여 하늘로만 솟던 가지들이 겸손해진다. 큰 빌딩처럼 높이 쌓인 목재들 위로도 눈이 내린다. 시선 너머의 목재 더미 위로는 내가 모르는 소인국이라도 있을 것 같다.

폴폴 내리는 눈을 맞으며 엄마가 무릎을 굽힌 채, 내 팔을 양손으로 잡고 눈물 맺힌 눈으로 나를 바라본다. 그 눈빛이 불안했다. 나는 언제나 반응이 빠른 아이가 아니었다. 나는 엄마의 말에 고분고분 대답했다. 오빠들 말을 잘 듣겠다고 대답했다. 착하게 잘 지내겠다고도 했다.

하지만 그 말이 오랜 헤어짐을 뜻하는 것인 줄은, 하루 이틀이 지나도 돌아오지 않는 엄마를 기다리며 비로소 알게 되었다. 나의 엄마는 나이 어린 딸을 남겨두고 그렇게 떠났다. 엄마가 뒤돌아서는 장면이 얼마나 가슴이 아픈 장면인지는 시간이 점차 흘러 회상이라는 프레임을 통해 알게 되었다. 네 살 넘어 다섯 살이 되어가던 나에겐 그저 흑백영화 포스터처럼 매끈한 설경이었다.

희뿌연 눈발이 엄마를 삼킬 때도 나는 조용히 내 자리를 지켰다. 엄마가 그렇게 시켰으니까. 그래서 그 말을 들었다. 그러면 곧 온다고 했으니까……. 내가 그 뒤 어떻게 집으로 보내졌는지는 기억 너머로 사라졌다. 아마도 외삼촌을 기다렸을 것이다. 왜 나만 엄마의 마지막 인사를 듣게 된 건지도 기억나지 않는다.

그 뒤 엄마는 2년 동안 없었다. 기억이 백지 위에 그려지는 그림처럼 자동적으로 기록되던 때였다. 나의 첫 그림은 외로움이었다. 나는 언제나 혼자였고, 나의 최초의 경험들을 나눌 사람이 없었다. 혼자 생각하고 혼자 놀고 혼자 울었다.

모래알 알갱이 같은 수많은 눈들이 뚜렷했던 색과 선들을 점점이 조용하고 차분하게 가라앉힌다. 엄마가 떠난 날이었지만 나는 그 이별을 이해하기엔 너무 어렸고, 그보다는 지금까지 보지 못한 연보랏빛 새하얀 세상을 만든 그 눈들이 너무나 신기해 보였다. 허공에 박힌 하얀 눈들이 거리감을 증폭했다. 나는 공중에 떠 있는 것만 같았다. 하늘은 더욱 낮아지고 멀리 보이던 산과 낮은 건물들은 액자 속의 그림처럼 멀어져갔다. 가로등이 켜지고 부나방처럼 눈송이들이 춤을 추었다.

시간이 바뀌고 풍경이 변했고, 홀로 남은 나는 외로워졌다. 하지만 쌓여가는 눈들은, 대낮의 모든 색을 이불로 덮듯 거친 나의 슬픔과 외로움도 가렸다. 시간도 멈추고 슬픔도 멈추고 외로움도 박제되었다. 고요한 심연의 풍경 속에 나만 홀로 남겨진 듯 고독했다. 떨어지는 눈송이들이 별처럼 흩어졌다. 나는 우주 속의 먼지처럼, 거대하고 공허한 공간에 덩그러니 놓여 있었다. 채 짙어지지 않은 연한 머리카락 위로 눈을 맞으며……

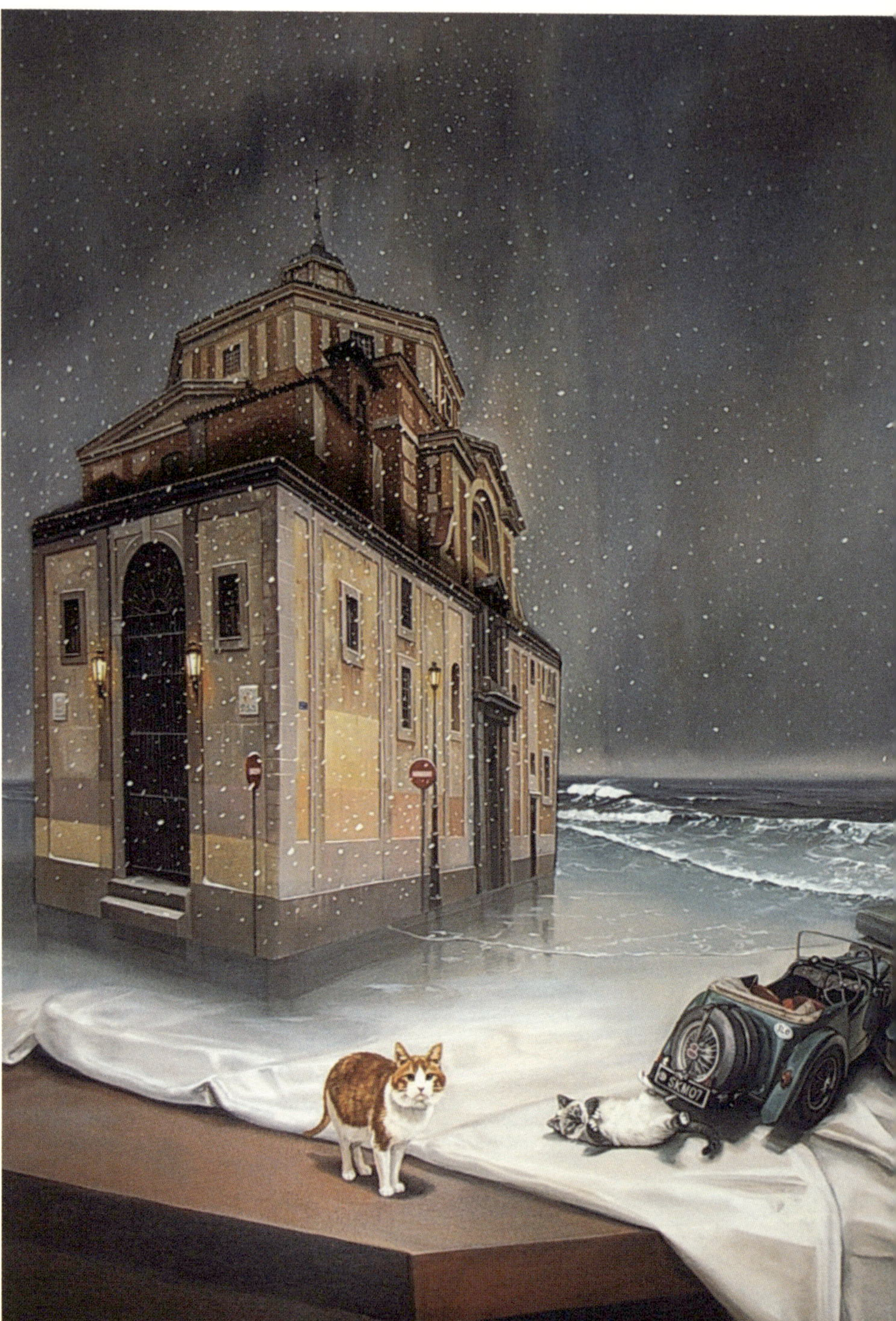

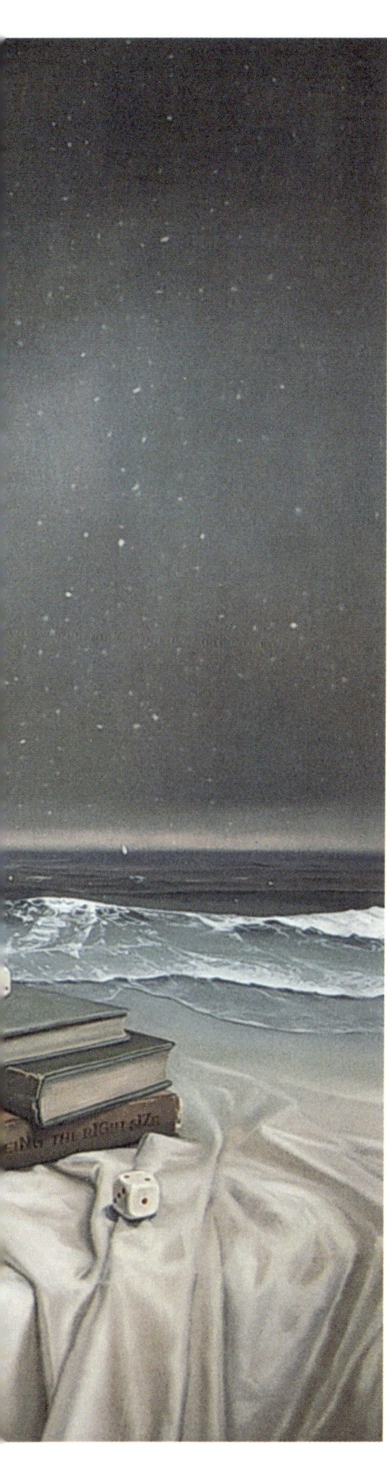

시간이 바뀌고 풍경이 변했고, 홀로 남은 나는 외로워졌다.
하지만 쌓여가는 눈들은, 대낮의 모든 색을 덮듯
지친 나의 슬픔과 외로움도 가렸다.
시간도 멈추고 슬픔도 멈추고 외로움도 박제되었다.
고요한 심연의 풍경 속에 나만 홀로 남겨진 듯 고독했다.
떨어지는 눈송이들이 별처럼 흩어졌다.
나는 우주 속의 먼지처럼, 거대하고 공허한 공간에
덩그러니 놓여 있었다.

먹먹했던 그날처럼 펼친 두 손바닥 위로 눈송이들이 내려앉았다 소리 없이 녹아내렸다. 집에서 한복 일을 하고 계실 엄마가 무척 보고 싶다. 내가 학교에 간 사이 별일이 없었는지 걱정이 된다. 한달음에 집으로 뛰어가고 싶다. 동네 아주머니에게 얻은 낡은 내 책가방엔 고마운 엄마에게 가져다 줄 뜯지 않은 봉지빵이 들어 있었다. 학급회장으로 당선된 낯선 아이가 반 전체에 돌린 것이었다. 차가운 눈송이들이 얼굴을 때려도 부지런히 걷는다. 경박한 미닫이문을 활짝 열어젖히고 신발주머니를 화분 옆으로 휙 던지며, 급히 엄마 얼굴을 확인한다.

"엄마!"

엄마다.

엄마!

고마운 엄마!

나는 가장 빠른 속도로 어른이 되고 싶었다

밤새 눈물을 흘리며 기도하던 엄마 옆에서 잠이 들었던 나는, 새벽녘에 엄마가 어깨를 어루만지자 감았던 눈을 떴다. 어젯밤에 챙겨 온 가방을 메고 등교해야 했다. 오빠들은 잘 있는지 걱정스런 마음이 다시 밀려든다. 아침잠이 많은 나답지 않게 이른 시간에 등교하는 건, 지난밤 술에 취해 행패 부리던 아버지를 피해 엄마와 함께 교회에서 밤을 보냈기 때문이다.

자그마한 단칸방에 얼마 되지 않는 집안 살림들이 모두 나뒹굴던 어제 일이 생각난다. 형광등 아래 엄마를 위협하는 아버지를 부둥켜안고 울부짖었었다. 제발 엄마를 때리지 말라고……. 오빠들은 아버지의 힘을 제압하기엔 역부족이었고 아버지의 거칠게 뿌리치는 손에 연신 벽으로, 장롱으로 나동그라졌다. 나는 구석으로 피해 있던 엄마를 온몸으로 막아섰다. 그래도 그는 아버지였다. 오빠들을 체벌하긴 했어도 아직 열 살이 안 된 나에게만은 마음이 약해지곤 했다.

"비켜!"

내가 그런 말을 들을 리가 없다. 그사이 오빠들은 엄마를 피신시켰고 내 가방을 챙겨 나를 딸려 보냈다. 맨발로 나간 엄마의 신발과 옷가지를 두 손에 챙겨 든 나는 어두운 골목에서 작은 목소리로 "엄마!"라고 외친다. 저기 작은 골목 틈새에서 엄마가 손짓한다. 혹시 지나갈지 모르는 행인의 눈길을 피해 숨은 엄마의 눈엔 한스러움과 억울함을 담은 눈물이 가득 맺혀 있다. 그녀의 눈빛은 참으로 절망스럽다. 어린 내 마음이 찢어지는 것만 같다. 하지만 나조차 울고 싶지는 않다. 아무렇지 않은 척 눈물을 손등으로 닦으며 카디건을 걸치는 엄마를 말없이 거든다. 나는 빨리 어른이 되고 싶다. 빨리 어른이 되어 이 가녀린 여인인 엄마를 지켜주고 싶다.

밤늦은 시간에 일요일마다 가던 교회로 향했다. 엄마를 도와주던 이모 부부가 함께 다니던 교회였다. 자연스레 이모가 전도해, 엄마가 가출한 동안 꾸준히 다니던 교회는 엄마에게는 할아버지가 돌아가신 후 한동안 잃어버린 마음을 기댈 수 있는 곳이었다. 할아버지가 돌아가시며 아버지의 폭음과 불규칙한 생활은 더욱 심각해졌고, 결국 가산을 탕진한 남편을 대신해 농사짓던 시골 아낙이던 엄마는 작은 도시의 한복 일을 하며 신앙의 힘으로 버티셨다. 엄마는 시간이 허락하는 한 교회에 성실히 나갔고 우리들도 유년부며 소년부에 등록시켜 엄격히 교회에 나가도록 했다. 아버지는 지독한 과음 탓에 속병이 나거나 몸살이 심해져 앓아누운 다음엔 금주를 했다. 금주 기간은 길면 한 달도 넘게 이어지고 짧으면 사나흘을 못 넘길 때도 있었지만, 어쨌든 그 기간만큼은 선하고 엄하고 성실한 가장으로 돌아왔다. 그럴 때면 가끔, 무서운 이모의 강요에 못이기는 척 우리들처럼 교회에 가기도 했다.

주일의 교회는 저마다 단정히 차려 입은 부부들이 가득했지만 평일의 밤늦은 기도실은 조용하고 엄숙하며 어두웠다. 구석 어디쯤엔 방석을 깔고 엎드려 소리 내어 기도하는 아주머니들이 있었다. 그녀들에게도 우리 아버지처럼 무서운 남편이 있는 걸까? '아버지 하나님'으로 시작하는 첫 음절은 또렷이 들리지만 그녀들의 간곡한 기도가 갈망하는 문장의 몸뚱이는 언제나 웅얼웅얼거렸다.

엄마도 사람들이 많지 않은 기도실 구석의 뒤쪽으로 자리를 잡고 조용히 방석을 깔고 앉는다. 엄마는 나에게 어떤 특별한 지시를 내리지는 않았다. 나는 그저 엄마와 함께 눈을 감고 손을 모으고 엄마의 기도를 듣는다. 때때로 앞에 앉은 아주머니의 앞뒤로 흔들리는 뒷모습을 보기도 하고, 눈물을 흘리며 두 손을 꼭 모은 엄마의 옆모습을 훔쳐보기도 한다.

어둠 속에서 자줏빛 벨벳을 뒤로 하고 걸려 있던 옅은 오크색 나무 십자가가 기도실의 중앙 정면에서 은은히 빛나고 있었다. 몸체 뒤에는 형광등이라도 달려 있는지, 십자가는 영묘한 오라의 형체를 뿜어낸다. 셀 수 없이 많은 '아버지 하나님'이 내 귀를 두드리고 여기저기 훌쩍이는 중년의 여인들의 기관지 소리가 박자를 맞춘 자장가처럼 들려온다. 나는 마음이 평온했다. 술에 취한 인사불성의 아버지가 계신 곳이 아니라 성령의 하나님 아버지가 계신, 화려할 것 없이 단조로운 거대한 교실 같은 이 공간이 편안했다.

게다가 한없이 가녀린 엄마는 나와 함께 있다. 아버지가 엄마를 괴롭히고 있을지 모른다는 불안감도 없다. 단지 아버지와 함께 작은 방에 있을 두 오빠들이 좀 걱정스럽기는 했지만, 아버지를 혼자 두면 또 어떤 일이 일어날지 모르니 오빠들은 아버지를 감시하기도 해야 했다. 그렇게 나는 선잠이 들었다가 새벽기도를 하기 위해 하나둘 찬 새벽 공기를 몰고 오는 어른들 때문에 깨어났다.

이른 아침 고요하고 평화로운 새벽안개가 교회 밖 작은 상점들 사이로 가득 차 있었다. 따뜻하고, 돌아가고 싶은 집은 어디였는지 알 수가 없다. 오빠들과 술 취한 아버지가 있는 그 단칸방은 아닌 게 분명했다. 터덜터덜 학교가 있는 방향으로 향했다. 편안하게 잠들 수 있는 엄마의 품은 언제쯤이면 내 차지가 될까? 엄마가 교회의 기도실 벽에 스며드는 상상을 해본다. 아버지가 술에 취해 찾아와도 엄마의 몸을 찾을 수 없도록……. 지치고 힘든 엄마를 어떠한 형태로도 괴롭히지 않는 건, 오빠들과 나 사이에 맺어진 묵언의 공약이었다. 고마운 엄마에게 우리 삼남매는 착하디착한 아들딸이어야만 했다.

커다란 기도실 문을 열고, 아직 뿌연 이른 아침의 골목으로 나왔다. 한참을 걷다가 뒤로 멘 가방 끈을 접은 팔로 움켜쥐며 교회가 있는 방향으로 돌아본다. 하얗게 솟은 종탑 위에 익숙한 십자가가 있다. 그 십자가 아래 엄마는 기도를 하며 쉬고 있을 것이다. 엄마가 집으로 영영 돌아가지 않으면 좋겠다. 엄마와 함께 매일매일 교회에서 생활할 수 있다면 더 바랄게 없을 것 같았다. 때로는 교회에서 너무 빨리 위험한 집으로 돌아가는 엄마에게 화가 나기도 했다. 하지만 오늘 하루만큼은 엄마는 교회에 계속 있을 것이다.

적어도 오늘 하루만큼은 마음 졸이며 집으로 가지 않아도 되니까 나는 싱긋 웃음이 나온다. 하얗고 뾰족한 십자가를 보면서…….

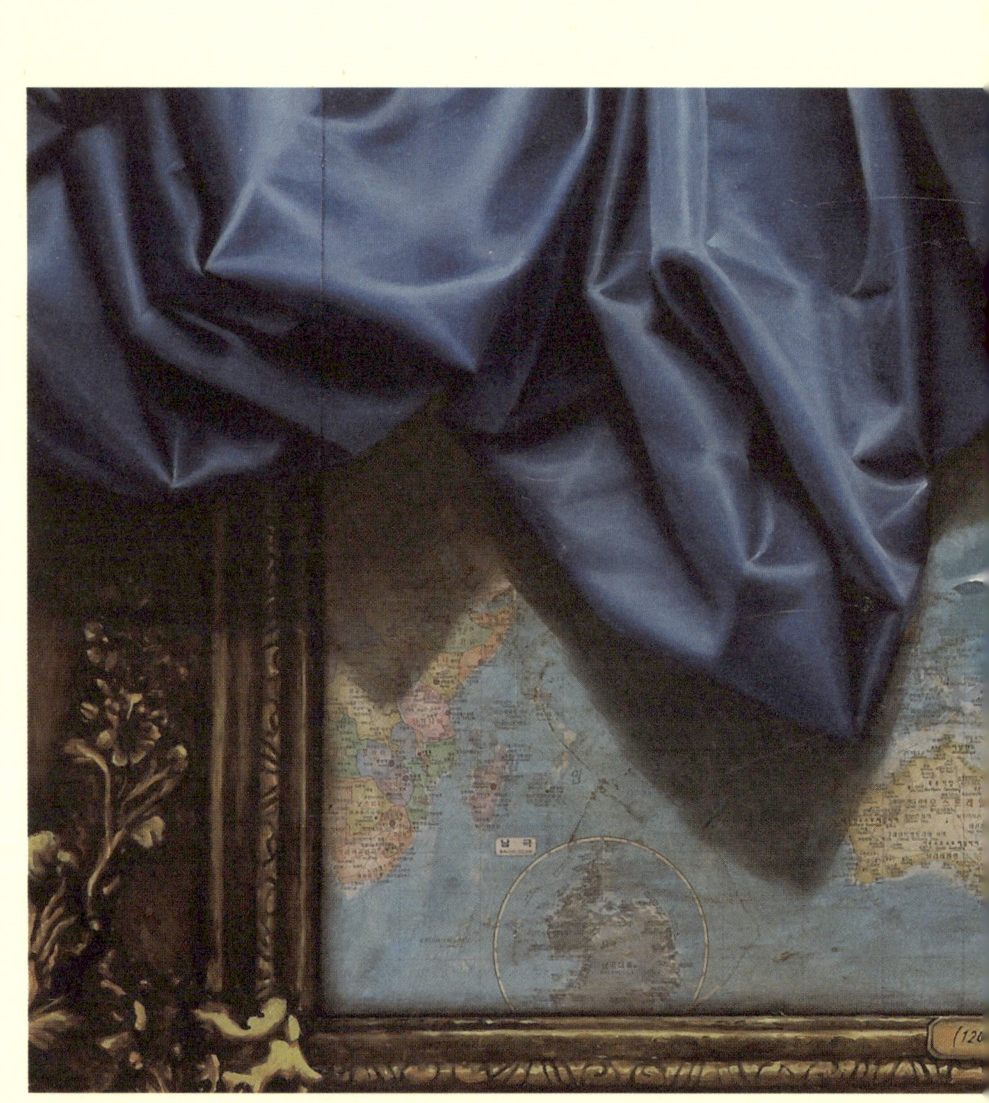

생명,
가난한 새끼
고양이

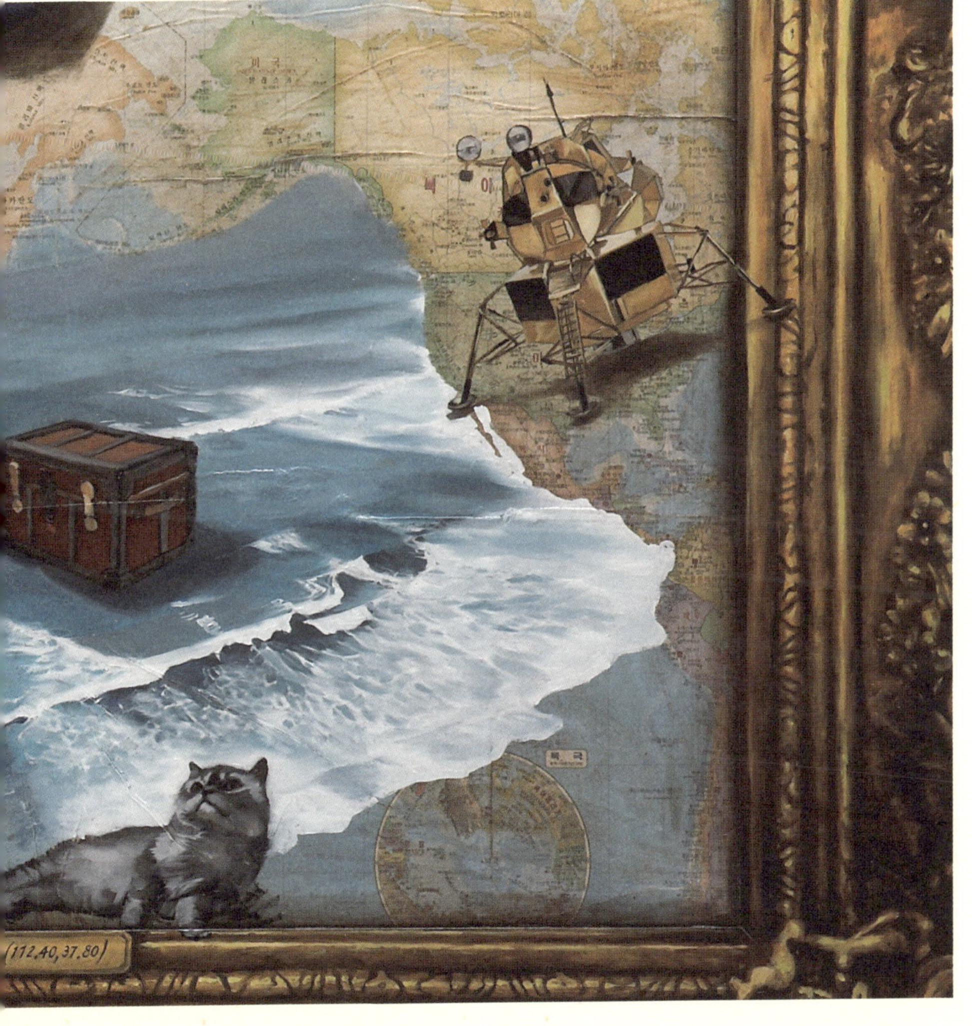

부디 저만을 위해 살라,
한 포기 풀도

　　　　　나는 유도화의 대궁이를 잘라 빈 음료병에 넣고 단칸방의 창가에 둔다. 해가 잘 드는 그곳에 놓인 유도화를 매일매일 관찰한다. 관찰은 나의 업무였다. 혼자 있는 게 익숙해서 친구를 잘 사귀지 못하던 어린 나는 또래들과의 놀이 대신 혼자서 무엇이든 관찰했다. 학교를 다니기 시작하면서는 관찰일기를 꾸준히 써냈다. 물론 학교에서 내주는 숙제이기도 해서였지만 나의 내성적인 성향에는 관찰일기가 가장 재미있고 적성에 맞았다. 나는 분꽃, 봉숭아, 파 꽃, 모란, 유도화 등등을 교과서에 본 것처럼 흉내 내어 나름 진지하게 면도칼로 반을 가른 후, 그 단면을 보고 열심히 관찰한다. 암술과 수술의 모양, 꽃잎에 가려진 화려한 색의 내밀한 안쪽 무늬, 아직 채 영글지 않은 작은 씨방이나 꽃받침 따위를 열심히 그려서 설명을 쓰고, 때때로 꽃잎이나 가지로 되도 않은 작은 실험을 하고 그 엉터리 실험에 대해 우스꽝스런 기록도 했다.

그런 일은 별다른 기기 없이 육안으로 관찰하는, 숱한 유년의 장난질에 불과했지만 선생님들은 나의 그런 유치함을 재능으로 인정해주며 상도 주고, 나와 비슷한 기질의 아이들을 묶어 구성된 시 교육청 내의 특별반에도 넣어주었다. 별다른 성과 없이 그렇게 끝이 난 시시한 기억의 한 부분이 되었지만, 나의 관찰 기록일지는 꽤나 세세하고 분량도 많았다. 그런 관찰을 통해 무언가 창의적인 성과를 생산했다면, 그림을 그리는 지금의 나는 없었을지도 모르겠다. 내 관찰 행위의 동기는 과학적인 호기심보다는 그저 사소한 생명들이 지닌 작고 섬세한 아름다움 때문이었다. 손으로 살짝만 눌러도 멍이 드는 하늘하늘한 자줏빛 모란꽃잎의 섬세한 아름다움이나, 하늘을 향해 비춰보면 작은 마을의 지도처럼 보이는 플라타너스의 잎맥이나, 우아하고 세련되게 고개를 숙이며 조형적인 선을 그리는 수선화의 긴 잎들이 나의 마음을 끌었다. 식물뿐 아니라 장독과 장독 사이에 섬세한 편물을 아슬아슬하게 짜놓은 거미들의 놀라운 능력이나, 때때로 무수히 마당에 날아들어 무언가를 쪼아대는 참새의 완벽한 듯 아름다운 호를 그리는 둥근 머리, 수정처럼 맑고 투명한 유리체 뒤로 섬세하게 움직이는 고양이의 황금빛 홍채, 보송보송 솜털구름보다 보드라운 병아리의 날개 죽지 같은 게 눈물이 나도록 아름답고 신기했다.

그 단칸방 시절의 어느 해엔 집 근처에서 울고 있던 작은 새끼고양이를 집으로 안고 와 며칠 동안 키운 적이 있었다. 사랑스런 고양이를 부둥켜안고 나는 너무 행복했지만, 작은 단칸방에서 한복 일도 해야 했고 다섯 식구가 모두 잠도 자야 했고 막 고등학생이 된 큰오빠의 공부 공간을 배려해주기도 해야 하는 벅찬 상황이 어른인 엄마의 입장에서는 무척 버거웠을 것이다. 거기에 더해 요즘처럼 고양이용 모래도 아니고 날것 그대로인 생모래에 종이상자라니…….

엄마는 지역에서는 가장 큰 시장이던 성동시장으로 볼일을 보러 오신 친척 아주머니가 우리 단칸방에 들렀다가 쥐 잡는 데 쓰고 싶다며 고양이를 데려가면 안 되겠냐고 묻자, 그러자고 나를 설득한다. 이래저래 어른들과 나와는 실랑이가 시작되었고, 내게 안겨 있던 새끼고양이를 억지로 떼어놓자 놀란 고양이의 발톱에 나는 살결이 찢어지고 말았다. 손등이 아프기도 하고 마음이 아프기도 하고 여린 고양이를 더 이상 볼 수 없다는 게 서글프기도 하고, 그런 내 의견이 반영되지 않아서 화가 나 얼굴엔 눈물이 그야말로 펑펑 흘렀다. 난감해하던 친척 아주머니의 표정과 화가 나 단단히 굳은 엄마 얼굴이 잊히지 않는다. 그렇게 동물을 키우는 일은 언제나 짧은 백일몽으로 끝나기

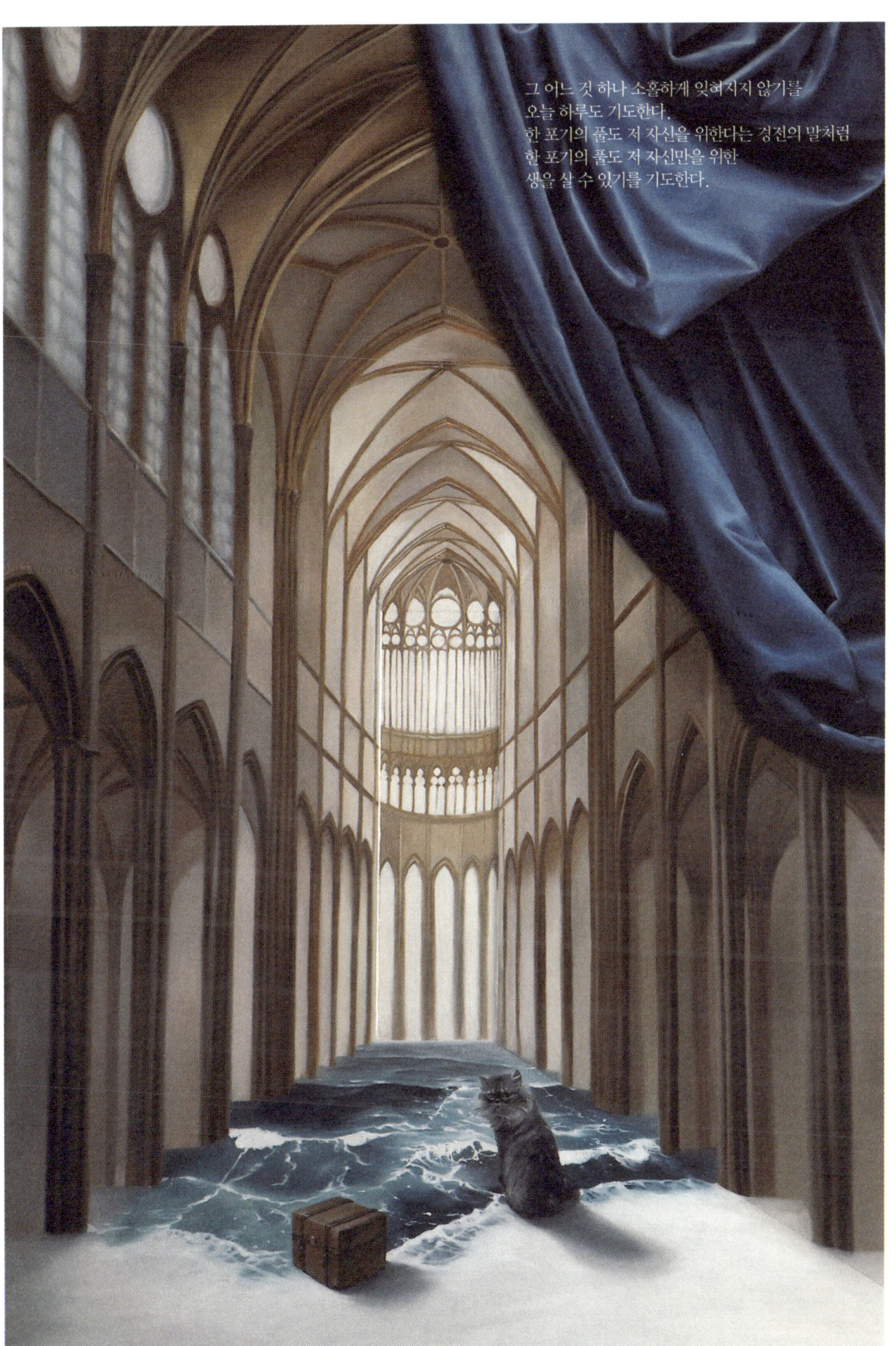

그 어느 것 하나 소홀하게 잊혀지지 않기를
오늘 하루도 기도한다.
한 포기의 풀도 저 자신을 위한다는 경전의 말처럼
한 포기의 풀도 저 자신만을 위한
생을 살 수 있기를 기도한다.

일쑤였지만 그럼에도 불구하고 나는 꾸준히 다친 고양이나 버려진 강아지를 가슴에 안고 집으로 돌아오곤 했다.

언젠가 여름태풍이 무섭도록 몰아친 다음 날이었다. 며칠간 기록적인 폭우가 쏟아졌고 낡은 집들과 하천이 무너졌다. 맑게 갠 하늘은 전에 없이 감사했고 거룩해 보이기까지 했다. 작은오빠와 함께 길을 나서 태풍이 만들어놓은 난생 처음 보는 도시 풍경들을 구경했다. 간판이 떨어지고 전신주가 기울어 있었다. 거리에는 어디에서 날아왔는지 소속을 알 수 없는 수많은 조각들이 나뒹굴었다. 아, 그런데 작은 조각들은 그저 함석의 조각이라든가 상표를 알아보기 힘든 기물들만이 아니었다.

비에 젖어 바닥에 배를 대고 눈을 감은 작은 존재들……. 참새들이었다. 시장통을 지나 기차역으로 올라가니 광장에는 뿌리째 뽑힌 플라타너스들과 전신주들 사이로 수많은 새들이 널부러져 있었다. 내가 볼 수 없었던 이렇게 많은 새들이 있었다는 게 너무나 놀라웠고 또 그 작은 새들이 모두 눈을 감고 있다는 게 너무너무 가슴 아렸다. 무성하게만 보였던 그 나무들 사이에 숨어 있었던 걸까? 아니면 나에게는 보이지 않던 슬레이트 지붕과 기와 사이의 틈새에 작은 둥지를 짓고 있었던 걸까? 비바람과 태풍 속에서 아프게 비를 맞고 얼마나 힘이 들었을까? 세상 어디에도 숨을 곳 없이 내몰려 눈을 감는 고통은 어떤 것일까? 차마 상상이 가지 않았고, 상상하고 싶지도 않아 머리를 내어 흔든다. 오빠가 내 손을 그어 당긴다.

생은 사소한 것으로 시작해 눈물겹게 아름답다가 이유 없이 지고 만다. 작은 씨앗에서 여린 잎들이 틔어나고, 한줌이 되지도 않는 벽돌 틈 사이에 피어난 화사한 민들레로, 꽉 쥐지도 못하는 한 손 위의 여린 병아리의 노오란 몸짓으로, 다음엔 골목을 가득 메운 아이들의 발갛게 달아오른 뺨으로, 활짝 핀 지천의 붉은 철쭉으로, 대낮에도 부끄러운 줄 모르고 들러붙은 한 쌍의 개로, 또 술에 전 아버지의 흐린 눈빛으로, 옆집의 석류나무 끝에 살짝 걸린 노을빛으로, 천 년을 지켰다는 계림의 숲으로, 바람에 날리는 해파리 같은 홀씨의 너울거림으로…… 모든 생은 존재했다.

유동화의 대궁에서는 잘린 생명의 놀라운 발아력이 가득 담긴 뿌리가 돋아나고 있다. 하루가 다르게 관찰되는 그 하얗고 실 같은 여릿함이 나는 무척 좋았다. 어느 정도 뿌리 수가 늘어나면 엄마가 작은 화분에 유도화를 옮겨 심어주었다. 해가 지나면 색이 짙어지고 어느즈음엔 꽃도 피우고 둥글게 가지도 말 수 있게 자란다. 언제 뿌리 없이 잘렸냐는 듯이 말이다.

오빠들은 국민학교에서 중학교로 젊음이 피어나던 고등학교로 또

위대해 보이기까지 하는 청춘의 대학으로 적을 옮기며, 유리병에서 뿌리를 틔우던 유도화처럼 자라났다. 나는 마치 별개의 종인 듯 그들 모두를 관찰하게 되었다. 마치 나는 존재하지 않는 듯 말이다.

엄마는 아버지가 돌아가신 해에 혼자 집을 정리하고 지키며 당신이 정성껏 가꾸어온 풍성하고 멋진 화초들을 보며 나에게 말했다.

"네가 자랄 때는 이 화초들보다도 너를 잘 돌보지 못한 것 같아 못내 미안하구나."

엄마의 작은 실내정원에는 추억이 가득한 모란이며 유도화며, 군자란, 치자, 천리향, 호접란, 풍란, 선인장들이 어쩌면 그렇게 튼실하게 잘들 커가는지. 엄마는 많은 말도 없이 비싼 비료도 없이 자녀도 화초도, 내가 안고 온 그 수많은 동물들도 평온하게 그 생을 살게 했다.

내가 아는 생은 하나의 존재가 아니었다. 하나의 주체가 아니었다. 수많은 벽돌이 쌓여 교회가 지어지듯, 나를 스쳐간 수많은 생명들이 존재했었고 존재하고 있으며 존재할 것이다.

그 어느 것 하나 소홀하게 잊혀지지 않기를 오늘 하루도 기도한다. 한 포기의 풀도 저 자신을 위한다는 경전의 말처럼 한 포기의 풀도 저 자신만을 위한 생을 살 수 있기를 기도한다.

아버지의 직업은 여러 개였다. 아니 계속 달라졌다. 쌀, 누에꼬치, 돈육, 양계 등의 영농 일을 거쳐 식당, 김이나 자잘한 부식의 행상, 도시로 나와서는 젖소 농장의 일꾼으로도 일을 하셨었다. 그러던 중 어머니의 한복집이 어느 정도 자리를 잡자 한복의 금박 은박을 직접 해보겠다고 어디선가 커다란 금, 은박 타래를 가져와 홀 가득 재워놓은 적도 있었고, 다음은 간판 일을 하겠다며 글자를 새길 때 쓰는 기계와 금속 활자가 음각으로 새겨진 나무함도 홀 한 켠에 던져두었다. 적어도 아버지는 엄마의 한복 집 간판은 스스로 만드셨다. 골목을 조금 따라 들어와야 하는 가게이자 우리 집이었던 후미진 그곳을 홍보하기 위해 대로변의 남의 집 간판 밑에 우리 집 간판을 만들어 붙였다. 그런 식의 번잡한 간판 배치가 당시에는 흔한 일이었지만 그 간판 제작 일을 때려치운 건, 아마도 88올림픽을 준비하기 위해 도시미관을 정비하러 온 시청 공무원들이 우리 집 간판을 길바닥에 강제로 내동댕이치면서부터였다. 그날 아빠는 술을 아주 많이 마시고 왔고, 늘 그랬듯 물건도 집어던지고 엄마와도 실랑이를 했다.

술에 취한 아버지가 흥청망청 음주 기간을 끝낸 다음 택한 것은, 동요가 흘러나오는 스프링 말을 장착한 리어카였다. 나는 그 경쾌한 동요들이 좋았다. 나를 위한 동요는 아니었지만 적어도 크게 마음껏 들을 수 있었다. 특히 '검은 고양이 네로'라는 노래가 참 좋았다. 그중에서도 3절의 "밤이면 온 세상 캄캄하게 되어도 그대의 눈동자는 반짝이는 별, 외롭고 고요한 어둠 속에도 그대만 있어주면 나는 든든해. 검은 고양이 네로 네로 네로"라는 가사를 들을 때면 왠지 내 마음을 알아줄 검은 고양이를 우연히 만날 수 있을 것만 같았다.

나름 비교해보면 아버지의 직업은 우리 집이 세 들어 살던 그 마당을 공유하는 어른들의 직업 중 가장 총천연색이었고 가장 다양했다. 낡은 초록색 철제 대문간 바로 옆집이었던 우리 집은 홀을 낀 단칸방의 한복집이었고 오른쪽 옆집은 혼자 시장 식당에서 일하던 아주머니와 그녀의 자녀, 나와 동갑내기 여자친구 '성미'와 두 살 터울인 오빠가 있었다. 그 오른쪽 집은 '삼오 이발소'로 젊은 부부가 나보다 두세 살 아래의 '똥개'라 불리우는, 그러나 본명은 '부경'이인 남자아이를 키우며 가게에 딸린 방에서 살았다. 요즘엔 볼수 없는 빨간색과 판색이 빙글빙글 돌아가는 커다란 원통이 창문 높이 달린 이발소 안의 탁자에는 언제나 만화책이 많아서, 나는 새로운 만화책이 나오면 골라 보느라 밥 먹는 시간을 잊곤 해 엄마에게 야단맞기 일쑤였다. 내부를 볼 수 없게 선탠이 된 이발소 내부에서 나는 이발 후 하얀 타일 위의 세면대에 엎드린 채 두 눈을 질근 감은 아저씨들의 얼굴을 간간히 살피고는 했다. 이발소 뒤에 위치한 두 칸 짜리 푸세식 화장실은 셋집 사람 전부가 사용하는 공용화장실이었다. 초등학교 시절 나의 유일한 신발을 신고 구덩이로 빠져버린 그 화장실 구석엔 3학년 때 우리 반 반장 '우영진'과 이름이 비슷한 '영진화학'의 비료 포대가 늘 구겨앉아 있었다. 그 너머에는 언제나 세입자가 계속 바뀌던 단칸방이 또하나 있었고 그 옆엔 앞을 보지 못하던 마음 좋은 안마사 아주머니가 살았다. 독실한 천주교 신자인 아주머니는 수두로 얼굴이 헐어 곰보 아줌마라고도 불렸지만 내가 아는 아주머니들 중에서 가장 맘이 좋으셨다. 곰보 아줌마에겐 우리 큰오빠와 동갑인 딸, 우리 둘째오빠와 동갑인 '재신'이라는 아들이 있었다. 나는 어느 날 밤 꿈을 꾸다 화장실로 가 볼일을 보고 나선 무의식 중에 곰보 아줌마 방에 걸어 들

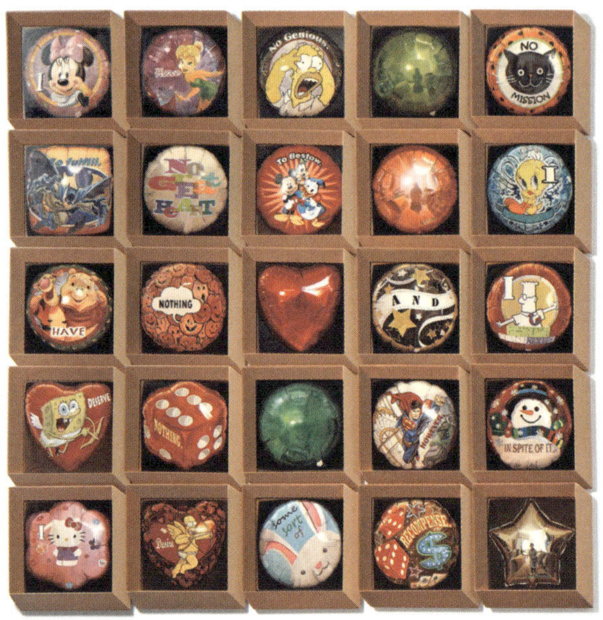

I had no genius, no mission to fulfill, no great heart to bestow, I had nothing and I deserved nothing but all the same I desired some sort of reward.

어떤 재능도 추구할 미션도 추구할 열정도 없는 나는 아무것도 아니고
아무런 자격도 없지만 그러나 보상받길 바란다. _단테 알리기에리(Dante Alighieri)

도덕적 가치의 저울질이 실존에 미칠 수 있는 영향력은 크지 않은 듯하다.
고민하는 이만이 짊어지게 되는 짐 같은 사고.

어가 그 품에 파고들어 잠든 적이 있었다. 이른 아침에 오빠에게 안겨 돌아왔지만 우습게도 내가 그 방으로 몽롱히 걸어 들어간 기억이 났다. 아마도 곰보 아주머니의 푸근함이 무척 궁금했나 보다.

골목길 건넛 집의 막내딸 '은숙'을 포함한 셋집의 아이들이 모두 마당에서 만나는 일요일 즈음엔 모두 흑백 TV에 나온 이런저런 만화 이야기를 하거나, 구슬치기나 땅따먹기 같은 놀이를 했다. 한가한 어느 주일에 아버지가 광택 나는 예쁜 스프링 말을 처음 마당으로 끌고 들어왔을 때 셋집 아이들의 입에서 탄성이 나왔다. 우리는 피로를 모르고 늘 우아한 미소를 짓는 스프링 말을 원 없이 탔다.

아버지는 스프링 말 리어카를 일이 넌 넘게 여기저기 몰고 다니면서도 늘 다른 궁리를 했다. 아무래도 여덟 대의 스프링 말에 모두 꼬마 손님을 태운다 해도 수입에 한계가 있다고 여긴 듯했다. 그래서 그 기나긴 다양한 직업의 여정 끝에, 아버지의 마지막 직업이자 가장 오랜 기간을 종사했던 일은 바로 풍선 행상이었다. 아버지는 풍선과 꽤 잘 어울렸다. 처음에는 고무풍선으로 시작해 역시 리어카를 끌고 다녔다. 그 위에는 값싸지만 절대 팔리지 않을 것 같은 흔들거리는 뱀 장난감, 멍멍 짖으며 맴 도는 강아지 인형, 귀엽게 꼬리를 흔들며 뛰어다니는 토끼 인형들도 작은 난전을 만들어 함께 파셨다.

아버지가 풍선 장사를 하려고 수소통을 처음 들여 와 고무풍선에 가스를 채우는 연습을 했던 날도 잊히지 않았다. 아버지는 짧은 시간에 높은 압력으로 순식간에 부풀어 오른 풍선의 주둥이를 막지 못해 몇 번이나 펑펑 터트리셨다. 우리는 아버지가 만들어놓은 알록달록한 풍선이 너무 신기해 시끄럽게 소란을 피워댔다. 가난한 빈민촌에서 보기 힘든 알록달록한 풍요로운 풍선들이 쑥쑥 부풀어가는 게 흥이 났을 것이다. 내심 마당 안쪽 집에서는 가장 재미난 직업을 가진 아버지를 뒀으니까. 아버지는 은박 풍선이 인기를 끌 무렵엔 여기저기를 수소문해 도매처를 알아냈고, 나도 여중여고 시절의 주말엔 늘 얇은 천 조각 같은 호일 풍선 다발에 셀로판테이프로 실을 붙이는 게 일상이었다. 물론 나보다는 작은오빠가 훨씬 성실하게 잘했다. 나는 반복되는 그 일이 지루하고 싫었기에 금방 싫증내며 착하고 무던한 오빠에게 일거리를 미루곤 했다.

국민학교 때 운동회에 아버지가 왔다. 항상 학교 운동회를 달력에 표시해두고 장사를 다니셨기에 그 일은 당연하기도 했고, 학부형으로 운동회에 오는 게 아니었으므로 기이한 일이기도 했다. 체격이 유난히 왜소한 나는 운동회를 좋아하지도 않았지만 그보다는 한 번씩 슬쩍 보이는 아버지의 주름지고 검은 얼굴이 더 안쓰러웠다. 엄마는 바쁜 일거리를 제쳐두고 급히 싸 온 엉성한 김밥이 내심 미안한지 이것저것 권했지만 입맛이 없었다. 엄마는 과로와 끊이지 않는 마음고생 탓에 나이에 비해 얼굴이 많이 상해 있었다. 엄마는 내 마음을 아는지 모르는지 못내 미안해하는 눈치이다. 그래서가 아님을 알리기 위해 억지로 김밥을 입에 쑤셔 넣지만 목이 메었다.

고등학교 때는 근처의 큰 유원지로 소풍을 갔는데, 예상에도 없이 아버지가 매표소 앞에서 아이들에게 풍선을 팔고 있어서 반사적으로 멀찌감치 돌아가기도 했다. 아버지를 모른 척한 적은 없었지만, 숨긴 적도 없고, 자랑하듯 친구들에게 보인 적도 없다.

호일 풍선은 눈이 휘둥그레질정도로 화려했다. 흔히 볼 수 없었던 색감과 세련된 디자인에 뜻을 알 수 없는 꼬부랑 문자들이 정감 있게 새겨진 그것들은 수입산이었다. 그 풍선들 대부분이 지구상 어느 곳보다 물품이 풍요로웠던 미국에서 만들어진 디자인들이었다. 어린 눈에도 사람의 손을 많이 거친 세련됨과 풍성함은 알아보게 되는 듯하다. 아버지의 일은 생각보다 잘 풀렸다. 아버지의 불규칙하고 쉽게 싫증내며, 떠돌기 좋아하는 방랑벽 모두가 그 일과 잘 맞았다. 매일 일을 나가지 않아도 되는 것도, 어딘가 정해지지 않은 장소로 무작정 가야 하는 것도, 굳이 많은 노동력을 들이지 않아도 된다는 것도 그랬다. 우리는 모두 아버지가 얼마나 오랫동안 그 일을 할까 반신반의했지만, 아버지의 풍선 장사 일로 적어도 우리는, 적절히 반복되는 아버지의 평온한 금주와 음주 주기로 나름 예측되는 범위 내의 삶을 살게도 되었다. 적어도 어릴 적의 공포스러울 만큼 불안정하던 생활은 벗어나게 되었다. 아버지는 돌아가시기 직전까지도 장사를 꾸준히 하셨다. 그때는 이미 우리 모두가 자라서 돈을 벌고 있었지만 딱히 그만두실 이유도 없었다.

그렇게 아버지의 마지막 직업은 꿈을 파는 풍선 장사가 되었다. 그리고 마지막까지 그 일을 놓지 않으셨더랬다.

나는 숲을 걷고 있었다. 화구를 어깨에 메고 조용하고 계단이 보이는 한적한 곳으로 자리를 잡았다. 여름날 평일의 숲은 한적하고 조용했다. 드문드문 아이들이 자리를 잡고 그림을 그리는 뒷모습이 보인다. 햇살이 군데군데 알 수 없는 미지의 황금빛 열도 모양을 닮은 지도를 흙바닥 위로 흩뿌린다. 바람이 불면 흔들흔들 황금빛 섬은 리듬에 맞추어 일렁인다. 자박자박 흙길을 걸으면 다져진 길 위로 자잘한 모래들이 튀는 소리가 난다. 손톱보다 작은 청개구리들이 초록빛 여름 풀잎들 위에 잔뜩 숨어 있다. 이들을 피하려면 온 신경을 잔뜩 모아 땅만 바라보며 걸어야 한다. 때때로 무언가에 짓눌린 작은 개구리들이 누워 있기도 하지만 운이 좋은 날은 그런 참상이 보이지 않을 때도 있다.

연둣빛이 눈부신 봄날에는 자잘한 꽃잎들과 노오란 꽃가루와, 작은 새의 깃털 같은 잎파리들의 포대기였을 바알간 눈 껍질들이 꽃잎처럼 인도 위로 날렸다. 봄이 끝날 무렵에 큰 나무에서 피었다고는 믿기 힘들 섬세하게 가장자리가 주름진 여린 분홍 꽃잎들이 길 위에서 군무를 추었다. 하지만 잎들이 짙어지는 여름이 오면 작은 잎 하나 가지에서 떨어지지 않는다. 그래서인지 한여름의 무성한 녹음은 가끔 지루하게 느껴졌고 때때로 쏟아지는 장마에 가지가 부러져도 큰 감흥이 없었다.

초등학생이던 나는 화구통과 이젤을 어깨에 메고 좋은 구도를 찾기 위해 나무들이 드리운 녹음의 그림자 사이를 연신 걸었다. 나무만 있는 풍경이 지루한 화면이 된다는 건 나이 많은 고등학생 오빠들의 그림을 보고 어깨 너머로 배웠다. 그들은 기술적이고 화려한 그림들을 그려냈다. '숲 속 여름 그림 학교'는 여름 방학 중 몇 일간 개최되는 교육청 산하의 프로그램이었다. 각 학교에서 추천되어 온 학생들이 그 지역의 화가들에게 그림을 지도받는 좋은 기회였다. 그다지 부지런하지 않은 내가 눈에 띄게 성실해지는 때이기도 했다. 나는 집을 나갈 구실이 필요했고, 그림을 잘 그린다는 것은 학교에 등교하는 대

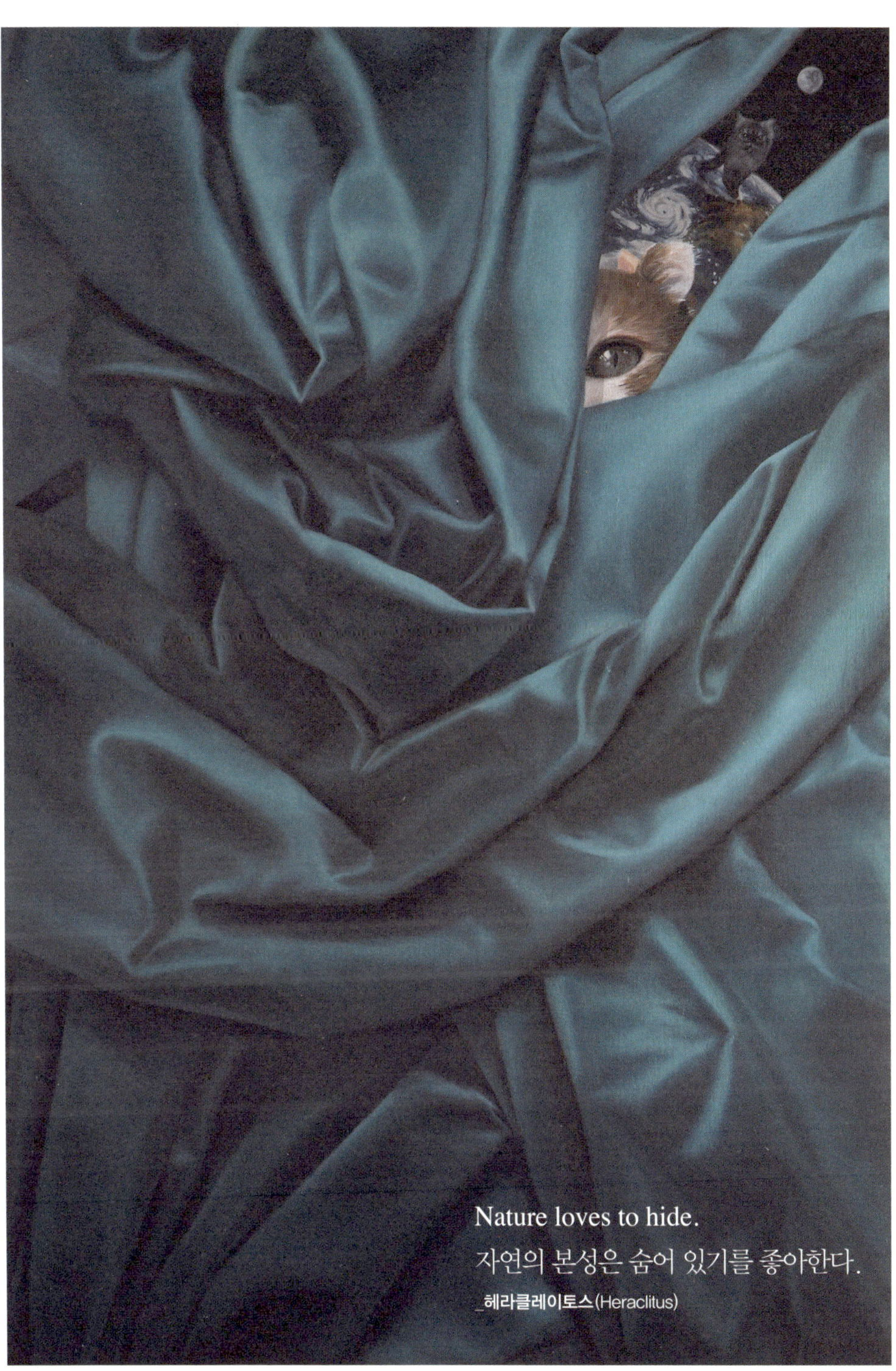
Nature loves to hide.
자연의 본성은 숨어 있기를 좋아한다.
_헤라클레이토스(Heraclitus)

신 대회장으로 바로 나가도 된다는 뜻이기도 했으니 동기가 마냥 순수하지만은 않았다.

짙푸른 녹음 위를 걸었다. 그림을 그리기 위해서라기보다는 그저 걷기 위해 대회에 참석한 것도 같다. 상이 주는 의미보다는 수많은 잎들과 비슷한 듯 서로 다른 나무들의 세계를 관찰하는 것이 나에겐 더 큰 낭만이었다. 장미나무 잎들의 무성한 틈 사이로 톱니 같은 햇살이 새어 들어 거대한 무언의 실내 같던 그 숲. 그 안을 화사하게 비추는 대각선으로 기울어진 원뿔 모양의 빛의 풍경이 너무도 좋았다. 나만을 위한 거대한 궁전 같은 신성한 풍경과 숲 속의 서늘한 공기는 누구도 넘볼 수 없는 태고의 느낌을 연출해주었다. 그러다 아뿔싸, 그 공간을 사람이라도 지날라치면 마음이 상한다. 참 이기적이게도 말이다. 나의 낭만적 상상이 깨어지는 순간이었으니까.

방사형의 나무들이 많았다. 크고 길며 둥근 가지에 뻗침이 있는 키 큰 이 나무들은 대개 낙엽이 진다. 계절감이 뚜렷하여 풍성하던 지난 계절과 달리 메마르며 차가운 겨울의 나무는, 오로지 가지만으로 만들어낸 선적인 조형미를 지닌다. 긴 시간이 만들어낸 가지들의 비슷한 듯 저마다 다른 몸짓들은 신기할 정도로 그 모임이 둥글다. 해는 동쪽에서 떠서 서쪽으로 지는데 그와 상관없는 듯 가지가 동그랗게 퍼져 나가는 까닭은 아마도 잎들의 물리적 활동 공간 때문인 것 같았다. 새로운 발견이었고 이런 것이 나의 놀이였다.

숲 속 여름 그림학교가 열렸던 황성 공원은 나라에서 드문 소나무 군락지로, 국립공원이기도 하다. 후일 배병우 작가의 경주 남산의 소나무 군락 사진을 보고 나는 그곳을 분명 황성공원이라고 단언했었다. 물론 경주에 소나무 숲이 많긴 하지만 그 사진 속의 풍경과 황성공원의 풍광은 매우 닮았다. 공원의 소나무는 길게 자라, 하늘과 만나면 갑자기 옆으로 펼쳐졌다. 엄마의 혼수 방석 속 '불란서 사'로 수놓인 자수그림 같은 잎들이 하늘과 나무 아래를 융단처럼 가로막고 있어, 가끔 소나무 위의 잎들이 가득 펼쳐진 위쪽으로 올라가보고 싶었다. 마치 구름 같으리라 상상했다. 내가 작은 다람쥐라도 될 수 있다면 솜이불 삼아 뒹굴뒹굴 굴렀을 것이다.

소나무 아래에는 무릎길이의 고사리들과 해묵은 솔잎들이 수북이 붉게 쌓여 있었다. 여름엔 검게 퇴색되고 겨울이 지나면 새로이 떨어지는 갈비들로 다시 선명한 벽돌색이 될 것이다. 황성공원에는 시립 도서관이 있었고 시체전을 개최하는 오랜 경기장과 화랑상이라는 청동상도 작은 봉우리 꼭대기에 있었다. 그 꼭대기로 가려면 시멘트로 만든 여름날의 계단을 꽤 올라야 했다. 계단 군데군데 초록 이끼가 끼고 개미처럼 작은 곤충들이 점처럼 가득했다.

나는 화랑상을 향해 오르는 계단을 주제로 정했다. 4절의 도화지에 계단 주변의 나무들을 배치하고 계단이 길과 만나는 부분을 기준으로 면을 크게 서너 개로 나눈다. 대각선이 만나는 수평선엔 길의 원근감을 더하도록 섬세한 나무도 배치한다. 면의 크기가 겹치지 않도록 주의를 기울이며 각각의 나무들이 가진 모양들을 살려 형태를 잡는다. 처음엔 똑같이 보이는 초록도 나무의 수종에 따라 노란빛이 아직 가시지 않은 연두색 나무, 이미 짙다 못해 검게 보이는 녹음의 나무, 붉은 잎 부분들이 섞여 따스해 보이는 나무, 잎의 뒷면이 많이 보여 희뿌연 청록색으로 보이는 나무, 그리고 잎이 하늘로 향해 있거나 혹은 땅을 향하거나 혹은 가늘거나 두껍거나 광택이 많이 나거나 잎 뒷면에 부연 가루가 많이 묻어 있거나 한 각양각색의 다양한 나무들이 각각 뚜렷했다. 짐짓 어느 정도는 정확한 표현을 포기하고 그리기 시작해야 그림이 완성될 수 있다. 그러지 않으면 그 세세함을 표현하지 못해 나 자신에게 실망스러울 것이기 때문이다.

적당히 느낌을 살려내어 그림에 색을 얹는다. 물감을 두텁게 발라 나무들을 표현하기도 하고 붓을 건조하게 만들어 뾰족한 잎들을 갈필로 표현하기도 한다. 큰 붓으로 덩어리를 표현하는가 하면, 작은 붓으로 덩어리진 잎들 사이로 은근히 드러난 가지를 치기도 한다. 마른

회양목 같은 나무는 건조하고 밝게 그리고, 무성한 가지에 가리어 몸체에 이끼가 낀 검은 도토리나무는 녹색을 많이 섞어 올리브그린 톤으로 나무의 몸통을 그린다. 햇살이 들어오는 밝은 빛의 공간도 만들고 시원한 그림자의 공간도 울트라마린으로 은은히 덧대어 바른다. 계단 위를 흘러가는 그림자까지 서늘하게 올려내면 그림은 얼추 마무리가 된다.

초등학교, 중학교, 고등학교를 다니는 동안 나는 사생대회에 무척 자주 나갔다. 문화재와 6·25도 피해 간 자연이 산재해 있는 만큼 사생대회도 많았는데, 문화재를 탐방하며 대회 취지에 맞는 그림을 그리는 것보다는, 대회를 위해 머무르는 공간이 주는 향긋한 풀냄새와 나무냄새, 섬세하게 조심스레 변해가는 부드러운 햇살의 색 변화가 나에게는 더욱 큰 의미였다. 목적의식을 상실한 나만의 소풍이었던 셈이다.

커다란 나무둥치에 앉아 그림은 그리다 말고 생각한다. 하늘과 닿아 보이는 이 거대한 나무의 나이는 몇 살이나 되었을까? 언젠가 식물도감에서 본, 세상에서 가장 오래된 나무의 나이가 4천 700년쯤 된다는 이야기가 생각났다. 할아버지라고 불러야 할까? 내 눈앞의 구불구불하고 커다란 뿌리를 손으로 쓰다듬어본다. 거칠거칠한 게 할아버지가 맞나 보다.

어릴 적 엄마와 함께 있던 집이 처음에 어떤 느낌이었는지는 기억이 뚜렷하지 않다. 그런데 엄마가 갑자기 떠나간 집은 엄마의 숨결과 기억을 담은 매우 거대하고 구체적이고 공허했던 공간으로 나를 일깨웠다. 풍성하고 거대하고 무섭도록 빽빽한 생으로 가득한 고요한 숲을 거닐며 나는 여전히 공허하게 비어 있던 그 방을 떠올리는 것은 아닌지 모르겠다. 엄마처럼 푸근하고 엄마처럼 생명을 길러내지만 엄마처럼 말이 없는 숲 속의 공기가 단칸방에 펼쳐진 엄마의 거대한 천처럼 수많은 녹음을 칠한 채로 나를 감싸 안는다.

때때로 사무치도록 힘이 들 때는 다프네처럼 한 그루의 나무가 되고 싶기도 했다. 가이아 같은 엄마가 어여쁘게 화초를 키워내듯이 그렇게 식물처럼 자라고 싶었다. 이유야 어찌 되었든 나는 여름빛이 처연한 숲길을 걷는다. 어디쯤에선가는 내가 그린 그림 속의 계단을 올라 그 그림 속으로 사라져 영원히 숲의 일부가 되는 상상을 하면서 말이다.

늘어난 과목이 못내 부담스러운 초등학교 4학년이 되면서 학교는 더욱 적응하기가 어려웠다.

가을을 지나 신정이 지난 며칠 후 흥해에서 과수원을 하는 이모네로 갔다. 풍채가 좋으신 이모부가 반긴다. 어릴 적 고향 마을보다는 작지만 풍요로운 산골이었다. 내가 두고 온 고향 마을처럼, 사과며 돌복숭아며 감이 가득했다. 내가 좋아하는 장아찌도 종류별로 엄청 많았고, 이종사촌 언니 오빠들은 이미 성년이 되어 걱정거리가 많지 않던 이모네는 언제나 화기애애했다. 직장생활을 시작한 지 얼마 안 된 막내 사촌언니의 방 책장에는 한국문학이나 세계문학 전집들이 꽂혀 있었고 예쁜 숙녀복도 많았다. 화장할 여유도, 이유도 없던 엄마와 달리 처음 보는 화려한 색의 화장도구들은 언니가 출근한 뒤엔 내 차지였다. 언니가 퇴근해 돌아오기 전에는 손도 대지 않은 척 정돈해놓긴 했지만 언니는 아마 나의 엉큼한 손버릇을 알고 있었을 것이다.

"미야! 오늘은 목줄을 안 채워도 말 잘 들었나?"

맘 좋은 이모부는 항상 나를 놀리며 때때로 짓궂게 농담도 하고 대문간을 지키는 큰 개들과 함께 밝게 웃으셨다. 무척 부지런한 이모는 쉴 새 없이 이런저런 집안일을 하시며 나에게 콩깍지를 까게 하거나 나물 다듬기, 물걸레질을 시키며 잔소리를 한다.

"네가 어려도 이런 일을 해야 네 엄마가 덜 힘들다. 집안일이라도 거들어야지!"

이모는 엄마보다 무섭기는 하지만, 바쁜 엄마보다는 나를 많이 쳐다볼 수 있는 분이었다. 엄마는 항상 일거리에 집중하다가 간간히 한 번씩 고개를 들어 나를 보곤 했으니까.

깊은 한겨울의 어느 날에는 나지막한 앞산에 눈이 소복이 내려 고요한 풍경이 사촌언니가 출근한 따뜻한 방에서 잠이 덜 깬 나를 아련하게 만들었다. 겨 소리가 쓱싹쓱싹 나는 베개에 한참 동안 머리를 댄 채 그 풍경을 바라보았다. 이내 밥 먹으라는 이모의 목소리가 들린다. 이모는 모두가 아침을 먹고 출근하고 난 후에 나와 함께 아침을 먹었다. 이른 시간에 때때로 장성한 이종사촌 오빠를 마주치기도 했지만 괜시

리 부끄럽고 낯설어 오빠가 출근하기를 기다렸다가 이모와 함께 밥을 먹었다. 그렇게 방학이면 한 달 이상을 이모네에 머무르다 이모가 챙겨주는 사과며 호박이며 나물들을 가방 가득 메고 경주로 향했다.

그런데, 버스에 오르는 순간부터 심장이 조금씩 두근거린다. 엄마가 무척 보고 싶기도 하고 아버지가 지금쯤은 술을 마시지 않는 주기이기를 바라며 창밖을 바라본다. 계절이 막바지에 다다름을 알리는 겨울산은 자줏빛 나무그늘들을 길게 드리우고 있다. 낙엽들은 이미 한겨울을 보내고 조금 남아 있던 생기마저 잃어버린 잿빛이 되어 있었다. 그러나 겨울나무들은 조금씩 생기를 더해간다. 스쳐 지나가는 자잘하고 무성한 가지들이 물기가 올라 부드러운 카키색으로 번져 있다.

흥해에서 경주로 오는 고속버스에서 뛰어내렸다. 그리운 엄마를 곧 만나게 될 터였다.

두근두근…….

심장이 무척 욱신거린다. 엄마가 어떤 모습일까? 아버지는 어떨까? 오빠들은 잘 있을까?

골목에 이르러 유난히 회색이 돋보이는 길과 가게가 눈에 들어온다. 이젠 많이 닳아 모래알이 조금씩 쓸려나가는 가게의 시멘트 축담은, 한 달 사이 많이 낯설고 작아져 있었다.

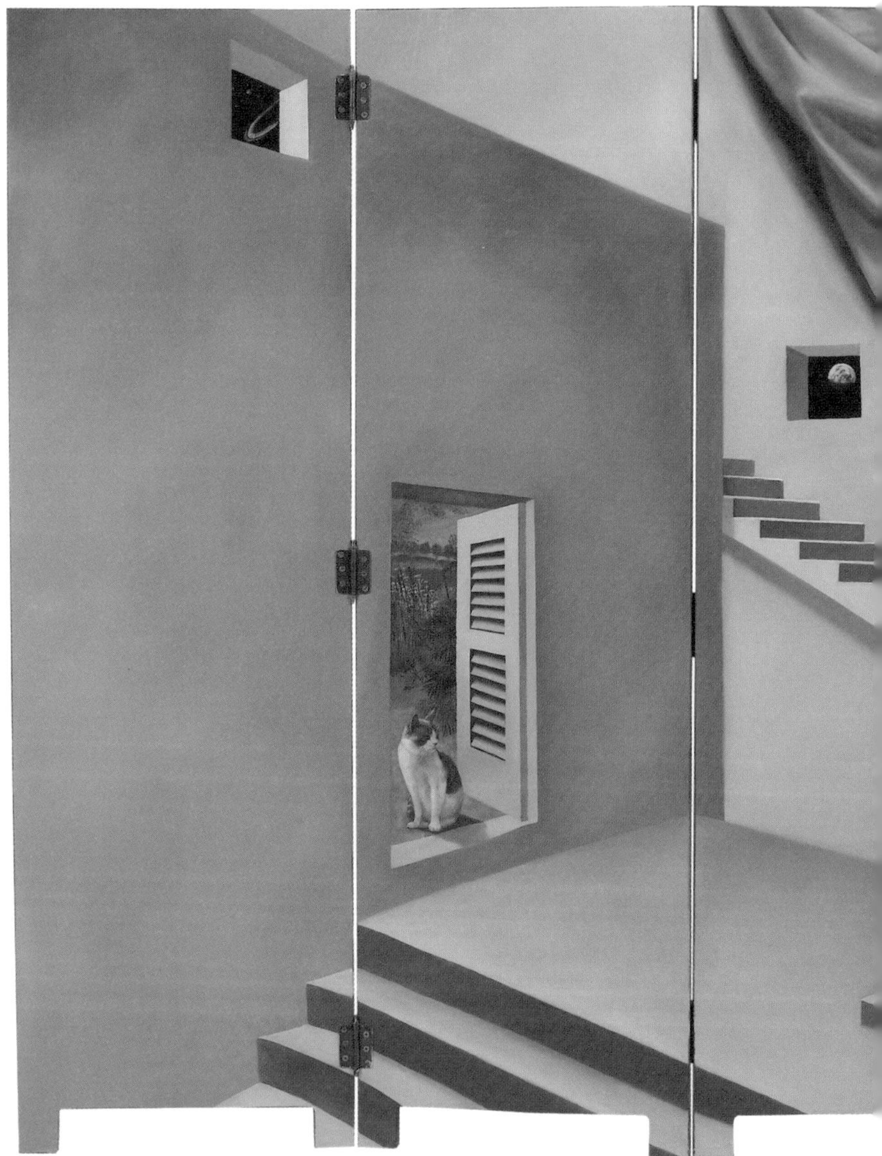

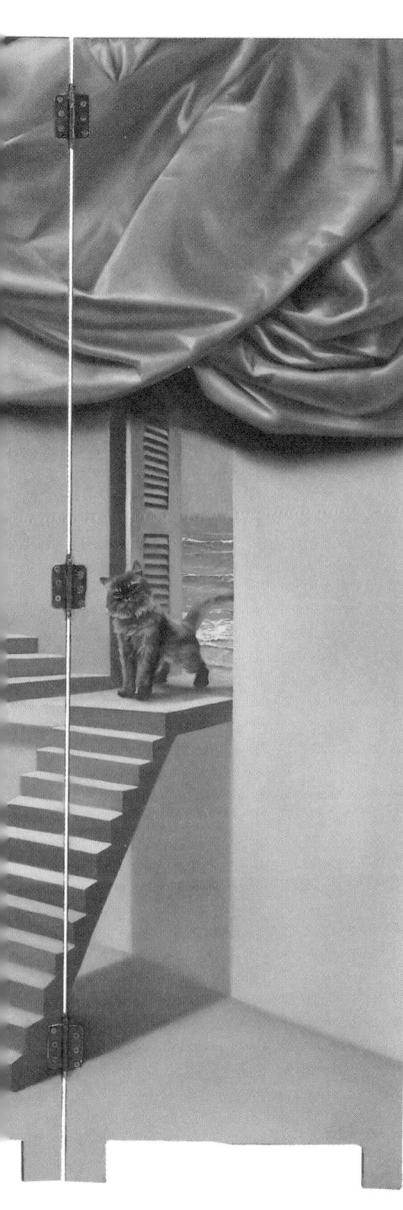

작은 단칸방에 서너 개의 문이 있었다.
부엌과 골목길, 옆집을 향한 작은 창문.
그중 하나쯤은 내가 갖고 싶은 모든 풍경이 다 들어 있는
무릉도원 같은 곳으로 향해 있었으면 좋겠다.
하지만 초라하고 작은 미닫이 덜컹이는 저 문은 골목을
향해 열리기도 하지만 세상에서 가장 무거운 비중의
공기로 가득했던, 나의 작은 집 단칸방으로 향하는
문이기도 했다

건조한 그 풍경에 동공이 작아지는 느낌이 들었다.

가게의 문을 드르륵 연다. 짧고 녹슨 가느다란 레일 위를 덜컹거리며 문이 열린다. 엄마는 방문을 손으로 열어 젖혔다.

순간,

눈물이 났다.

엄마의 지친 눈빛과 무사히 도착한, 그러나 바쁜 일거리에 잠시 잊고 지내던 딸을 향한 안도와 자각의 눈빛이 슬픔과 기쁨을 날실과 씨실로 짠 것처럼 복잡하고 미묘한 표정을 만들어낸다. 짧은 순간이지만 그 눈빛만으로도 내가 없던 동안의 집안 분위기를 충분히 짐작할 수 있었다. 거리의 회색빛이 무척 무거웠던 종전의 기억이, 엄마의 눈빛이 만들어낸 밝지만 축축한 듯 희뿌연 공기로 이어졌다.

그곳이 도시여서일까? 나는 풍요롭던 이모네의 기온이 갑자기 사라지는 게 서럽고 엄마의 고단한 기운이 감당할 수 없이 버거워 슬펐다. 아버지는 어디에 갔는지 보이지 않았지만 나는 본능적으로 엄마에게 찰싹 달라붙어 엄마를 위로한다. 이모네에서 있었던 소소한 일들을 재잘대며 두려운 마음을 애써 감추며 따스한 온기를 만들어보려 애쓴다.

하지만 날이 저물고 술에 잔뜩 취한 아버지가 집으로 돌아와 행패를 부리기 시작하니, 나는 도저히 그 분위기가 적응이 되지 않는다.

참으려 해도 자꾸만 눈물이 난다. 엄마의 피로해 보이는 눈길이 오늘따라 너무 낯설다. 아버지는 소주병을 앞에 놓고 이미 인사불성이 되어 고장 난 카세트처럼 끝도 없이 같은 말을 반복한다.

조용히 마당으로 나와 하늘을 본다. 눈물이 너무 많이 흘렀다. 따스한 이모가 너무 보고 싶었다.

가게의 문을 열 때 나는 무척 두근거렸다. 열린 문 속의 풍경이 나에겐 현실이었지만 받아들일 준비는 되어 있지 않았다. 평화롭고 풍요로운 산골의 방학을 보낸 내가 무작정 받아들여야 하는 우리 집 문 안쪽의 세계는 흑백의 풍경이었다. 화사하달 수는 없는 바랜 풍경, 슬픔과 고통조차 기록될 수 없는 누덕거리는 구질구질한 풍경. 내 유년의 내면 풍경.

나는 왜 그리 적응하기가 힘들었을까?

큰길로 나가면 작은 슈퍼 옆에 주황색 공중전화가 있었다. 막바지 겨울눈이 내리기 시작했다. 나는 꼬깃꼬깃 접어놓은 이모네 전화번호를 하나하나 확인하며 다이얼을 돌렸다. 차르륵 소리를 내며 다이얼이 제자리로 돌아올 때마다 내 심장소리는 커졌다.

뚜르르륵. 뚜르르륵.

이모가 전화를 받는다.

"네, 장성댁입니다."

“…….”

“여보세요?”

“이모…….”

큰 용기와 벅찬 그리움으로 건 전화인데 내겐 달리 표현할 방법이 없었다. 소심하고 내성적인 유년의 나는 그저 안부를 확인하는 이모에게 “네…… 네……”라는 대답만 반복했을 뿐이다.

무거운 수화기를 다시 제자리에 걸며 나는 그곳 역시 나의 안식처는 아님을 느꼈다. 그곳은 내가 속한 곳이 아니었다. 그곳이 너무나 그리웠지만 내가 속할 수 있는 곳이 아니었다. 나는 공중전화 부스에 정지한 채 내 발을 내려다보았다. 눈길에 발이 젖어 있었다. 갑자기 발이 시렸다. 눈물이 볼을 타고 젖은 발 위로 흔적도 없이 툭툭 떨어졌다.

집으로 돌아와 가게 문을 바라보며 숨을 한번 크게 쉬고 문을 양손을 드르륵 연다. 역한 술냄새가 풍기는 방 한구석에 아버지가 술에 못 이겨 알아들을 수 없는 말들을 중얼거리며 잠이 들어 있다. 엄마는 변함없이 옷감을 손에 쥐고 나를 흘깃 바라본다. 그러곤 다시 옷감을 바라보며 말을 한다.

“손에 든 이것만 끝내고 저녁 먹자.”

“응.”

나는 엄마 옆에 책을 펼치고 다소곳이 앉았다.

작은 단칸방에 서너 개의 문이 있었다. 부엌과 골목길, 옆집을 향한 작은 창문. 그중 하나쯤은 내가 갖고 싶은 모든 풍경이 다 들어 있는 무릉도원 같은 곳으로 향해 있었으면 좋겠다. 하지만 초라하고 작은 미닫이 덜컹이는 저 문은 골목을 향해 열리기도 하지만 세상에서 가장 무거운 비중의 공기로 가득했던, 나의 작은 집 단칸방으로 향하는 문이기도 했다.

가슴에는
멍울이 자란다

 오빠들의 방은 기와집을 대충 마무리만 한 다락방 같은 천장 구조를 한 겸손한 방이었다. 예전 살던 집의 담을 낀 대로변 집의 뒷방인 셈이다. 여전히 화장실은 공동 화장실이었지만 그래도 수세식으로 바뀌었다. 천장에서 내려오는 긴 사슬 손잡이를 당기면 물이 쏴 하고 깔끔하게 내려갔다.

이 집으로 오기 전엔 아버지가 골목 초입인 대로변에 '평안한복' 이라는 간판을 만들어 달았던 그 집으로 이사를 했었다. 그렇다. 우리 한복집 이름은 엄마의 간절한 소망대로 '평안하고 싶은 한복집'이 었다. 그 집은 연탄보일러가 깔린 홀이 제법 컸고 대문 옆 마당 건너 에 오빠들 방이 있었다. 한여름을 제외하곤 보일러가 없는 시멘트 바닥이라 창고로밖에 쓸 수 없었던 예전 집의 홀과는 달리, 보일러가 잘 깔려 있어서 안방으로도 사용할 수 있었다. 내가 등교하고 난 아침에는 대로변으로 난 문 안쪽의 긴 커튼을 젖히고 방이 환히 보이도록 가게가 열렸다. 저녁 무렵이면 이제 커튼은 다시 닫혀서 가족의 사적인 공간이 되었다.

엄마는 언제나 이것저것 조금씩 일이 밀려 있어 쉬는 날이 따로 있지는 않았다. 그 집에서 큰오빠는 대학을 들어가 집을 떠나게 되었다. 작은오빠는 언제나 자전거를 타고 등교하는 고등학생이 되었다. 맘 착한 작은 오빠는 내 젖니를 실로 뽑아주고 내가 혼자서도 고무줄놀이를 할 수 있도록 폭 좁은 마당 사이에 고무줄 걸이도 만들어주었다. 아버지는 내가 2년간 키워오던 병아리를 집이 시끄럽게 울어댄다며 수돗가가 있는 마당에서 잡았다. 그래서 나는 아버지와 말을 섞지 않으리라 다짐하며 3일간 밥을 먹지 않았다. 아버지는 술 마시던 기간 중에는 크게 화를 내며 집안 살림과 전화기며 모든 집기를 부수고는 엄마가 일하는 안방으로 이어지는 모든 전선을 빨간 고무장갑을 낀 채 엄마의 가위로 잘라버린 적도 있었다. 그때에도 나는 예외 없이 엄마와 함께 교회로 피난을 갔었다.

마당이 기울어진 그 조용한 집에서 4학년 때 당시 기독교인들 사이에서 유명세를 떨치던 할렐루야 기도원의 홍보영상을 보았다. 사실 홍보영상이라고 하면 안 되었다. 성령으로 병을 고치는 기적을 간증하는 소중한 영상이라고 했다. 나는 그즈음 가슴께가 너무 아팠는데, 살짝 스치기만 해도 아플 정도였다. '할렐루야 기도원'의 간증 테이프를 들고 온 이모부는 비디오 플레이어를 안방에 연결하며 많은 어른들 앞에서 차분히 설명을 시작한다. 이 비디오에 나오는 영상은 기도를 통해 성은을 입은 하나님의 종이 할렐루야 기도원을 설립해 기도와 성령으로 암과 질병을 치료하는 과정을 담은 것이라고 했다. 관람 후에 궁금한 게 있으면 물어보라는 말을 남겼다. 그러고는 나를 한 번 돌아보고 내가 이 비디오를 보아도 될지 잠시 고민하는 듯했지만 이내 조용히 나갔다.

나는 시장통의 어른들과 뒤섞여 그 비디오를 보았다. 그 비디오는 할렐루야 기도원의 수많은 인파가 함께 발을 동동 구르며 손을 하늘로 울리고 소리쳐 울며 기도하는 영상으로 시작되었다. 핸드헬드의 울렁이는 영상 속에는 기도원의 중심인물로 보이는 한 아주머니가 큰소리로 '할렐루야'를 외치며 사람들을 큰 손으로 팡팡 치는가 하면, 손톱으로 누군가의 상처 부위를 마구 후벼 파는 등 참기 힘든 혐오스러운 장면들이 계속 이어졌다.

하지만 지금까지 잊히지 않는 가장 충격적인 장면은 손톱으로 후벼 판 상처 속에서 괴상망측한 종양 덩어리 같은 걸 끄집어내는 장면

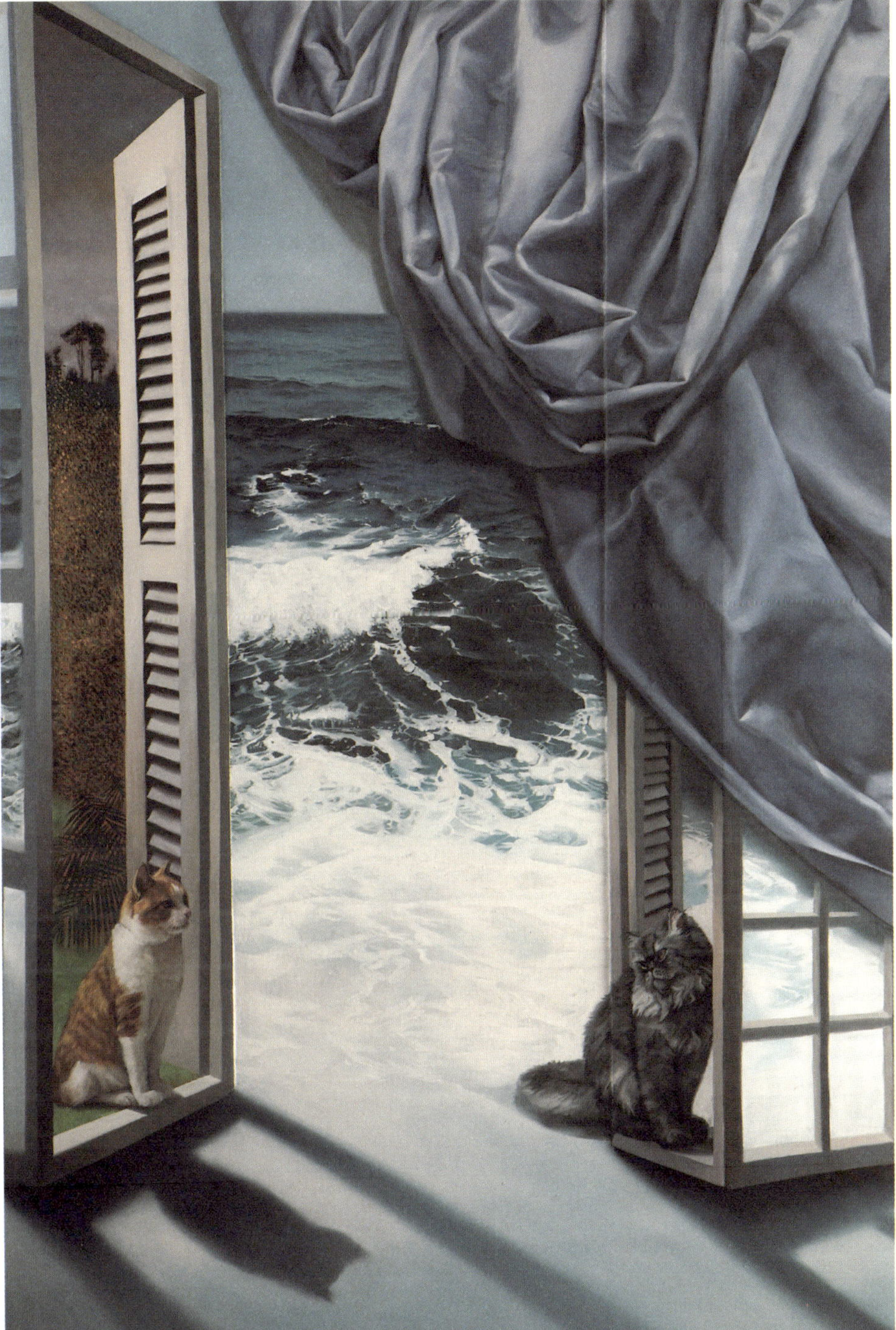

이었다. 그런 장면이 계속 반복되는 구성이었다. 주변 어른들은 놀라워하며 중간중간 '아멘'이나 '할렐루야' 같은 말을 외치며 그 영상을 뚫어져라 쳐다보았다. 엄마도 진심으로 빠져들어 그 영상을 간절하게 쳐다본다.

아! 나는 충격을 받았을 뿐만 아니라 이루 말할 수 없이 심란했다. 그즈음 내 가슴에 알 수 없는 멍울이 생겼기 때문이었다. 스치기만 해도 아프던 가슴엔 양쪽 모두 분명히 손으로 만져지는 멍울이 자라고 있었다……. 영상이 끝날 때까지 기다리지 않았다. 영상이 끝난 다음 어른들이 반응이 어떠했는지는 나도 모른다.

나는 오빠가 학교에 가고 없는 뒷방에 들어가 불도 켜지 않고 방구석에 웅크리고 앉아 울기 시작했다. 아마도 나는 암에 걸린 게 분명했다. 가슴의 멍울을 다시 한 번 손으로 확인해보고 영상에서 본 그 암 덩어리를 떠올리며 절망에 사로잡혔다. 엄마에게 이야기해볼 생각도 하지 못했다. 말을 꺼내기엔 너무 무서웠다. 암 덩어리에 대한 공포가 나를 집어삼킬 듯, 울다 지쳐 잠이 들었다.

엄마는 내 가슴이 얼마나 아픈지도 모르면서 아버지 걱정을 했다. 아버지의 술주정을 고칠 수 있다면야 아버지를 데리고 할렐루야 기도원에 꼭 가고 싶다는 얘기였다. 어른들은 비용이 얼마이며 몇박 며칠을 그곳에서 숙식해야 하는지 등 이런저런 고민들을 나누는 거였다. 나는 또다시 절망스러워졌다. 그 혐오스러운 비디오 속의 치료 장면이 떠오르며 공포에 사로잡혔다. 내 가슴의 멍울도 그렇게 꺼내져야 할지도 모른다는 생각에 충격에서 헤어나올 수가 없었다……. 나는 우울한 나날을 보냈다. 이후로도 어른들은 종종 할렐루야 기도원에 대한 갖가지 이야기들을 나누곤 했다.

그런데 어느 날 나는 우연히 갑작스럽게 안도하게 되었다. 아프기만 하던 가슴의 멍울이 있던 자리에 조금씩 가슴이 솟아오르는 게 아닌가? 아버지가 어딘가에서 얻어온 가정생활 대백과 사전을 뒤적이다 비로소 그 이유를 알게 되었다. 나는 암에 걸린 게 아니라 2차 성징 중이었던 것이다. 가슴이 솟아오르기 시작한 후에는 통증도 가라앉고 몸이 변하는 걸 어른들에게 숨기기 위해 새로운 고민에 빠져들었지만, 아무래도 좋았다. 나는 암에 걸린 게 아니었으니까. 이듬해엔 학교에서 여학생들만 모아놓고 2차 성징에 관한 성교육을 강당에서 시행했지만 나에게는 지각이었다. 나는 중학생이 되기까지 부모님과 같은 방을 썼었다.부끄러움과 비밀이 많아진 나는 자꾸만 혼자 있고 싶어졌지만 어쩔 수 없었다. 엄마를 힘들게 하고 싶지 않았다.

할렐루야 기도원은 어른들의 이야기에서도 서서히 잊혀졌다. 하지만 나중에도 너무나 궁금했다. 그건 정말 암 덩어리였을까? 병이 악화되어 더 이상은 의학적 희망을 갖기 힘든 많은 이들이 할렐루야 기도원을 찾는다고 했었다. 어찌 보면 의지를 가진 인간으로서 체념을 하고 신에게 모든 것을 맡기겠다는 생각은 나름 당사자에게 정신적으로는 더 큰 평화를 가져다줄지도 모르겠다. 그러나 그 영상과 간증들이 모두 위선이고 거짓이라면? 많은 이들의 희망과 평화에의 의지와 믿음과 재물을 좀 먹는 사기꾼이자 범죄자가 아닌가?

다행인지 불행인지 우리가 살던 경주는 할렐루야 기도원과는 너무 멀었고 엄마는 그렇게 먼 원정을 떠나기엔 하루하루의 삶이 너무 각박하고 여유가 없었다. 한 달 치 이상의 생활비만 넉넉했다면 엄마는 어떻게 해서든 할렐루야 기도원으로 갔을지도 모르겠다. 아버지를 설득하기는 힘들었겠지만 엄마는 수면제라도 먹여서라도 데려가고 싶다고도 했었다. 그리고 할렐루야 기도원에서 만에 하나 엄마가 병을 얻어오거나 마음을 다치는 일이 생겼다면 나는 죽을 때까지도 할렐루야 기도원의 정체를 밝히는데 평생을 바쳤을 것이다. 집단이 개인을 현혹해 그 미약함을 교묘히 이용하는 것은, 그리하여 폭리를 취하는 것은 심각한 범죄며 응당 그 대가를 치러야 함이 사회의 정의이다. 배운 것이 짧고 물에 빠진 사람처럼 현실을 감당하기 벅찬 엄마 같은 사람에겐 어떻게 그 기적적인 체험이 한줄기의 광영으로 보이지 않을 수 있겠나?

오빠의 뒷방에서 떠나온 지난번의 집을 떠올리자 문득 할렐루야 기도원 비디오가 생각났다. 불과 10m도 안 되는 거리지만 떠나와야만 볼 수 있는 인간적 인식의 한계가 눈물이 나도록 우습다. 나의 어리석음과 보살핌이 없는 내 성장의 고통스러움과 어른이 되어도 미혹되기 쉬운 인간의 이성과 결코 가까이 하고 싶지 않은 종교의 맹신과 집단의 광기 같은 것들 말이다…….

성장이란 대체 무엇인가? 왜 인간은 무지할 수밖에 없는 것인가?

꼬리를 물며 이어지는 생각을 접고 주인이 없는 오빠의 책상에서 '알란 파슨스 프로젝트(Alan Parsons Project)'의 〈Eye in the sky〉를 는는다. 라디오 방송을 녹음한 카세트테이프에는 노래를 소개한 아저씨의 마지막 멘트가 우스꽝스럽게 물려 있다. 소지로의 '대황하'도 들려온다. 마치 바람이 불어오는 붉은 황하강이 구불구불 보이는 실크로드의 언덕 어디쯤에 서 있는 것 같다.

현명하다는 의미는 멀리 떨어져서 넓게 조망한다는 뜻인가? 자그마한 가게와 허름한 샛방과 주인이 모호한 작은 골목으로 둘러싸인 미로 방에서, 미닫이 창호문 앞 빈 벽으로 비껴드는 오후의 취기 가득한 해를 바라본다. 고만고만한 집들 가운데 떠 있던 섬과 같은 그곳에서 나는 사춘기를 보냈다.

봄날은 눈이 부셨다

       아버지를 면회하러 가던 길은 눈부신 봄이었다. 갓 개어놓은 물감에서나 보던 연둣빛. 연둣빛은 오래가지 않는다. 그 찰나가 애틋하고 신비롭다.

  하늘이 어둑할 새벽 무렵 집을 나와 우리는 기차를 탔다. 굳이 기차를 타야 했던 이유는 기억이 나지 않았지만 이른 아침 기차 안에서 바라본 그해 봄의 풍경은 너무나 선명했다. 지난밤에 내린 비 때문인지 아직 걷히지 않은 새벽안개 때문인지 나무는 짙은 흑색이었고, 아직 잎의 모양이 실낱같은 여린 잎들은 노오란 색등을 밑에 받쳐놓은 듯한 연두색이었다. 바라만 보아도 눈이 밝아지는 연둣빛. 파래지기 시작하는 하늘을 향해 올라가는 부연 수증기가 들과 먼 곳에 드문드문 서 있는 길쭉한 미루나무에 운치를 더했다. 강변에서나 보게 될 풍경인 듯도 했다. 철로가 길게 휘어지고 앞 열의 기차머리가 창밖으로 등장했다. 좁은 철로 때문인지 마치 파릇한 들판 위를 파도를 가르듯 기차가 달리는 듯한 착각이 들 정도였다.

이상하게도 이런 흔치 않은 풍경을 보게 되면 마음속에 봉인해두었던 그리움이 스멀스멀 피어난다. 아침 햇살에 서서히 걷히고 있는 안개와 닮은 듯도 한 이런 아련한 마음들은 이내 사라지고 말겠지만…… 누군가에게 당장 그림엽서라도 띄우고 싶다는 생각이 들었다. 언젠가 꿈속에서 이곳과 닮은 곳을 본 것도 같고 유려하게 잘 찍은 프로 작가의 사진에서 본 것도 같은 풍경이었다. 땅속에서 올라오는 습기가 비릿한 흙내를 섞어 객차에도 흩뿌려지다가, 다양한 사람들의 체취에 섞여 복잡한 냄새가 된다. 그리고 나는 스르르 잠이 들었다. 집이었다면 아직 자고 있을 시간이었다.

그럭저럭 도착한 형무소는 한적한 시골이었다. 형무소는 그곳이 오래되었음을 증명하듯이 아름드리나무들이 가득했고, 덧칠한 페인트가 서른 겹은 될 듯한, 이제는 누구도 사용하지 않는 글씨체로 쓰인 석조 간판이 새겨져 있었다. 신기한 색이었다. 아직도 그런 국방색을 간판으로 쓰는 걸 보니 두터운 페인트 사이로 쌓인 퇴적층만큼 많은 시간이 묶여 있는 듯했다.

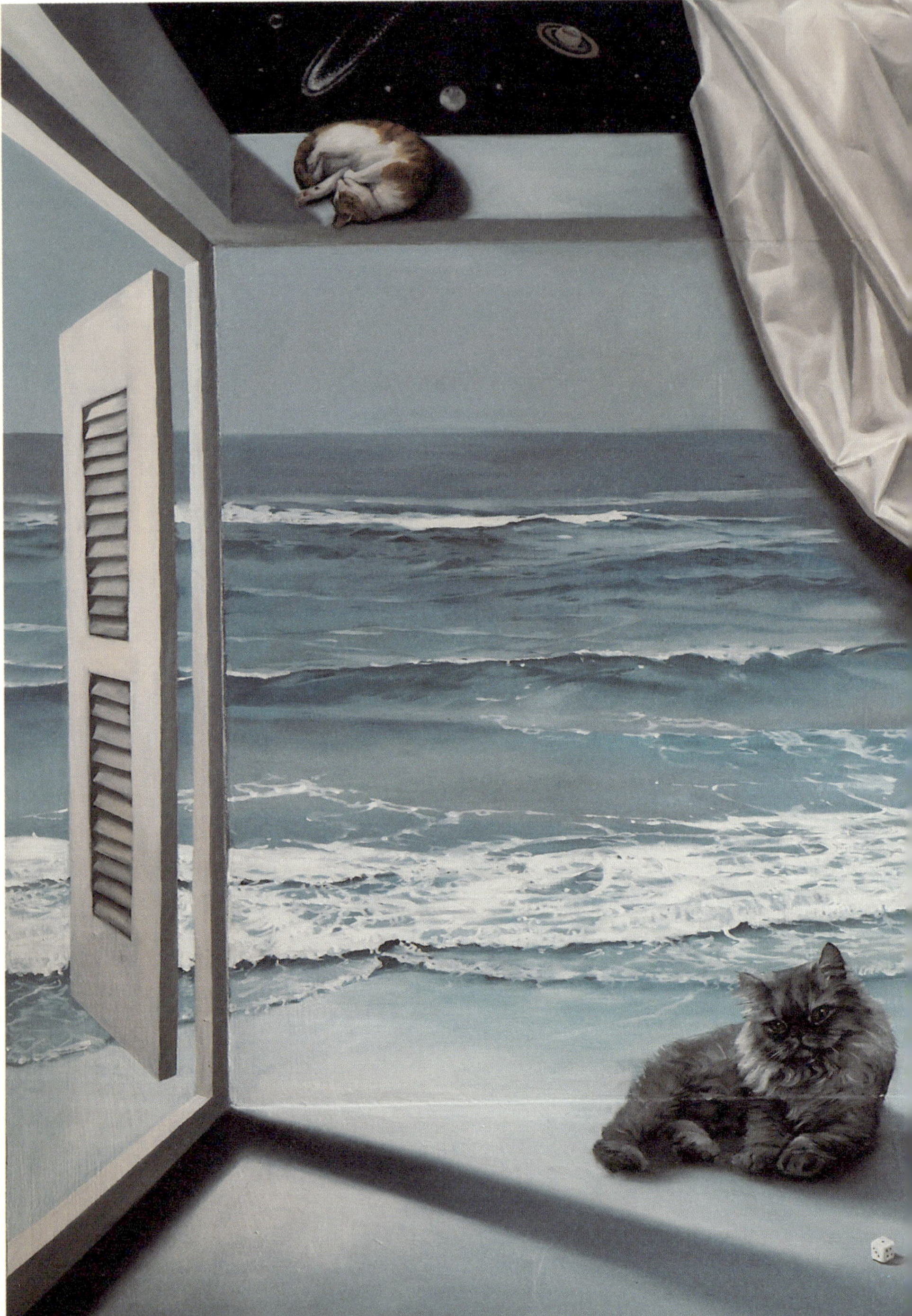

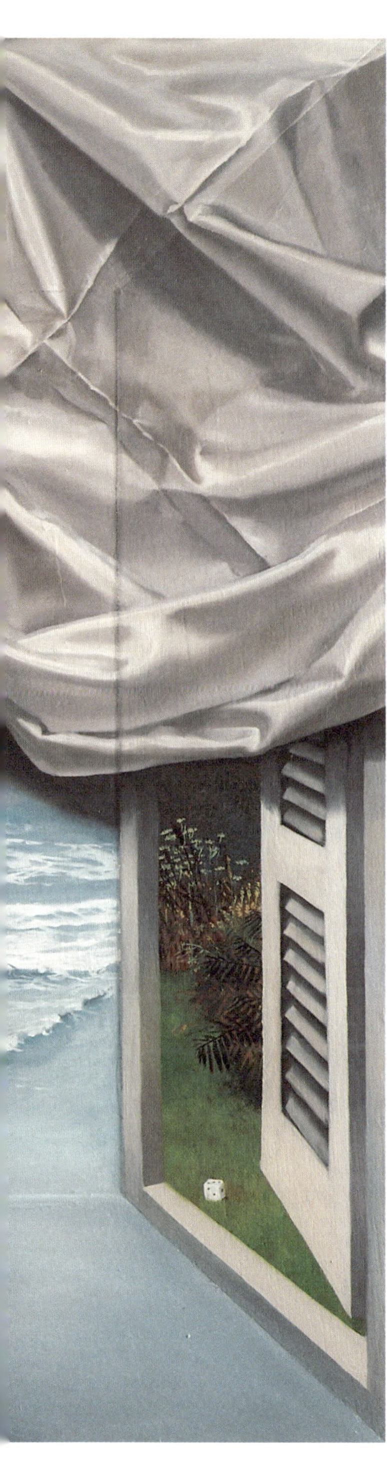

모든 것들은 예정된 그들의
계절에 돌아온다.

_헤라클레이토스(Heraclitus)

All things come in their due seasons.

모든 것들은 예정된 그들의
계절에 돌아온다.

_헤라클레이토스(Heraclitus)

무언가를 적어낸 뒤 아버지를 기다리며 엄마도, 두 오빠도, 나도 아무런 말이 없었다. 그저 면회 온 다른 이들을 물끄러미 관찰하며 순번을 기다리고 있었다. 나의 새내기 겨울 방학에 교통사고를 낸 아버지는 합의에 실패해 형을 살게 된 것이었다.

수인과 면회자를 가르는 가로막 사이로 만난 아버지는 오히려 건강해 보였다. 아마 술도 담배도 하지 못한 이유가 클 것이다. 우린 조금 서먹하긴 했지만 그렇다고 드라마나 영화에서처럼 다정하게 대화를 나누지도 않았다.

"잘 계시죠?"

"그래 잘 있다……."

"합의는……?"

"그건 잊어버리소."

"그래도 함 알아나 보지?"

"휴……."

그저 이런 느낌이었던 것 같다.

우린 너무 무겁지도 가볍지도 않은 마음으로 형무소를 나왔고 돌아오는 길엔 버스를 탔다. 돌아오는 버스에서 화정으로 가던 길의 거리가 머릿속에서 떠나지 않았다. 뉴스에서 오랫동안 보도되었던 지하철 공사현장의 폭발 사고가 있었던 곳이라고 했다. 수개월이 지났지만 아직도 불탄 건물들과 무너진 집들이 꽤 많았다. 보수하고 정비하고 있는 듯했지만 흔적을 지우기엔 짧은 시간이었던 것 같다. 사람이 많이 죽었다고 했던 그 보도를 떠올리지 않으려 해도 자꾸만 머릿속에서 그 폭발이 그려진다. 스쳐 지나가는 을씨년스러운 풍경들이 밝은 햇살과 대비되어 더욱 또렷해진다. 흉물스러웠다. 폭력적이었다. 그리고 누추했다. 내가 속한 지난 삶의 일부처럼 느껴졌다.

두꺼운 아크릴 창 뒤의 아버지는 차마 눈을 마주치기 힘들 정도로 안쓰러웠지만 나는 분노에 가깝게 그로부터 탈출하고 싶어졌다. 달리는 버스처럼 탈출하고 싶어졌다. 나는 탈출하기로 마음먹었다. 아버지로부터, 나의 누추한 성장으로부터, 그리고 내 나라로부터…….

빵소니 교통사고를 낸 아버지의 면회 날이었다. 상이한 기억들이 수놓인 눈부신 봄날이었다.

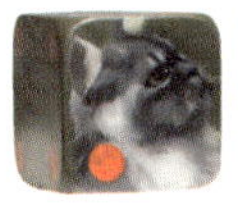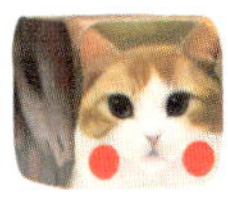

그래도 그는
아버지였다

그 집은 내가 도배했다. 신문지를 벽에 바르고 그 위에 한지를 발랐다. 그리고 그 위에 다시 아이보리 톤의 벽지를 발랐다. 구석구석 묵은 때를 벗기고 장판도 다시 깔았다. 연립주택은 4층 높이였고 우리 집은 두 개의 옥탑방이 딸린 집이었다. 집 뒤는 바로 논과 밭이 이어진 그린벨트와 주거 지역의 경계였다. 한겨울에는 많이 춥긴 했으나 푸르스름한 겨울의 새벽도 좋았고 눈발이 날리며 논과 밭에 고랑을 따라 생기는 갈색의 풀들도 좋았다.

큰 방은 한 벽면을 온전히 비우고, 다른 한쪽 벽면엔 조금씩 돈을 모아 '낙원 상가'에서 산 무늬만 악기인 싸구려 첼로와 내가 그린 야릇한 유화도 하나 걸었다. 멀리서 마음 따뜻한 선배가 보내준 외국 브랜드의 커피머신과 *그*가 집들이 선물로 주고 간 하얀 카라도 한아름 꽂혀 있었다. 읽고 싶은 책들이 쌓여 있었고 책이 읽히지 않던 때엔 하얀 빈 벽에 해가 치즈 빛으로 걸리는 광경을 바라보았다. 무료한 늦은 오후엔 피아니스트 김광민의 앨범 'Shadow of the moon'의 나른함으로 석양의 빈 그림자를 채웠다. 마름모 모양의 빛그림자가 길게 드리우는 창을 보며 온몸의 작은 알갱이들이 흔들리듯 내 몸과 혈관과 모공이 깨어나는 기분을 느꼈다. 내 긴 머리칼이 천장을 쓸고 지나가는 듯 머릿속에도 바람이 가득 찼다.

제법 넓은 창이 있는 벽면에는 길에서 주운 탄탄한 나무상자를 나란히 놓고 섬세한 붉은 체크무늬가 인쇄된 까칠까칠한 아이보리색 시트지를 길게 붙였다. 벽과 만나는 구석에는 화집이 차곡차곡 정렬되어 있고 나는 때때로 그 상자 위에 걸터앉거나 누워서 책을 보았다. 가을엔 수레국화를 꺾어 와 각이 진 유리 화병에 꽂았다. 내가 원하던 적당히 넓고 시원한 밝은 방이었다. 그리고 그 방은 내가 누려본 최고의 여유였다.

지방대를 졸업하고 서울의 대기업에 입사한 큰오빠는 남자들끼리의 자취생활이 지쳤던지 , 직장이 있는 여의도와 비교적 가까운 내가 살던 홍대 근처로 이사와 나와 함께 살게 되었다. 그 무렵 큰오빠는 담배를 많이 피웠다. 집안 식구 모두 아버지가 남긴 부정적인 영향 때문에 음주에는 젬병이었지만 대신 두 오빠들 모두 대학에 들어가자 담배를 배웠다. 게다가 내가 성년이 되어 함께 살게 된 큰오빠는 줄담배를 피워댔다. 반지하의 자취방은 습한 공기와 오빠가 뿜어대는 연기 때문에 더욱 답답했다. 큰오빠는 어떤 날은 TV만 멍하니 쳐다보며 옷도 갈아입지 않은 채 거실에서 잠이 들었다가 어떤 날은 청소를 하자며 온 집안 살림을 씻어대고 청소했다. 어렸을 때 내가 알던 오빠와는 많이 달랐다. 한편 또 생각해보니 오히려 내가 큰오빠를 잘 모른다는 생각도 들었다.

작은오빠도 4학년 마지막 학기를 맞아 취업 준비 때문에 이사한 홍대의 자취방에 올라와 있었다. 나는 오빠의 면접 준비를 돕고 싶어서 학원 월급을 쪼개 반듯한 양복 한 벌을 남대문에서 사 입혔고, 서울 살이의 간단한 팁들을 전수해주었다. 작은오빠는 반듯한 용모에 잿빛 수트가 마치 잡지 속 모델처럼 잘 어울렸다. 신참 영업사원이었던 작은오빠는 많이 지쳐 있었다. 어려웠던 나라의 사정을 이용해 회사는 직원을 과도하게 부리는 모양이었다.

이런 때 큰오빠의 새로운 이사 제의는 다가오는 졸업 후의 미래에 대해 뾰족한 대안이 없는 학교생활과 반지하의 음울한 기운에 지친 나에게 휴학을 통해 , 분위기를 전환할 수 있는 새로운 여유를 가져다

줄 것 같았다. 오빠와의 이사 협업은 처음부터 삐걱댔지만 월세에서 벗어난 것만으로도 나는 여유가 생겼다. 학교와는 멀지만 본격적으로 휴학 직후부터 유학 준비를 시작했고, 짬나는 대로 학교 도서관에 가서 영어 공부를 했다. 이전의 재학 시에는 늘 아르바이트와 밀린 과제에 치여 누려보지 못한 여유로운 응당 누려야 했을 대학생활이자, 현실로는 휴학생활이었다.

하지만 곧 IMF가 터졌고 온 나라가 절망의 구렁텅이로 빠지는 듯했다. 그래도 나는 상관없었다. 아르바이트도 줄고 미래도 암울했지만 그쯤은 충분히 극복할 수 있다고 믿었다. 나는 대도시에서 살아가는 나름의 방법들을 터득해가고 있었다. 이젠 유학을 가더라도 어렵지 않게 적응할 수 있을 것만 같았다.

그날도 회사에 갈 준비를 하던 오빠들과 학교 도서관으로 등교를 준비하던 나는 이른 시각에 엄마의 전화를 받았다.

"경미야…… 니네 아부지가 어제 간단한 수술을 한다고 병원에 입원했는데 의사가 이상한 소리를 한다. 생명이 위중타고…… 병원에 혼자서 걸어 들어간 양반인데, 무슨 소리인지는 모르겠지만 니들 더러 내려오라는구나……."

우리는 크게 걱정하지 않았다. 조금 이상하다는 생각이 스쳐 지나갈 뿐이었다. 그리고 먹먹했다. 우리는 각자 직장에 전화를 하고 모처럼 만의 휴가를 만난 듯 공항으로 향했다. 비행기를 타고 오라는 엄마의 말이 신기했다. 비행기를 탈 때 큰오빠가 신나게 물었다.

"경미야, 넌 비행기 못 타봤지?"

그때까지 나는 해외여행을 해본 적이 없으니 오빠의 추측이 맞을 법도 했다. 하지만 예전에 부산에 갔다가 급히 올라가야 하는 나를 위해 선배가 비행기 티켓을 끊어준 적이 있었다. 오빠는 내심 실망했는지 언제냐고 추궁했지만 나는 그냥 싱긋 웃고 만다. 삼남매가 모두 함께 비행기를 타게 되니 우리는 신이 난 감정이 좀체 가라앉지 않는다.

우리는 부산 백병원에 도착해 아버지를 면회하기 위해 중환자실 복도에서 기다리고 있었다. 어떤 아저씨가 의사와 이야기를 나누고 있었다.

"환자 상태가 지금 어떻습니까?"

"아마 심근경색이 많이 진행되어 열어봐도 소용없을 겁니다……. 장기들도 이미 손상되었을 거고요. 모르핀을 많이 맞은 상태라 고통은 없겠지만 가망이 없습니다."

아마도 환자가 위중한 상태인가 보다. 중환자실 앞은 이런 저런 사람들이 초조한 듯, 절망한 듯 서성이고 있다. 우리는 기다렸다. 엄마가 오고 있는 중이니 머지않아 아버지를 보게 될 터였다.

복도 저 끝에서 7촌뻘 아저씨가 오신다. 우리를 보고 안타까워하시며 오빠들 어깨를 툭툭 두드리신다. 그런 후 고개를 돌려 조금 전 의사와 이야기하던 아저씨와 인사를 하고 우리에게 소개했다. 서로 잘 모르겠지만 가까운 친척 사이라고……. 의사가 가망이 없다고 의견을 말했던 그 환자는 아버지였다.

병원에서의 시간들. 그 모든 일들이 너무 생생했다. 아버지의 갑작스러운 심근경색은 수술을 제때 못한 탓이 크다고 했다. 중환자실의 잠든 듯 의식이 없는 아버지를 두어 번 면회했다. 거추장스러운 기계들을 몸에 잔뜩 부착하고 있는 아버지는 곧 죽을 거라는 사실이 믿기지 않을 정도로 건강하고 정정해 보였다. 아직 채 예순이 되지 않은 나이였다. 적당히 주름진 얼굴에 짙은 눈썹과 잠자듯 감은 두 눈이 현실 같지 않았다.

우리는 울다가 지치고 다시 멍하고 다시 또 울기를 반복했다. 복도의 긴 의자에서 잠이 들려던 찰나 영화에서 보던 장면처럼 의사와 간호사 여럿이 각종 약품과 주사바늘과 전기 충격기 따위가 잔득 채워진 거대한 카트를 전속력으로 밀고 중환자실로 달려 들어갔다. 갈색 앰플을 여러 개 깼다. 전기 충격기와 심장 마사지를 반복했다. 열렸다 닫혔다 하는 문 사이로 보이는 그 주인공 환자는 아버지였다.

중환자실 앞에 우리 셋은 우두커니 서 있었다. 긴장한 의사가 땀을 흘리며 나왔다. 약물로 뛰던 심장이 갑자기 멈춰 더 강력한 약물을 투여했다고 했다. 심란하고 슬픈 표정의 엄마에게 의사는 호흡기를 떼겠냐고 물었다. 이제 가망이 없다고, 원한다면 언제고 이런 상태로 중환자실에 둘 수 있지만 의미는 없어 보인다고 했다. 야속한 엄마는 우리에게 묻지도 않고 잠시 생각하더니 그렇다면 떼겠다고 대답한다.

무어라 항의하고 싶었다. 아직 너무 이른 거 아니냐고. 저렇게 멀쩡해 보이는데 오진이 아니냐고……. 아……, 슬픔이 터져 나와 말은 한마디도 나오지 않았다.

원망스러운 아버지였다. 내 인생의 굴레였다. 내 불행의 원인이었고 나를 이성적이지 못하게 만드는 사람이었다. 내부의 적이었고 이해할 수도 이해하고 싶지도 않은 사람이었다.

그래도 그는 나의 아버지였다.

아버지의 장례 이후 오빠는 또다시 서울로 이사하자고 제안했다. 나는 유학 준비를 일시 중지하고 우선은 엄마에게 집중하기로 했다. 엄마가 걱정스러웠다. 이사를 결정하고 나니 부천집은 전과 달리 낯설어 보였다. 여유를 만끽하던 넓은 방이 서늘해졌다. 나는 이제 그 방에서 사색하지도 않았고 여유롭지도 않았다. 아버지의 죽음 이후 나에게는 낭만이 사라졌다. 그런 여유가 달갑지 않았다.

계약기간을 못 채우고 이사하는 우리에게 집주인은 오히려 고마워했다. 집이 전과 달리 깨끗하고 세련되어져 돈을 더 올려 받을 수 있을 것 같다고 했다. 그렇게 우리는 집을 정리했다. 길게 지내지 못했다. 휴학 기간 동안 유학의 꿈을 꾸며 새로운 인생에 대한 기대로 들떠 있었다. 밝고 정돈된 실내처럼 내 인생도 그렇게 여유가 생기리라 믿었었다.

부천 집을 정리하며 나만을 위한 미래의 계획도 정리했다. 그 시간과 그 집은 마치 백일몽 같았다. 길고 빈 벽에 김광민의 선율이 노을처럼 쌓이던 그 공간은, 시간이 지날수록 존재하지 않았던 상상의 공간처럼 나에게서 잊혀갔다.

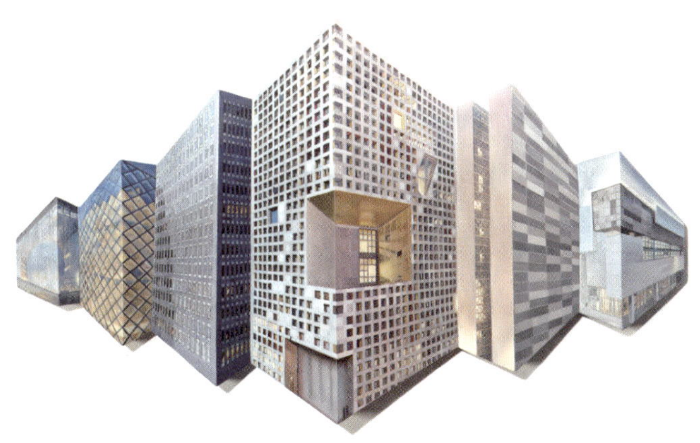

Whatever we see when awake is death,
when asleep, dreams.

깨어 있을 때, 우리가 무엇을 보든 그것은 죽음이고
잠들어 있을 때, 우리가 무엇을 보든
그것은 꿈인 것이다.

_헤라클레이토스 (Heraclitus)

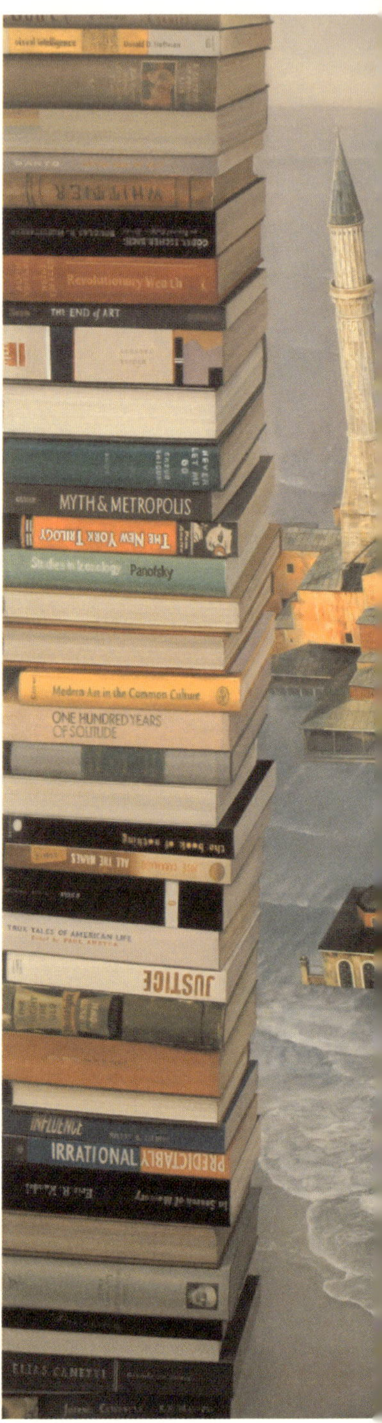

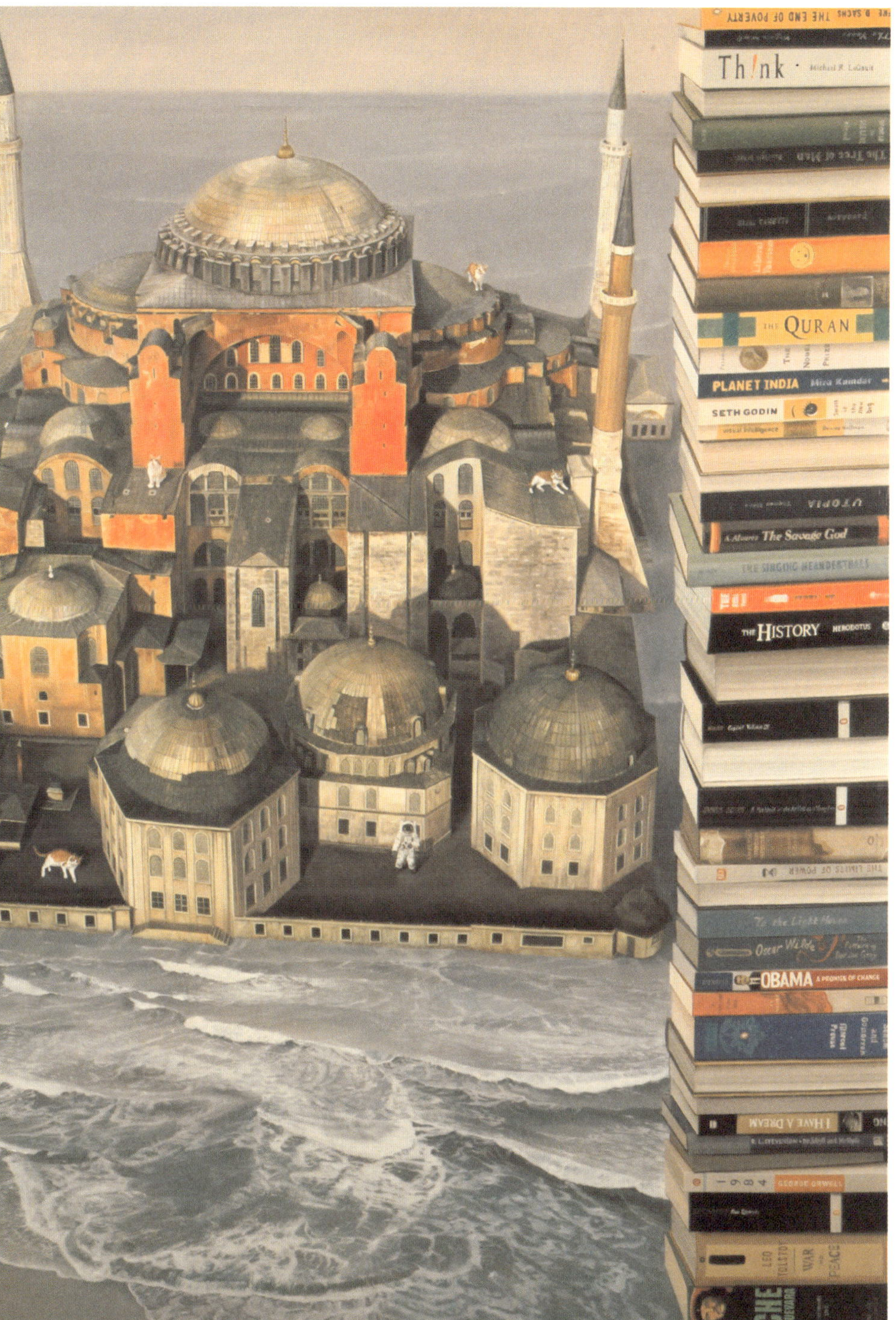

아버지를 묻은 날

아버지의 발인날은 금세였다. 작은오빠는 염을 하는 동안 평생 울 울음을 다 쏟아내는 듯했고 정신을 잃지 않을까 걱정스러웠다. 엄마는 그리 갑작스레 돌아가신 아버지를 원망하며 가게에서 팔다 남은 조각 삼베로 급히 속적삼을 하나 만드셨다. 이른 새벽 적막을 가르는 드르륵 거리는 재봉틀 소리가 낯설었다. 엄마는 들릴 듯 말 듯한 소리로 중얼거렸다.

"마누라가 평생 남의 명주 수의를 만들었는데 그거 하나 준비해줄 겨를도 없이 이리 급하게 가시나……."

하지만 눈물은 보이지 않으신다. 대신 깊은 한숨 속에 모든 걸 쏟아내는 듯했다. 그런 엄마를 바라보다가 나는 속으로 생각했다. '삼베

로 만든 속적삼에 아버지는 너무 따갑지 않으실까……'

할아버지 할머니의 산소로 가는 길은 전에 없이 짧았다. 아버지는 가장 저렴한 나무관에 주렁주렁 금사가 섞인 붉은색 십자가가 선명히 새겨진 덮개를 덮고 흔들거리는 흔한 영구차 하나없이 낡은 장례버스의 옆구리에 뉘었다.

한때 고향이 너무나 그리웠던 때가 있었다. 하늘은 푸르고 진달래가 축축 처지기 시작하는 4월 말이었다. 익숙하지만 그리웠던 풍경들이 지나간다. 길가의 나무 덤불들도 그대로였다. 드문드문 집들이 더 번창하거나 혹은 주인을 잃은 듯 남루해 있었다. 죽 펼쳐진 논들은 내 기억만큼 넓지 않았고, 한때는 놀라우리만큼 큰 버스가 다니던 이 길도 2차로의 시골도로로 폭이 무척 좁아진 듯했다. 나는 오랫동안 고향에 간 적이 없었던 것이다.

할아버지가 살아계실 때 나는 무척 어렸지만, 할아버지가 나를 지게에 올려 매고 할머니의 산소로 데려가시던 생각이 났다. 할머니가 누워 계신 옆자리를 보러 가신 것이었을까. 할아버지는 산아래를 내려다보며 어린 나에게 소나무 새순을 껍질을 커다란 낫으로 익숙하게 벗겨 먹이셨다. 무릎을 세우고 팔을 걸고 계신 할아버지의 옆으로 미류나무가 멀찍이 보인다. 파란 하늘 아래 길게 솟은 미류나무는 햇살에 나뭇잎들을 여울처럼 반짝였다. 할아버지는 뇌일혈로 쓰러지시고 7일 만에 말씀을 못하시다 돌아가셨다. 나는 세 살이었다. 죽음을 모를 나이이기에 돌아가신 할아버지의 배 위에 올라가 할아버지의 목을 칭얼거리며 끌어당겼다. 어서 빨리 일어나라고. 할아버지는 나의 가장 친한 동무였다.

도착한 아버지의 장지에서 한바탕 옥신각신 말다툼이 벌어진다. 새벽부터 가족들이 다니던 교회에서 소고기국이며 장례음식을 해왔었다. 장지에서 그들은 절을 하지 말라 한다. 아버지의 관 앞에 드리운 병풍을 향해 연극처럼 곡을 하던 아버지의 친척분들은 절을 꼭 해야 한다고 한다……. 엄마는 뭐라 말을 못하신다. 우리는 절을 감행했다. 젊은 부목사님께서 미간이 좁아지셨지만 그래도 발인 예배를 인도해주시고, 문중어른들은 그들 나름대로 우리에게 자신들이 아는 예를 다 동원하여 제를 지도하신다.

높지는 않았지만 가파른 이 산을 어찌 올랐나 싶은 작은 포크레인이 구덩이 옆에 엉거주춤 서 있고 아버지의 관이 구덩이 속으로 스르륵 내려갔다. 너무 이른 것 같았지만…… 뭐라 제동을 걸 이유도 발견하지 못했다. 가슴이 먹먹해진다. 흙을 덮고 흙을 꼭꼭 다진다. 이건 아니다 싶지만, 숨을 쉬기 힘드실 것 같지만…… 그저 인상을 쓸

뿐 나는 아무 말을 못했다.

　내려오는 길은 완만한 능선이었다. 우리가 다니던 가파른 길은 많은 사람들이 이동하기에는위험했다. 지다 만 진달래가 긴 암술에 꽃잎을 대롱대롱 달고 흙바닥을 향해 있었다. 산 중턱에서 도시락을 먹는다. 일을 도와주었던 십여 명의 사람들은 마치 소풍을 온 것 같기도 하다.

　"그래도 호상이여……. 형님은 이런 좋은 봄날에 돌아가시고…… 거 참."

　아버지와 가장 가까우셨던 7촌 아저씨께선 우리를 위로하시려는 듯 말을 던지셨다. 슬픔은 지속적이지 않았다. 아버지의 갑작스러운 죽음이 믿기지 않아 간헐적으로 울음이 왈칵왈칵 쏟아지긴 했으나 우리 세 남매는 금세 또 멍해진다. 서로 아버지의 갑작스러운 죽음에 관한 어떤 말도 나누지 않았다. 그저 받아들이기 위해 각자 노력했다.

　그날 우리는 몇 해 전에 돌아가신 아버지의 또 다른 친척 아저씨네로 갔다. 고향집을 홀로 지키시던 아지매는 몇 년 새 급히 늙으셨다. 세간은 어지러웠고 강아지들은 돌봐주는 이가 없어 그런지 진드기가 잔뜩 붙어 피를 빨고 있었다. 가려워하는 강아지들이 불쌍해 필사적으로 진드기를 잡아주었으나 역부족이었다. 홀로되신 아지매는 자신도 잘 돌보지 않으시는지 말수도 별로 없으셨다.

돌보지 않아도 좋은 볕 때문에 잔디가 빽빽했다. 우린 누군가 잃어
버린 듯한 낡은 축구공을 흙담 옆에서 주워 나의 생애 처음으로 오빠
들과 축구를 했다. 처음엔 큰오빠가 혼자서 공을 이리저리 몰다가 작
은오빠도 나도 당연히 그래야 하는 듯 그 공을 뺏기 위해 합류했다.

셋이서 정신없이 축구를 했다. 아버지를 흙속에다 꼭꼭 묻고는 우
린 해맑게 축구를 했다. 진드기를 터트려 죽인 축담이 핏자국으로 얼
룩얼룩했다. 우리는 슬퍼지기 전에 삶을 향해 전진했다.

작은 생명들을 기억한다

어릴 적 집에서 병아리 두 마리를 키울 때였다. 병아리들이 있는 벽과 방 사이의 공간에서 이상한 소리가 났다. 서둘러 밖을 보니 길고양이 한 마리가 우리집 병아리의 목을 입에 물고 있는 게 아닌가. 나는 맨발로 뛰어나갔다. 고양이는 병아리를 문 채 나를 피해 큰길로 달아나고 있다. 나는 고양이를 추격해 큰길 건너 커다란 당근을 씻던 드럼통 사이로 철벅이며 달려갔다. 길게 늘어선 시장통 작은 가게들 위 좁은 복도를 지나 낡은 시멘트 계단을 뛰어오른다. 고양이는 입에 문 병아리 때문인지 점점 속도가 느려진다. 단층의 옥상으로 고양이를 바짝 따라갔다. 고양이는 옥상의 코너에서 뛰어내릴 곳이 없다는 걸 알고 멈춰 섰다. 여전히 병아리를 입에 문 채였다. 나는 분노에 가득 차 고양이의 목덜미를 잡아들고 패대기쳤다. 고양이는 짐짓 나뒹굴더니 빠르게 줄행랑을 놓았다. 나는 움직이지 않는 병아리를 두 손에 안아 들었다. 병아리는 숨 쉬지 않았다. 옥상 발치 아래 보살상이 그려진 점집의 실내가 얼핏 보였다. 나는 옥상 위 황혼 사이로 병아리를 가슴에 안고 분노에 차 울었다.

오빠와 하교하다가 우리 집으로 가는 골목길에 들어섰다. 중간쯤 왔을 때 흙탕물 속에서 꾸물 움직이는 무언가가 내 눈에 보였다. 작은 새였다. 몸에 끈적이는 기름덩어리 같은 걸 두르고 있었다. 작은 새는 무척 괴로워했다. 우리는 그 작은 새를 품에 안고 집으로 왔다. 마침 엄마가 없다. 오빠와 나는 수건으로 새를 감쌌다. 물을 주고 기름기도 닦아냈다. 새는 변함없이 파닥였다. 아 그런데 냄새가 너무 지독했다. 정말 화장실에 빠진 것처럼 오물 썩은 냄새가 진동하는 게 아닌가…….

오빠와 나는 궁리 끝에 '에프킬라'를 뿌리기로 했다. 그 냄새를 없애줄 거라고 믿으며 우리는 에프킬라를 작은 새에게 엄청나게 뿌렸다. 그런데 작은 새는 점점 기력을 잃더니 수분 내에 숨을 멈췄다. 에프킬라가 파리만 죽일 수 있는 게 아니라는 걸 그때 알았다.

우리는 작은 새에게 너무 미안해서 엉엉 울면서 마당 장독대 옆에 작은 무덤을 만들어주었다. 나뭇가지를 엮어 십자가를 만들고 기도 했다. 부디 아무것도 몰랐던 우리를 용서해주기를, 그 작은 새가 꼭 하늘나라에 가기를.

중학교 하굣길에 어느 골목 전신주 옆에 종이상자 하나가 저 혼자 움직이고 있었다. 나는 조심스레 걸어가 종이상자를 들여다보았다. 기력이 없어 보이는 작고 하얀 강아지가 나를 보며 꼬리를 흔든다. 아, 눈물이 핑 돌았다. 강아지를 무턱대고 안고 집으로 왔다. 엄마가 마구 화를 내신다. 엄마는 그렇게 마구 화를 내다가도 강아지에게 밥을 먹인다. 강아지는 좀 괜찮아지는 것 같았다. 그래서 나는 강아지를 깨끗하게 목욕시켰다. 그런데 강아지는 갑자기 몸이 더 안 좋아진 것 같다가 자고 일어나니 눈을 뜨지 않았다. 강아지가 아플 때 목욕을 함부로 시키면 안 된다는 걸 몰랐다. 눈물이 났다. 엄마에게 뒷수습을 부탁하고 퉁퉁 부은 눈으로 학교에 갔다. 처음 만났을 때 나를 바라보던 까맣고 순수한 눈동자가 자꾸만 떠올랐다.

휴학생 시절 숙대에서 아르바이트를 하고 국철로 부천으로 돌아오던 밤, 밤늦은 역에서 누군가 팔고 있는 작은 토끼들을 보았다. 유명한 동화책《피터 래빗》속의 그림에서처럼 옅은 갈색 몸통에 배가 하얀 토끼였다. 얼핏 보기에도 장사치가 여린 생명의 미래를 걱정하며

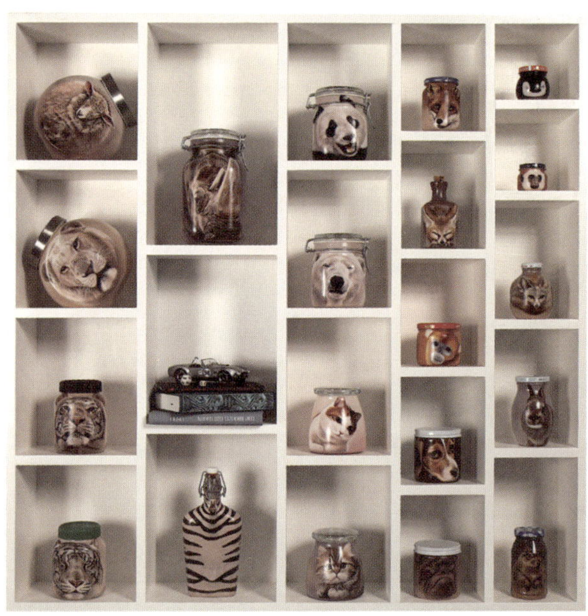

모든 존재는 자기 자신에 대한 기억이다.

_워즈워스(W. Wordsworth)

내놓은 상품이 아니었다. 나는 그저 별 생각 없이 물끄러미 내려다보다 그 어여쁜 새끼 토끼를 집에 데려오고 말았다. 며칠을 참 예쁘게 지내주던 토끼는 갑자기 시름시름 앓다가 내가 아르바이트를 하고 온 늦은 밤, 내 방에서 싸늘히 죽어 있었다.

성년이 지난 후부터 눈물이 별로 없던 내 눈에서 뜨거운 눈물이 방울방울 떨어졌다. 초롱초롱하던 감은 예쁜 눈과 구름 같던 하얀 배에 얼굴을 부볐다. 그 작은 몸은 이미 차가워진 지 오래인 듯했다. 급기야 나는 꺼이꺼이 울기 시작했다. 퇴근 후에 옆방에서 쉬던 작은오빠는 눈물로 얼룩진 채 흐느껴 우는 여동생을 꼭 안아주었다. 울지 마! 울지 마!라는 말을 반복하면서……. 우리는 한 번도 서로 그렇게 안아준 적이 없던 사이였다. 심지어 아버지가 돌아가셨을 때도 우리는 서로를 부둥켜안거나 다독이지 않았는데 말이다.

아버지가 돌아가시고 엄마 혼자 경주집에 계실 무렵이었다. 나는 내 손에 들어오게 된 경로가 기억나지 않는 작은 강아지를 한 마리 키우고 있었다. 참 귀엽고 예쁜 녀석이었다. 어느 날 퇴근해서 보니 강아지가 복숭아씨를 삼킨 게 아닌가. 하나는 토해내고 하나는 피와 함께 겨우겨우 변으로 나왔다. 그런데 그 후로도 이상하게 강아지의 얼굴에 계속 반점이 생기고 눈에 힘이 없어 병원에 데려갔더니 홍역이라고 했다. 담담한 의사는 별다른 치료 방법이 없다고 했다. 홍역을 이겨내면 살아남는 거고 아니면 죽을 수도 있다는 말이었다. 표정이 냉정했다. 자기로도 어쩔 도리가 없다고 했다. 그러니 너무 괴로워하면 안락사를 시키라는 것이다.

나는 엄마에게 마지막 희망을 걸고 강아지를 부탁했다. 혹시나 하는 희망으로 데려간 그곳 동물병원 의사도 이미 강아지가 많이 힘들 거라고, 시력도 잃었고 잘 들을 수도 없을 거라고 진단했다. 많이 괴로울 거라며 안락사를 권했다. 나는 그럴 리 없다고 했다. 강아지는 내가 오면 이리저리 흔들리며 우왕좌왕 다가오지만, 꼬리를 흔들며 반긴다고 했다. 의사는 대꾸가 없었다. 나는 아르바이트 때문에 강아지를 엄마에게 맡기고 서울로 올라왔다. 매일매일 엄마에게 전화해 강아지의 안부를 물었다.

어느 날, 강아지가 죽었다고 엄마가 조심스레 전했다. 어떻게 죽었냐고 물었더니 엄마는 긴 한숨을 쉬며 대답했다. 갑자기 피를 토하며 죽었다고, 마치 온몸의 피를 다 토하듯 피를 게워내고 죽었다고 했다. 엄마에게 너무 미안했다. 아버지가 돌아가신 지도 얼마 되지 않아 텅 빈 집에 혼자 사는 엄마에게 나는 그런 꼴을 보게 한 거다.

진즉 의사 말을 듣고 안락사를 시킬걸……. 그랬다면 강아지도 그렇게 길고 고통스럽게 마지막을 보내지 않았을 거고 엄마도 그런 고

통을 옆에서 지켜보지 않아도 되었을 텐데……. 내 어리석은 미련과
고집이 너무 원망스럽고 후회가 되었다. 엄마와 강아지를 생각하며
너무나 미안하고 괴로워 눈물이 멎지 않았다.

　두 오빠도 모두 결혼하고 서른이 코앞이던 홍대 부근 망원동 작업
실에서 그림을 그리던 무렵이었다. 작업실에는 꼬미와 은실이라는
강아지 두 마리, 두 고양이 나나와 랑켄까지 총 네 마리의 동물 식구
들이 있었다. 엄마가 수시로 작업실에 들러 그 동물들을 돌봐주시고
나는 언제나 그랬듯 바쁜 일상을 살아가고 있었다. 첫 개인전을 준비
하고 있었다. 바깥은 아직 쌀쌀했고 나는 강아지들을 산책시키고 집
으로 내려가는 길에 부연 솜뭉치 같은 덩어리가 하나 가로등 아래에
놓여 있었다. 자세히 보니 회색빛의 익스트리멀 종 고양이였다. 길고
양이는 종종 보았지만 값비싼 품종의 고양이가 밤길을 다니는 건 처
음 보아서 좀 신기하기도 했다. 게다가 예의 길고양이들이 그러듯 도
망갈 줄 알았는데 내가 옆으로 다가가도 가만히 있다. 더구나 나에게
더욱 다가와 부비부비 하는 게 아닌가……. 아마도 누군가가 키우던
집고양이가 분명했다. 그런데 이상한 일이다. 이 근처에는 가정집이
별로 없는데 왜 이 근처를 배회하고 있는지 알 길이 없다. 나는 고양
이를 물끄러미 바라보다 다시 작업실로 향했는데 이 녀석, 나를 따라

온다. 개인적으로는 돌봐야 할 동물이 너무 많아 아주 반갑지만은 않은 현실이었다. 하지만 어쩔 수가 없었다. 인가도 별로 없고 사람 손에 키워지던 동물이라 도태되어 죽기 십상이지 싶어 작업실 문을 열어주었다. 나의 동물 식구들은 별로 신경 쓰지 않는 듯했다. 털이 짧은 이 친구는 코가 눌려 재미있는 인상을 하고 있지만 너무 유순했다.

밝은 곳에서 털을 뒤져보니 왜 버려졌는지 짐작이 갔다. 그 고양이는 피부병에 걸려 있었다. 아차 싶었지만 그대로 내치기엔 너무 마음이 아파 밥을 먹였다. 결국 우리 집 동물 네 마리 모두 피부병에 옮았다. 나에게도 부스럼이 생기고 가려웠다. 약욕 샴푸를 사와 부지런히 씻기고 약도 발라주고 나머지 네 마리의 털도 모두 짧게 잘랐다.

하지만 기력이 없던 그 새로운 친구 '보보'는 집에 온 지 며칠 만에 세상을 떠났다. 조용히 내 품에 안겨 두 눈을 끔벅이며 나를 확인하듯, 마지막 떠나가는 길에 배웅해주는 누군가를 확인하듯 그렇게 조용히 눈을 감았다. 마음이 아프다. 작은 생명들을 떠나보내는 일은 언제나 마음이 아프다.

세상에는 수없이 많은 생명들의 죽음이 있다. 너무 슬픈 일이다. 어릴 때에는 방치되는 죽음을 심정적으로 받아들이지 못해 홀로 우울에 빠지곤 했다. 하지만 그 수많은 죽음에도 불구하고 짧지만 아름다운 생을 살아가는 작은 동물들이 언제나 존재한다.

아버지의 죽음 이후로 배운 것이 있다면 이제는 죽음도 생의 일부로 받아들일 수 있다는 거다. 사랑하고 아끼면 죽을 때까지 그리고 그 죽음을 지켜보면서, 그 죽음까지 아름다운 작은 생의 일부로 받아들여주면 된다. 죽을 거라 여겨져 그 꼴이 보기 힘들다고 상자에 넣어버릴 게 아니라 안타깝고 고통스럽지만 그 죽음마저 지켜봐주자. 그러면 우리도 성숙할 것이다. 함께 슬퍼하고 함께 생을 생각하고, 생의 소중함과 절실함도 기억하게 될 것이다.

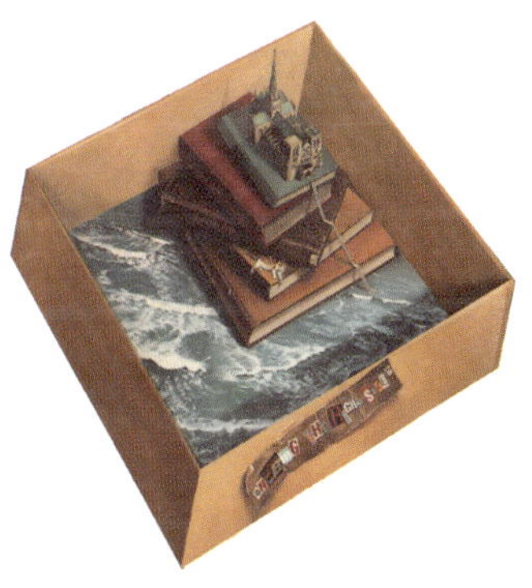

삶과 죽음이
함께 든 상자

비가 내린다. 긴 계절 내내 말라 있던 산과 들이 푸르게 변해간다. 짧은 시간에 기이할 만큼 누렇게 말라 있던 산들이 푸르게 변해가는 걸 보고 나는 신기했다. 부슬부슬 떨어지는 비에 살랑살랑 흔들리는 풀잎을 보고 있노라니 아버지의 무덤이 생각난다.

돌아가신 다음 해엔 추석이 오기 전에 벌초를 하러 갔었다. 아버지를 묻을 때 끌어모아 쌓은 붉은 흙으로 모자이크처럼 보이던 봉분은, 그 흙에 섞여 있었을지도 모르는 각종 키 큰 풀과 잡목으로 무성해졌다. 봉분의 실루엣이 푹 감싸질 정도였다. 오빠와 나는 그 풀들을 베어내고 뿌리도 남김없이 뽑아내느라 진땀을 꽤나 흘렸다. 묵묵히 일하는 작은오빠는 언제 그렇듯 생각이 많아 보인다. 조금 서글퍼 보이기도 한다.

아버지를 두고 더 이상은 살아 있다고 보기 힘들다며, 임종할 장소를 묻는 의사에게 어머니는 집으로 데려가겠다고 했었다. 호흡기를 떼고서, 인턴이나 레지던트일 법한 젊은 의사의 형식적인 수동 펌프질을 빈 고속도로를 달리던 앰뷸런스에서 지켜보고 있었다. 아버지는 죽은 사람이라기보다는 잠든 모습처럼 보였다. 술을 많이 마셨을 때면 꼭 저런 얼굴로 잠들곤 했었다. 의사는 간간히 졸았고 그때마다 수동호흡기는 멈췄다. 형식적인 일이었지만 대신 해드릴까 물었을 땐 기어이 괜찮다며 혼자 펌프질을 하며, 또 종종 졸았다.

피로에 찌든 신입 영업사원이었던 작은오빠는 내 옆에서 누적된 피로 탓인지 코를 골며 자고 있었다. 큰오빠가 성난 눈빛으로 깨워도 잠시뿐, 작은오빠는 이내 다시 좌우로 크게 흔들리며 졸았다. 시간이 지나면서는 큰오빠도 조용히 잠들었고, 엄마는 앞좌석에 있었기에 알 수 없었지만 나를 제외한 모든 이는 영면의 순간들을 오락가락하는 듯했다. 앰뷸런스의 바깥은 기이할 만큼 고요했고, 도로 위에도 차가 거의 없었으므로 사이렌은 고속도로를 탄 지 얼마 지나지 않아 기사가 이미 꺼버린 상태였다.

긴 침묵이었다. IMF 시절, 원치 않던 첫 직장의 과로한 피로 때문에 아버지가 임종하던 순간에도 졸 수밖에 없었던 작은오빠는 아버지의 염을 도우며 거의 기절할 정도로 울었다. 오빠의 울음소리를 들은 건 그때가 처음이었던 것 같다. 억울하고 서럽고 가슴이 먹먹해지는 오빠의 울음소리가 안방에서 계속 울렸다.

아직, 가을이라 하기엔 늦여름의 더위가 따가웠다. 얼굴을 뒤덮은 땀방울들은 얼핏 보았던 그날의 오빠의 눈물처럼 보였다. 담배를 꺼내 무는 손과 입술은 아버지를 빼닮았다.

다음 해엔 제법 정리가 되어 키 큰 잡목과 풀들은 없었다. 키 작은 잡초들을 떼 사이에서 솎아내고 아직 듬성듬성한 잔디를 바라보며 생각했다. 해가 잘 들고 때때로 비도 오면 좋겠다고.

산과 들이 파래지는 이즈음 아버지의 산소는 어떨까, 문득 궁금해진다. 이렇게 멀리 살게 될 줄은 생각도 못했지만 한국을 떠나오기 전에도 나는 항상 바빠 아버지의 산소를 거의 찾지 못했었다. 대신 멀리 앉아 창밖의 젖어가는 풍경을 보며, 부슬부슬 내리는 비가 탄력 있는 이파리에서 잎자루로, 하얀 파대궁이를 닮은 뿌리로, 또 흙 속으로, 자잘한 토양의 빈 공간을 지나 가장 저렴한 성냥곽 같던 아버지의 관으로 내 닿는 상상을 해본다.

삶과 죽음이 한 상자 안에 들어 있다.

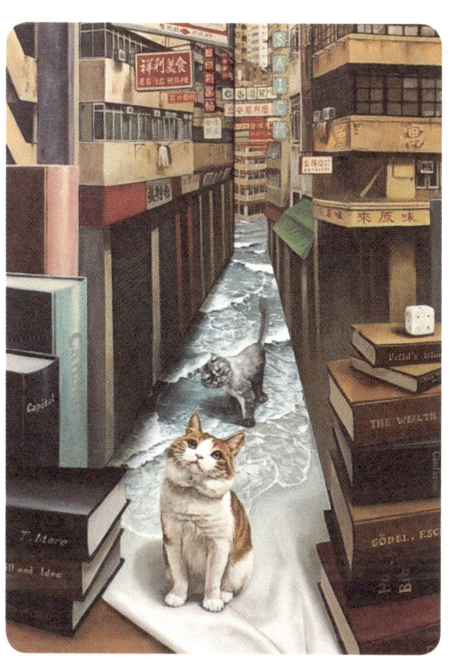

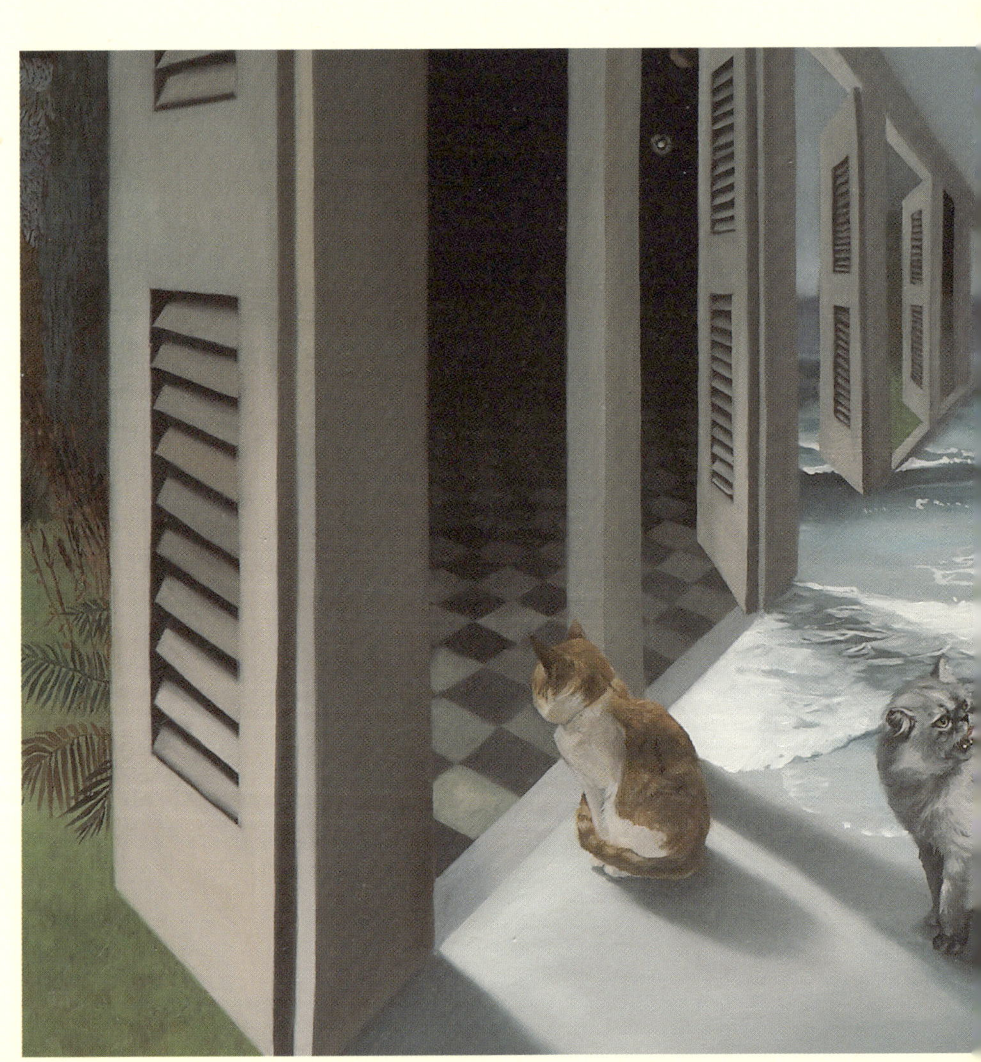

성장,
그림 그리는
고양이

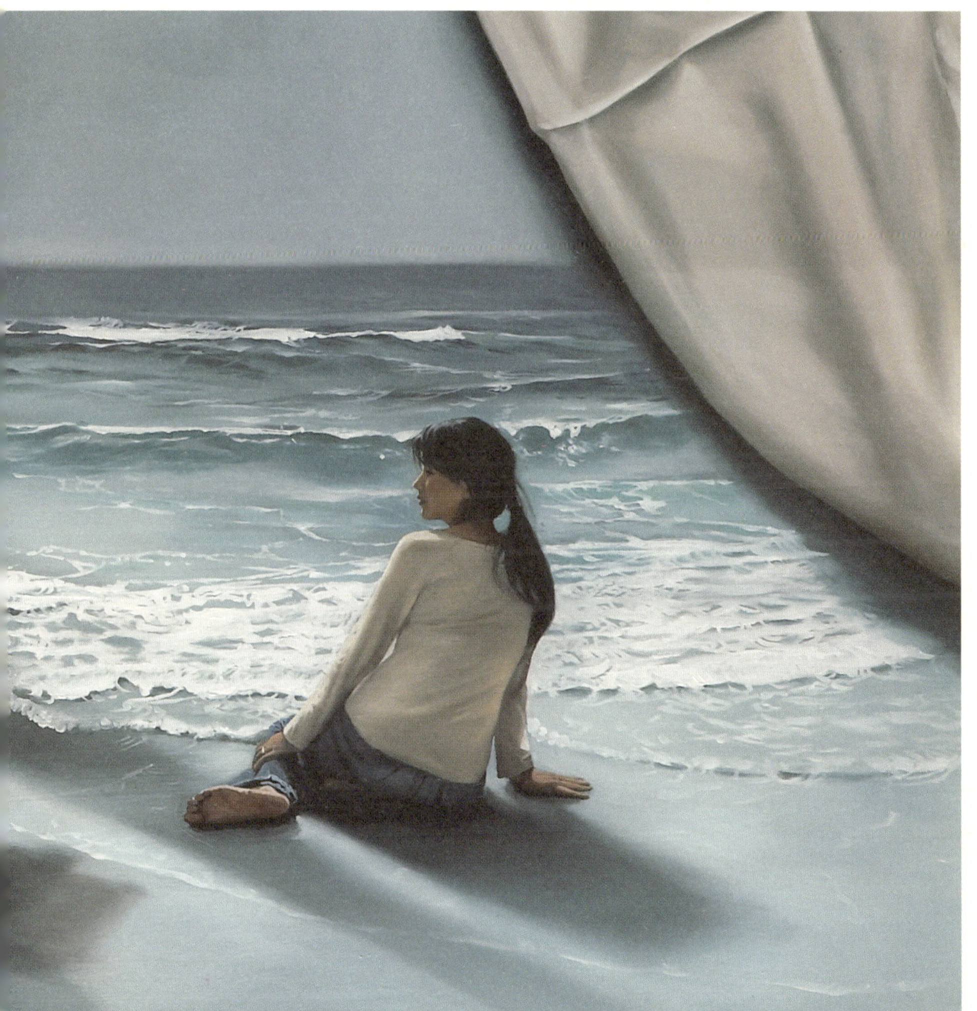

그림 그리는
어린 이방인

고등학교에 올라갈 때 나는 큰 사고를 쳤다. 삼 남매 중 나는 가장 내성적이지만 그럼에도 불구하고 한편 가장 무모하기도 했다. 경주는 비평준화 지역이어서 선지원 후시험을 치른 후 나는 지역에서 가장 모범적인 여학교에 입학하기로 결정되었는데, 뭐가 불만이었는지 입학 전에 치르는 두 번의 배치고사에서 백지를 냈다. 심지어 낙서까지 해서 제출했다. 학교에서 전화가 왔다. 나는 입학날 교감선생님께 불려가 눈물이 강물이 되어 흐르도록 야단을 맞았다.

작은 파장을 일으키며 입학한 나의 고등학교 학창시절은 그야말로 좌충우돌의 연속이었다. 1학년 기말이 되자 교과서 한번 뒤적거린 적이 없는 나의 성적은 입학 당시의 석차와 딱 반을 접은 만큼 대칭점을 이루었다. 학교 선생님들은 나에게 반항하는 거냐고 말씀하셨다. 생각해보니 그런 것도 같다. 늘 말이 없고 조용하고 체력이 허약한 아이였는데, 고등학생이 되어서는 교복을 입은 채 담을 넘고 수업을 빼먹기가 일쑤이고 학교에서도 반항적이게 튀는 아이들과 우르르 몰려 다니느라 바빴으니까. 더불어 교과서는 학교 사물함에 넣어 두고 꺼내보지 않았다. 공부보다는 그냥 음악을 듣는 게 좋았다. 친구들을 만나 고분 사이를 서성이는 게 좋았고 모두들 수업을 들어가서 텅 비고 조용한 학교 도서관에서 소설을 보다 엎드려 잠드는 게 좋았다. 서점에서 패션 잡지와 자동차 잡지를 보고 소설이나 시를 읽고 생태와 환경운동에 관한 책을 탐독했다. 방위복무 시절 근처 서점에서 저녁에 아르바이트 하던 오빠가 가져다 놓았던 많은 책들과 세로줄 쓰기의 고전 인문서적들을 읽었다.

　이런 나를 걱정하던 미술 선생님은 미술학원을 다니라고 권했다. 성적도 떨어질 때로 떨어졌으니까 하는 애기라고 덧붙이셨다. 실소가 나왔다. 집안 형편이 너무 어려워 그런 건 이미 예전에 포기했다고 말씀 드린다. 어릴 적부터 미술 선생님께는 늘 하던 말이었다. 선생님은 말이 없었다. 하지만 나의 방황에는 여전히 너그러우셨다. 수업에 안 들어가고 도서관 옆 미술실에서 책을 보고 있어도 웃으셨고 말 같지도 않은 나의 허무맹랑한 논리를 차분하게 들어주셨다.

어느 날 선생님은 학원을 운영하는 후배에게 잘 말해두었으니 돈은 걱정하지 말고 그 미술학원에 다니라고 말씀하셨다. 인생에 희망이 생긴 날이었다. 미술대학에 진학한다는 것은 이미 오래전에 접은 꿈이었다. 초등학교 때도 중학교 때도 미술 선생님이 집으로 찾아오셨었다. 그분들은 예외 없이 미술을 시키라고 엄마에게 권했지만 엄마는 묵묵부답으로 시위 아닌 시위를 했고, 선생님들 눈에도 뚜렷이 드러나던 우리 집의 가난이 대안이 없음을 알렸고, 결국 언제나 논의 없이도 암묵적인 결론을 내리게 했다. 나는 엄마의 수고로움과 감사함을 알기에, 단 한 번도 돈을 내고 학원이라는 곳에 다니겠다는 말을 꺼내지 않았다. 지옥 같던 외로움과 고독 속에서 기다렸던 엄마였고 엄마는 그런 나에게 천사처럼 돌아와주었다. 공부에 손을 놓고 방황할 때에도 언젠가 다시 회복할 막연한 자신감이 있었나 보다. 엄마는 사실 내가 그렇게까지 성적이 떨어졌다는 사실을 몰랐다. 내가 모의고사 성적표만 보였기 때문이다.

그렇게 나는 미술을 본격적으로 시작했고 국립대 약대라는 막연했던 진로 목표에서 서울의 H대를 목표로 정조준했다. 그렇게 점점 다른 사람이 되어갔다. 그림을 그리는 일이 무척 좋았다. 미술 학원의 모든 선배와 선생님들이 나를 아껴주었다. 감사하게도 말이다. 그렇지만 모범생은 아니었다. 항상 말쑥하게 옷을 입고 화구통을 나름 멋을 부려 매고 다니는 나는 '뺀질이'라든가 '대학원생'이라는 별명으로 불렸다. 나 나름대로는 열심히 했지만 선생님의 눈에는 별로 성실하지 않았던 것이다.

처음 학원으로 가 각면상을 2절지에 그리던 날이었다. 2절지에 가득 채워 그려보라 하신다. 나는 문자대로 '가득' 채워 그렸다. 그런데 모두들 너무 놀라워하는 게 아닌가. 처음 2절지에 그림을 그리면서 종이를 가득 채워 구도를 잡는 학생을 처음 봤다는 반응들이었다. 나는 역시 담이 큰 아이였다.

미술을 본격적으로 시작하면서 내 인생의 프레임은 학원으로 압축되기 시작했다. 나는 학원에서 교우 관계를 배우고 선후배의 예절, 청소와 정리정돈 성실한 출결에 대해 생각하게 되었다. 무엇보다 그림을 그리는 사람의 본질에 대한 생각을 많이 하게 된 것 같았다. 그림을 그리던 선배들을 보며 그들에겐 공통적인 특질이 있다는 것을 말이다. 물론 나도 포함해서 말이다. 범주에 벗어나는 사람들도 있지만 대개, 첫 번째는 반항적인 기질이다. 누군가의 말을 잘 듣지 않고 자신의 의견대로 실행하는, 어른들의 입장으로 보면 그들은 반항이라는 공통적인 특질이 있다. 둘째 당연하겠지만 시각적으로 민감하다.

더러는 내용보다 보이는 것에 더 민감하기에 미적 기준에 따라 도덕적으로 허약한 결정을 내리는 경우가 많다. 세 번째 생활력이 부족하다. 사회에서는 모범적인 진로로 경제적 안정을 우선 삼으라고 요구한다. 그림이라는 진로는 최초의 반대자가 대부분 부모님이다. 이유는 돈벌이가 안 되어 사람 구실을 잘 못한다는 것이다. 네 번째 그들은 꽃과 같은 존재이고자 노력한다. 언제나 사람들에게 영감을 주고자 하며 역동적인 삶을 실천하기보다는 아름다움이나 생각을 표현하여 사람들로 하여금 자신의 존재감을 확인시키려는, 배우 같은 기질이 농후하다. 나도 예외는 아니다. 단지 그들을 보며 전에는 나 자신에 대한 생각이 추상적인 상태였다면 그들을 통해 나를 보다 더 구체적으로 보게 된 것이다.

나는 일군 그런 사람의 하나로 나름 탈도 많고 재미있던 여고 시절을 보냈다. 여중, 여고는 여자밖에 없지만 미술학원은 남자선배가 많아서 재미난 연애사에 얽히고설킨 감정들의 실타래가 아버지의 술주정과 행패를 아주 먼 별나라로 보내버렸다.

우여곡절 끝에 나는 서울로 시험을 보러 올라 왔다. 작은 소도시인 경주에서 성장한 나는 마치 일가 가족들사이에서 자라온 듯 나의 성장사에 비밀이 없었다. 그런데 거대 도시 서울에서 나는 갑자기 다시 혼자가 된 것 같았다. 서울은 너무 거대했다. 자본의 규모가 강남의 거대한 빌딩들처럼 느껴졌고 사람들의 무심함에 서울역 광장에서 길을 잃은 아이 같은 기분이 들었다. 짧은 기간이라 그저 스케줄에 맞춰 입시일정을 따라가느라 정신이 없었지만 냉정한 서울 속의 내가 이곳에서 겪게 될 또 다른 이방인으로서의 삶과 외로움이라는 공포가 나를 집어삼키고 있었다.

결국 나는 운 좋게도 지원한 대학에 붙었고 나의 대학생활은 준비 없이 시작되었다. 당시 나의 서울 살이의 첫 이미지는 복잡한 지하철 노선표였다. 여고에서 집까지의 거리가 불과 도보로 30분 거리이던 경주 시골뜨기 소녀에겐 그렇게나 많은 정거장과 노선이 필요한 서울의 크기가 가늠이 되지 않았다. 내가 서울에 대해서 아는 게 거의 없다는 게 무서워졌다. 가족 중에도 아는 사람이 없었다. 내가 서울행으론 처음인 것이었다. 세상에 벌거벗은 채 던져진 기분이었다.

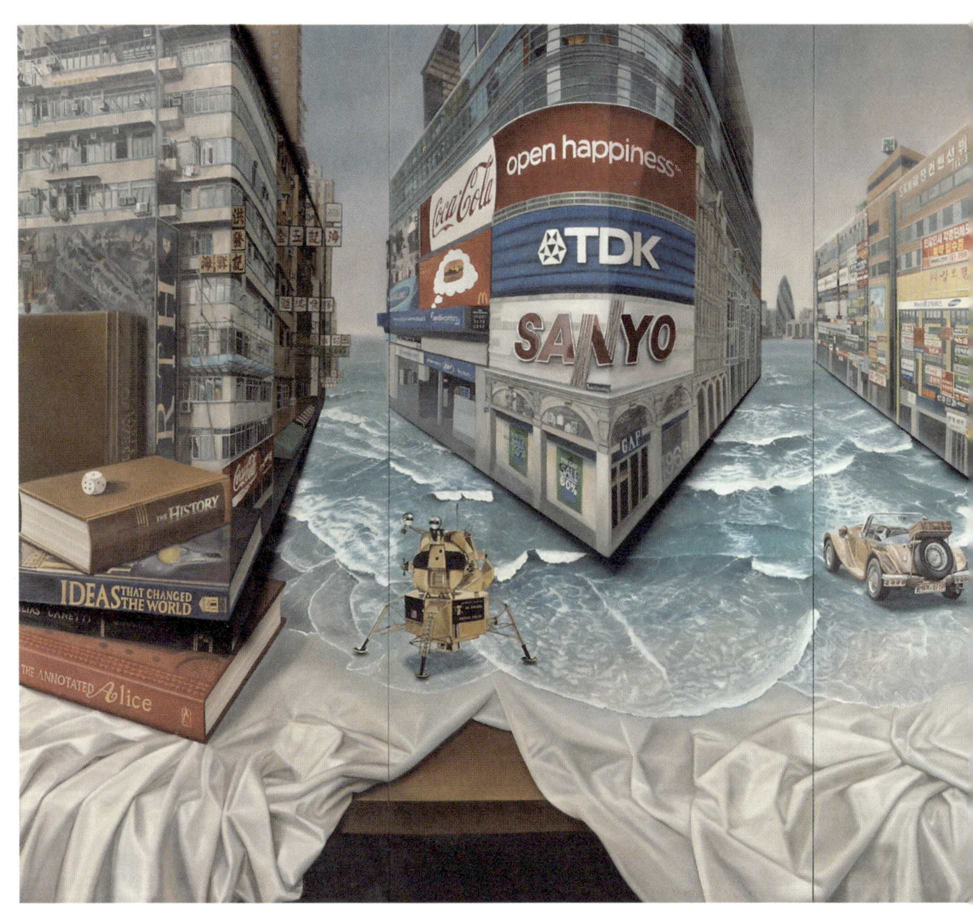

항상 어딘가를 떠나거나 돌아온 이들의 풍경이 새삼 달리 보이는 그곳은
이제 막 떠나는 나를 들키고 싶지 않은 욕구를 불러 일으켰다.
나도 저들처럼 보일까? 무언가 발붙일 때가 없어 도망치듯, 두고 온 사람이든 고향이든,
그 무언가를 향해 거대한 미로를 탈출하듯 말이다.

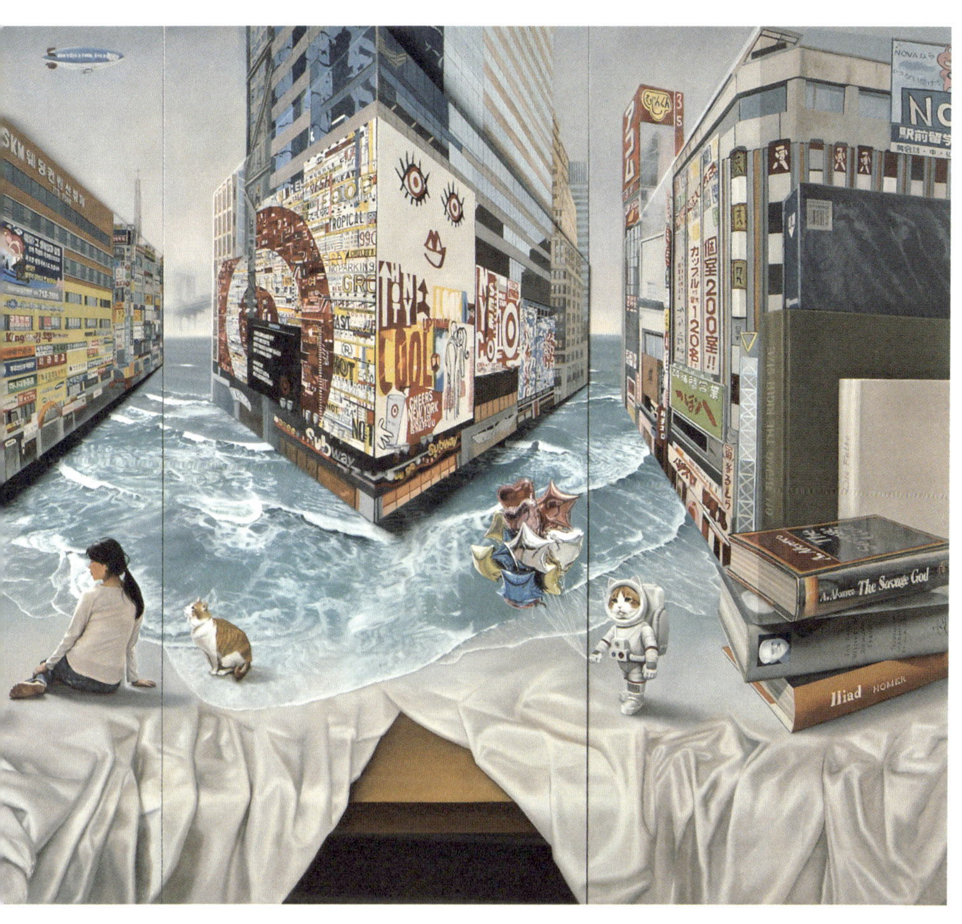

서울, 신세계에서
길을 잃다

서울로 진학한 후 나는 학교에 적응하지 못했다. 그래서 한 달에 한 번 꼴로 경주로 내려갔다.

기숙사에서 나와 녹색 2호선에서 갈아타 주황색 지하철 라인을 전동차 안에서 읽어간다. 동국대……교대……그리고 강남고속 버스터미널……. 지하철은 인구가 20만 남짓이던 작은 소도시에서 올라온 나에겐 천태만상의 풍경이었다. 언제나 나는 등을 돌리고 창밖을 보는 방향을 선택해 섰다. 다소 민망한 사람들의 시선도 피할 수 있고 창밖의 풍경이 어두울 땐 거울처럼 전차 안을 관찰할 수도 있기 때문이다. 그때의 나에겐 놀라우리만치 다양한 인간 군상들이 지하철에 담겨 있었다. 너무나 다양해 서너 권의 책은 쓰고도 남을 듯한 사람들과 마치 응축된 서울을 보는 것 같은 광경이 언제나 펼쳐진다. 한강을 지나노라면 전차 안의 희뿌연 실내등과 지친 사람들이 한강 위를 둥둥 떠다닌다. 기댈 곳 없는 나처럼 그들도 무척 피곤한 모습이다. 한강을 지날 땐 언제나 한강의 이름을 다시 한 번 생각하게 되었다. 한강…… 큰 강…… 바다 같은 큰 강이 잠시나마 상념을 불러일으키고, 심란할 땐 한강을 바라보는 것만으로도 위로가 되었다.

작은 지하철 한량 속에 등을 돌리고 서 있는 나의 모습도 비친다. 이 도시에 적응하지 못하는 소년의 모습이었다. 작은 체구가 원망스럽다. 살아가는 에너지가 몹시 부족한 듯도 느껴지고, 위태로워 보이기도 한다. 간간히 오가는 눈먼 행상의 복음성가가 사람을 놀라게 하기도 하지만 언제나 나의 의식은 지하철 지붕 위의 10cm쯤 위에 떠다닌다. 손을 잡은 긴 봉과 맞닿은 시선 위쪽엔 거미줄 같은 색색의 지하철 노선도가 있다.

처음 지하철 노선도를 보았을 때 이렇게 많은 정거장이 필요한 이 도시의 전망대 꼭대기에 선 듯했다. 어지러웠다. 수많은 이름 중에 알고 있는 지명이 열두어 개에 지나지 않는다는 사실이 내 처지를 일깨워주는 것 같았고 나를 뺀 이 객차 안 사람들은 이 지명을 모두 알 것 같은 생각이 들었다. 갑자기 나에게 이방인이라는 명찰이라도 달린 듯 움츠러든다. 중심은 짧은 선들이 미로처럼 서로 이어져 있고 방사형의 끄트머리마다 생소하고 낯선 지명들이 적혀 있었다. 나는 생소한 이름을 한 그 정거장에는 다다를 이유 없이 고속터미널역에서 내릴 것이다. 어딘가로 떠나는 무리들이 내리고 사라지는 열차를 바라보니 과연 '오리'라는 이름의 역에 언제쯤 가게 될지 아득했다. 이유 없는 탐사를 즐기지 않는 나는 모르는 곳을 당위성 없이 목적지로 정하지는 못했다. 이 도시는 내가 모르는 것들로 만들어진 거대한 기계 같았다.

시간이 지나 알게 된 것은 이곳에 거주하는 많은 이들이 서울을 탐사하지는 않고, 더불어 그들도 자신과는 상관없는 지명에 관심을 갖지는 않는다는 사실이었다. 지방의 소도시에서 올라온 나 또한 서울 시민으로 살게 된 십여 년이 넘는 기간 동안 그 많은 지하철역의 존재를 잊고 살게 되었다. 그리고 어떤 계기로 노선의 끝자락에 위치한 그러한 곳에 처음 가게 되면 막연한 부담감을 안고 마치 그날 안에 돌아오지 못할 여행지를 떠나듯 채비하게 된다는 사실이었다. 산골 오지에서 하루에 한두 번 오는 장거리 버스를 타게 되듯이 말이다.

밀려왔다 빠져가는 사람들의 물결을 뒤로하고 교대를 지나 고속터미널에서 내린다. 항상 어딘가를 떠나거나 돌아온 이들의 풍경이 새삼 달리 보이는 그곳에서 이제 막 떠나는 나를 들키고 싶지 않았다. 나도 저들처럼 보일까? 무언가 발붙일 때가 없어 도망치듯, 두고 온 사람이든 고향이든, 그 무언가를 향해 거대한 미로를 탈출하듯 말이다.

자동으로 나를 올려주는 에스컬레이터 위로 나는 유령처럼 발을 내딛는다. 붐비는 개찰구를 지나, 늘어선 옷 가게를 지나, 지릿한 꽃 향기가 새어나는 복도를 지나 버스의 매연 냄새가 나는 경부선 터미널에 도착했다. 표를 구입하고는 자리에 앉아 머리에 들어오지도 않는 책을 꺼내든다. 내가 서점에서 산 책은 연두색 표지의 《법구경》이었다. 혼란스러운 세상의 이치를 찾고 구해야 할 법도라고 깨닫길 바랐는지, 아니면 내 힘으로는 어찌할 수 없는 슬픔과 외로움도 법으로 다스리길 바랐는지도 모르겠다. 나는 영어 공부 대신 그런 책을 읽어왔다. 팡세나 니체의 아포리즘보다는 동양의 금언들이 나에겐 더 가까이 느껴졌다. 나의 시선은 잠시 책에 꽂혔다가 다시 창밖을 향하길 반복한다. 출발 직전에 집으로 공중전화를 한 통 걸고 차에 오른다. 어떨 땐 옆자리에 손님이 앉기도 하지만 언제나 그가 어떤 사람이었는지 혹은 그가 존재했었는지조차도 기억이 나지 않는다. 버스는 터미널을 빠져 나와 곧 고속도로로 합류한다.

한참을 달리다 보면 어느새 암흑이 내려앉아 이제는 차들의 뒤꽁무니에서 나오는 불빛들과 상경선에서 올라오는 차들의 헤드라이트

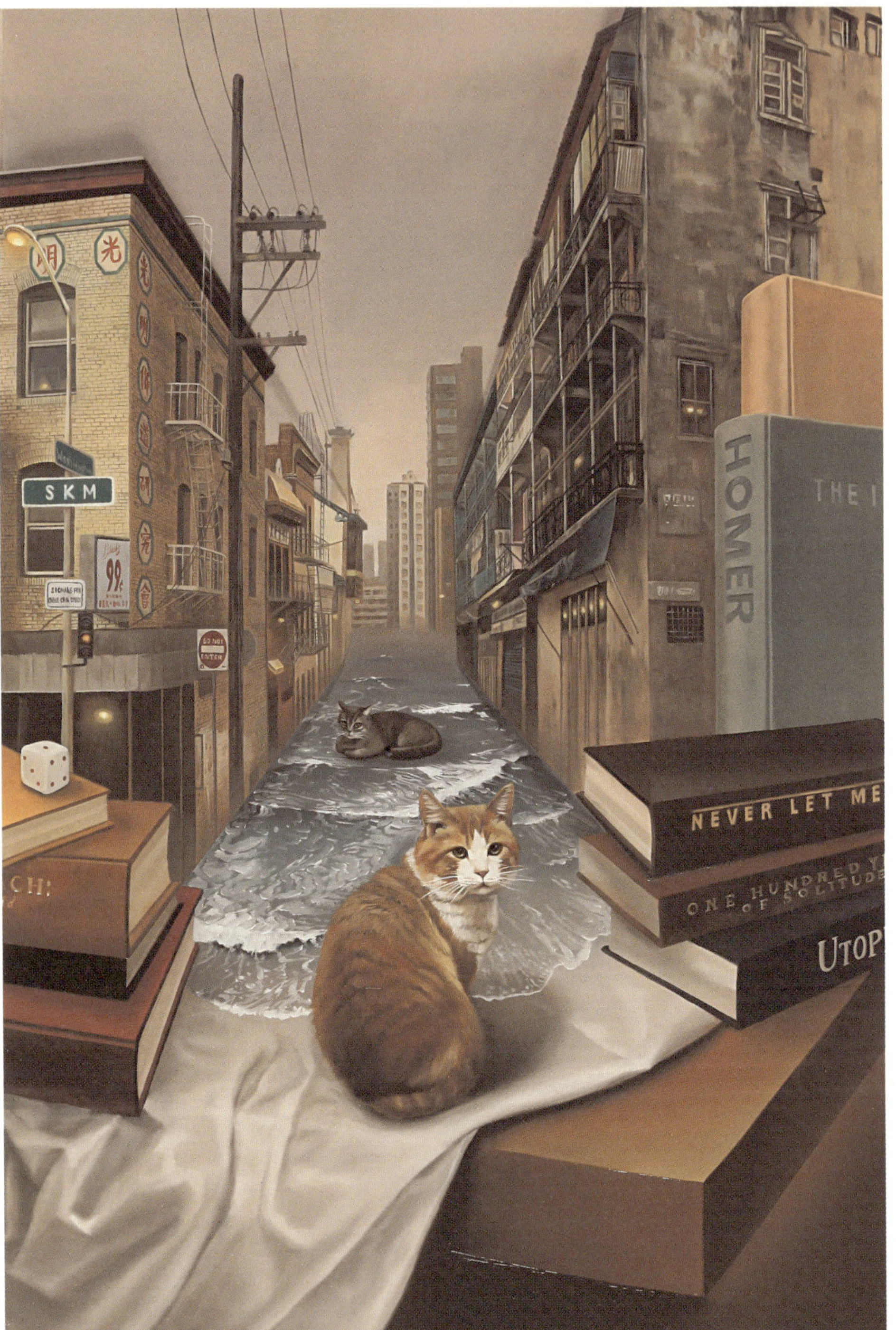

明 光
SKM
99¢
HOMER
THE I
NEVER LET ME
ONE HUNDRED Y
OF SOLITUDE
UTOP

행렬밖에 보이지 않는다. 한낮의 따가운 햇살을 잊은 넓은 들은 엄마의 재봉틀 위를 지나가는 천처럼 물결치듯 흘러간다. 그 주름이 만들어내는 세계가 비슷했다. 도시도 지나고 폭이 좁아지는 산등성이 사이도 지나고 차선도 줄어드는 때쯤부터는, 이제 집이 멀지 않았다는 생각과 함께 이 버스가 과연 집으로 가는 것인지 어안이 벙벙해지기 시작한다. 때때로 버스를 잘못 탄 것은 아니겠지 하는 생각도 하고 지친 엄마의 모습과 술에 취한 아버지의 풀린 눈빛도 떠오른다. 눈동자가 반은 가리워 치켜 올라간 아버지의 눈은 떠올리는 것만으로도 몹시 무섭기도 하고 우울하기도 하다. 신입생 때는 가끔 동향의 다른 대학친구를 같은 버스에서 만나기도 했지만 그건 아주 드문 경우였다.

그러다 깜박 존다. 졸다 눈을 떴을 땐 창밖도 적막하고, 버스 안의 동행인들도 모두 잠이 들었는지 고요하고 습한 기운의 공기가 가득하다. 창밖의 어둔 마을들은 작고 드문드문했다. 외로이 선 전신주의 등들이 낮은 담으로 둘러진 좁은 흙길들을 비추고 있었다. 동그란 빛의 덩어리가 너무나 선명해 마치 연극무대처럼 보이는 그 작은 마을엔 불빛 옆으로 허리춤만 보이는 감나무가 서 있다. 전신주와 골목을 가로지르는 누군가의 집으로 걸쳐진 전선들도 마치 어둠 속 물감을 찍어내어 이어 그린 그림처럼, 한낮에는 분명 부끄러웠을 자잘한 색들과 미처 감추지 못한 세간들을 담백히 적시고 있었다.

문득 가로등 아래 서 있는 나어린 내가 떠오른다. 버스를 멈추고 스쳐 지나가던 그 작은 동네에서 내리고 싶어진다. 버스 안의 모든 이들은 잠들게 내버려둔 채 나만 내리는 상상이 이어졌다. 작고 아담하고 어둠이 먹에 잠긴 화선지 같은 그 작은 동네 그 가로등 아래에서 그리운 누군가를 만날 것만 같은 생각이 든다. 그곳의 풍경은 어릴 적 떠나온 시골집 같기도 하고, 엄마가 떠난 후 아버지의 손에 이끌리어 방문한 누군가의 사랑방에서 주인과 시끄러운 소리로 우스갯소리를 하던 아버지의 등 뒤에서 잠든 내가 있던 풍경 속 동네 같기도 했다. 실상 시골은 해가 지고 나면 문자가 사라져 모두가 비슷해 보이긴 했던 듯하다. 왠지 따스함이 숨겨져 있을 것 같은 그 작은 동네 뒤엔 출발 즈음에 스쳐 본 하늘로 올라가는 산길이 있을 것 같다. 어릴 적 저 산을 넘으면 미국이 있을 것 같다고 상상했던 나에겐 산허리가 사라지는 자리에 끝나 보이는 하늘로 맞닿은 그 산길이 무척 신기했었다. 여름방학 성경공부 시간에도 엘리야가 하늘을 올랐다는 그 대목에서 나는 그런 산길을 상상했다. 산과 하늘이 만나는 그 길을 오르다보면 하늘을 걸을 수 있을 것 같은 마음이 자꾸 들었기 때문이다.

이런저런 소소한 상상을 하다 보면 어느새 버스가 경주 톨게이트를 지나간다. 큰 기와지붕을 얹은 톨게이트엔 알록달록 단청이 칠해져 있다. 덧바른 두께가 울룩불룩 보이고 그 투박함이 반갑다. 종착역의 터미널이 가까워지면 입시 준비 때문에 나를 떠나보내야 했던 엄마와 아버지의 배웅 장면이 떠오른다. 이제 네가 이렇게 대학을 가면 언제 엄마랑 느긋이 살아보겠냐던, 엄마의 쓸쓸한 혼잣말이 귓가에 들린다. 코끝이 찡해진다. 다행스럽게도 더 감상이 깊어지기 전에 버스의 실내등이 환하게 들어온다. 장시간 운전을 무사히 끝내 안도한 기사 아저씨의 환송 멘트가 나오고 승객들은 주섬주섬 옷가지들을 챙기며 누구나 할 것 없이 잠에서 막 깨어난 얼굴로 반가이 창밖을 바라본다. 창밖의 풍경은 더 이상 외로운 상념의 풍경이 아니었다.

나는 힘차게 뛰어 내린다. 하지만 마음이 조금 이상하다. 번잡하고 거대한 문어 같던 도시 서울을 떠나 아늑하고 그리운 고향 경주로 왔는데, 이상하게도 늘 기억해왔던 내 머릿속의 경주와는 모양이 조금 달랐다. 시간이 흐른 탓일까? 내가 간사해서일까? 자꾸만 고향이 내가 있어야 할 곳이 아닌 것 같은 그 느낌은 날이 가면 갈수록 뚜렷해지는 것이었다. 급기야 나는 1주일을 못 버티고 서울행 버스를 타고야 만다. 어느 곳에도 정착하지 못한 채 떠도는 이방인이라는 의식은 이제 고향마저 낯설게 기억하기 시작했다.

변명만 가득한
스무 살

적응하기 힘들었던 신입생 시절이 끝나갈 무렵 나는 기숙사를 나왔다. 벌점이 1점밖에 안 남았다는 이유가 가장 크긴 했지만 역시 나에게 단체생활은 어려웠다. 중고등학교 때에도 나는 교우관계가 늘 겉돌았다. 엄마를 설득해서 산을 향해 있는 후문 꼭대기의 네 번째 집으로 이사했다. 자녀가 미국에 있다는 노부부의 이층집이었다. 내가 세든 방은 노부부가 있는 2층의 안방과 마루를 사이에 둔 작은 문간방이었다. 월세는 10만원이었고 겨울에는 연탄값 3만원을 추가로 냈다. 나는 그즈음 학교 앞 작은 미술학원에서 아르바이트를 하고 있었다. 종강을 하고 서교동이 훤히 내려다보이는 창을 비닐로 덮었다. 한기가 너무 심해 추위에 약한 내가 몹시 힘들었

기 때문이었다. 가까스로 종강은 했지만 결석이 잦고 미제출한 과제
도 많아 학사경고를 맞은 상태였다. 작은오빠는 제대를 하고 복학생
답게 장학금을 휩쓸었고, 큰오빠는 지방국립대를 코스모스 졸업하고
서울에 취직해 친구들과 함께 용산에서 자취를 했다.

그 겨울방학이 중반으로 접어들 무렵 엄마로부터 전화가 왔다. 파
란 네온이 수화기를 긴 타원형으로 둘러 싼 그 전화기는 이대 앞 소
품가게에서 산 나의 애장품이었다. 투명한 내부가 보이는 수화기 너
머로 엄마의 한숨 소리가 내 무릎 앞에 툭 떨어졌다. 아버지가 음주
운전을 하다가 인명사고를 냈다는 소식이었다. 피해자 측에서 합의
금을 많이 요구하고 있고 형사사건이기에 아버지는 즉시 구속되었다
는 내용이었다. 2층의 작은 방 안이 천천히, 빙글빙글 돌아간다. 엄마
는 걱정은 하지 말라는 말과 함께 이런저런 한숨 섞인 당부를 했지만
귓속은 윙윙거리기만 했다. 귀 바로 뒤에 매미가 붙어 있는 것 같았
다. 다시 걸겠다며 전화를 딸깍 끊는 엄마. 마음이 더욱 무겁다. 엄마
를 홀로 두어도 괜찮은 걸까? 엄마에게로 달려가야 하지 않을까?

대학 입학 이후부터는 아르바이트를 통해 생활비를 모두 해결했었
지만 아버지의 사고 이후부터는 상상하기 힘든 사립대학의 등록금마

저도 응당 걱정해야 했다. 처음 맞는 대학의 긴 겨울방학 동안 1주일에 3일간은 아르바이트를 하고 나머지 4일은 집에만 틀어박혀 있었다. 아르바이트를 더 구하기도 힘들었고 친구라도 만날라 치면 하루 1만 원은 훌쩍 넘기는 외출비를 감당하기도 힘든 상황이었다. 나는 벼룩시장을 보고 구입한 작은 브라운관 TV 앞에 껌처럼 붙어 앉아 영화만 내리 봤다. 그러다 가끔 책도 보고 생각나면 영어 공부도 잠깐씩 하는 정도였다. 주변에서 가장 저렴한 비디오가게를 알아내어 중고 영화잡지에서 눈여겨두었던 영화들을 쉼 없이 보았다. 서울 출신 동기들과 선배들이 종종 읊어대던 비개봉 해외영화들도 보았다. 수첩에 감독의 이름과 주연배우의 이름도 쓰고 나름대로 별점을 메기곤 했다. 중학교 시절, 공테이프에 라디오에서 열심히 듣던 음악을 무수히 녹음하던 때처럼, 많은 양의 비디오를 그 서너 달 동안 모두 본 것 같았다. 평소 영화를 틈틈이 즐기긴 했지만 무기력한 자유가 주어진 나의 처음이자 마지막인 새내기 겨울방학을 모두 영화를 보는 데 썼다. 나는 우울로부터 도피했고 또래들로부터 도피했고 무엇보다 낯선 거대 도시 서울로부터 도피해 있었다. 와우산 기슭의 작은 방 안으로 말이다. 그런 때는 다시 오지 않았다. 내가 그렇게도 무기력하고 음울하며 철저히 고립되어 있던 시간은 최초이자 마지막이었다.

〈블레이드 러너〉, 〈바그다드 카페〉, 〈라쇼몽〉, 〈천공의 섬 라퓨타〉, 〈파리 텍사스〉, 〈8과 1/2〉……, 나는 비디오로 산을 쌓았다. 방 안에는 겨우내 두꺼운 솜이불이 깔려 있었다. 골목 어딘가에서 끌고 온 벽돌과 판재들로 만든 책꽂이에는 미술 비평계의 파란이 된 홍가이 박사의 편역 《현대미술 비평 30선》이라든가, 선배가 보내준 바타이유의 《에로티시즘》, 타타르키비츠의 《미학의 기본 개념사》, 플라톤의 《향연》 그리고 푸코의 대표 저작 서너 권이 꽂혀 있었다. 꽝세나 니체의 저작도 있었고 《법구경》이나 《채근담》 같은 책도 있었다. 문학 일색이던 여중여고 시절의 책장보다는 훨씬 더 현학적이었다.

때때로 그림책도 보면서 나는 그렇게 한 평 정도의 공간을 겨우내 고치 속의 누에처럼 살고 있었다. 고치 밖의 현실은 무의식에 묻어둔 채 관념의 세계를 허우적거렸다. 언제나 마음은 답답하고 우울했고 현실로부터 탈출하고자 했지만 내가 탈출하고픈 실체가 무엇인지조차 알 수 없었다.

변명만 가득한 스무 살이었다.

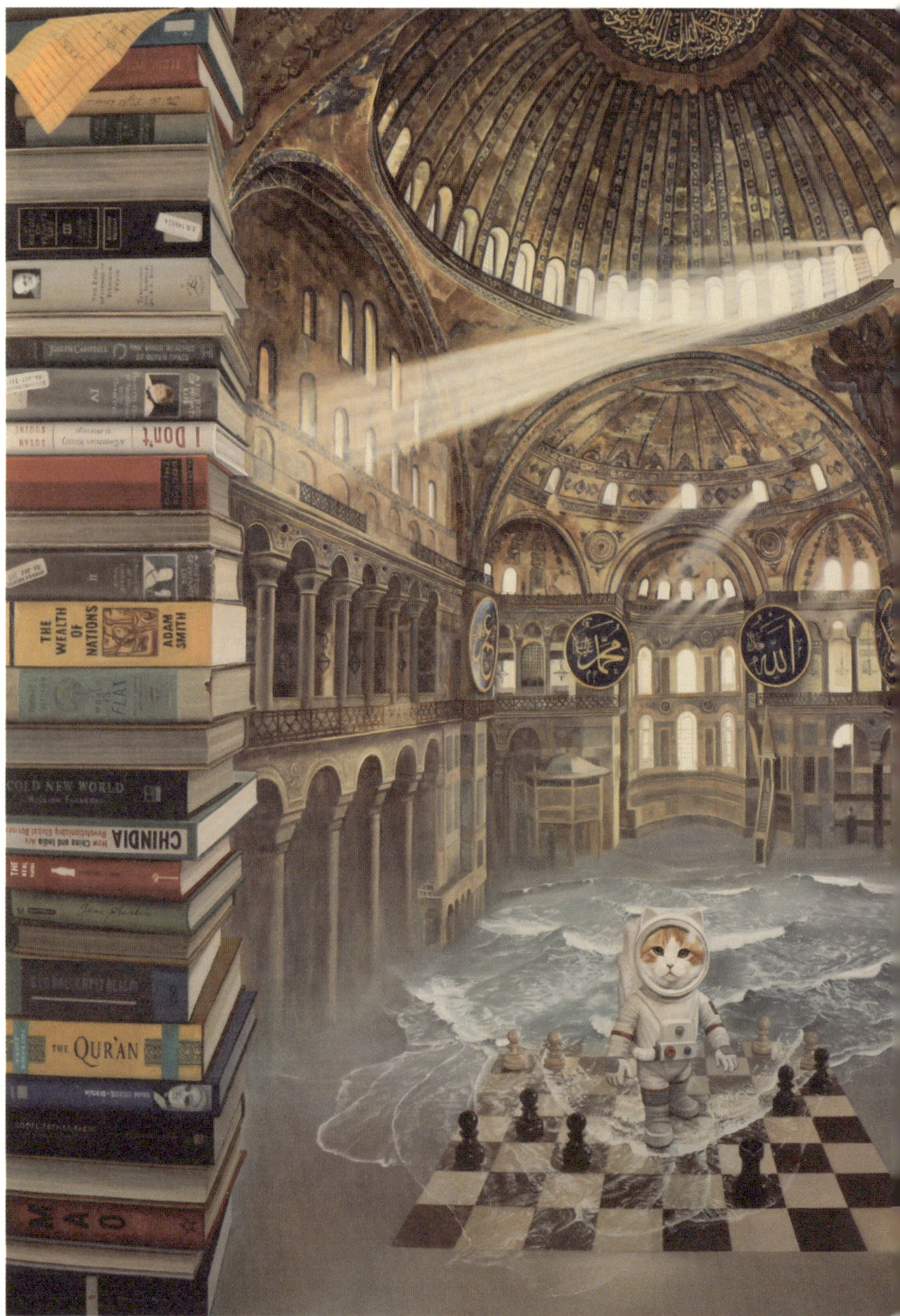
JOSEPH CAMPBELL
I Don't
THE WEALTH OF NATIONS   ADAM SMITH
BOLD NEW WORLD
CHINDIA
THE QUR'AN
MAO

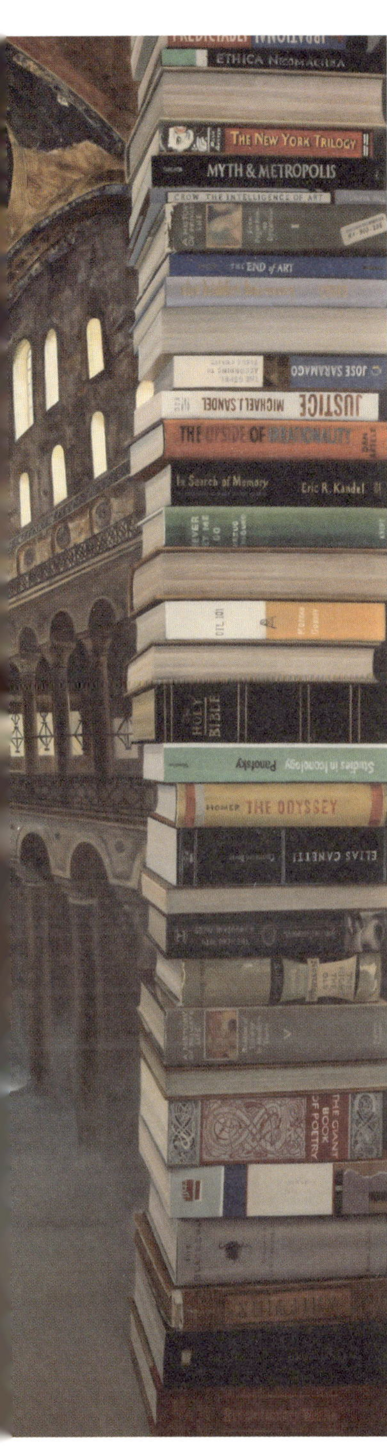

문을 열고 나가면 문 밖에 거대한 진실이 있다.
선하지도 악하지도 않은 거대한 자연이 있다.
하지만 인간은 그 문이 닫혀 있을 때는 문 밖의 진실,
그 존재 자체를 잊어버리고야 만다.
그것이 인간이다.

홀로 걷는 일방통행,
그리움

실기실의 실내는 아직 쌀쌀했다. 5월이 끝나가는 바깥 날씨는 이제 긴팔 옷을 입을 때도 지났는데 학교 실기실 안은 여전히 두툼한 잠바를 입지 않으면 오래 머물기가 힘들었다.

와우산 기슭의 맨꼭대기에 2학년 실기실이 있었다. 붉은 벽돌로 둥글게 탑처럼 설계된 F동 실기실은 《공간》지의 창간인이자 한국 근대건축의 선구자 김수근의 작품이었다. 중세풍 분위기도 살짝 느껴지는 미로 같은 공간들이 매력적이었지만 한편으로는 너무 추웠고 지어진 지도 오래되어 좁고 불편했다.

어두운 복도를 따라 실기 도구들이 어지럽게 놓여 있다. 지난 주말 미술대 체육대회에 썼던 가장놀이용 물품들이 커다란 쓰레기통에 넘치도록 쌓여 있었다. 오늘도 청소 아주머니는 한숨을 쉬시겠구나. 문어 다리처럼 삐져나온 조각들을 한두 개 쑤셔 넣고 나는 실기실 입구에 늘어선 사물함으로 향했다. 작업복을 꺼내 입고 앞치마도 두른다. 유예받았던 실기과제들을 이번 주에는 모두 제출해야 하므로 앞치마 끈을 단단히 조여 매었다. 실기실은 수업 전인데도 몇몇 학생들이 벌써 과제를 하고 있다.

둥근 실기실은 가운데를 중심으로 방사형으로 작업대가 배치되어 있었다. 도구를 꺼내기 위해 유리판 아래의 나무 서랍을 끼익 하고 연다. 드로잉 재료들과 보다만 얇은 시집 위로 연두색 편지봉투가 하나 놓여 있었다. 순간 나는 군대에 간 과선배를 생각했다. 하지만 돌려본 뒷면에는 우체국 소인도 주소도 없다. 그저 내 이름 석 자만 뚜렷하게 인쇄되어 있을 뿐이었다. 편지 봉투를 조심스레 열어본다. 한쪽으로 탈탈 털어 옆면을 텄다. 뽑아낸 편지지도 봉투와 같은 그린색이었고 편지는 손 글씨가 아니라 타이포였다.

이마에 난 흉터를 묻자 넌
지붕에 올라갔다가
별에 부딪친 상처라고 했다
어떤 날은 내가 사다리를 타고
그 별로 올라가곤 했다

내가 시인의 사고방식으로 사랑한다고
넌 불평을 했다
희망 없는 날을 견디기 위해서라고
난 다만 말하고 싶었다

어떤 날은 그리움이 너무 커서
신문처럼 접을 수도 없었다

누가 그걸 옛 수첩에다가 적어놓은 걸까
그 지붕 위의
별들처럼
어떤 것이 그리울수록 그리운 만큼
거리를 갖고 그냥 바라봐야 한다는 걸

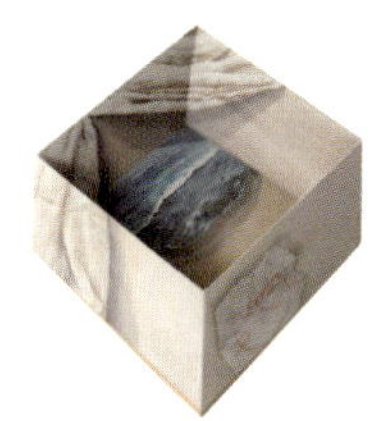

첫사랑
_류시화

시를 읽자 눈물이 왈칵 쏟아질 것 같았다. '어떤 날은 그리움이 너무 커서 신문처럼 접을 수도 없었다'는 시인의 고백에 심장이 쿵 하고 잠시 멈췄다. 나는 편지를 무릎에 놓고 의자의 등판에 기대고 앉았다. 잊고 있던 그리움으로 잠시 몸이 무너져 내리는 듯했다.

창밖은 완연한 봄이었다. 길고 좁은 창으로 운동장과 서교동이 부옇게 보였다. 나는 그 사람을 생각했다. 그리움이 너무 커서 신문처럼 접을 수 없게 만든 그 선배를 생각했다. 그 선배일 리는 없었나. 우리는 선배의 휴가 때도 한 번 만났고 그도 나도 부치지 않은 편지들을 알고 있었다. 편지의 다음 장에는 보낸 이의 일기가 있었다. 그날은 지난주 체육대회 날로 기록되어 있었고 섬세하고 유려한 문장으로 나와의 첫 대면을 적어내리고 있었다. 나는 당시 학술부 차장이었다. 서울생활에 적응을 못해 결석이 잦고 수동적이던 새내기 때와는 조금 다르게 학교 행사에도 참여하고 나름대로 내 삶을 찾기 위해, 심지어 감옥에 수감되기까지 한 아버지의 굴레로부터 벗어나기 위해 고군분투 중이었다. 나와 비슷한 고민을 가진 선후배들과 학술부를 조직해 어려운 이론서들을 탐독하려 노력했고, 신입생들에게 학술부를 알리기 위해 홍보에 나서기도 하던 중이었다. 그는 체육대회에서 나를 지켜본 신입생 남학생인 듯했다. 그는 나의 인상을 '열심히 생기 있게 말하고 활짝 웃는 그녀'로 기록하고 있었다.

　나는 그가 누구인지 내심 궁금했지만 실기수업이 끝날 즈음엔 더 알아보기를 단념했다. 누군지는 알 수 없었으나 우리는 다른 곳을 보고 있다는 게 확실했기 때문이다. 나에게는 그의 편지가 그 선배를 향한 나의 독백처럼 느껴졌다. 그런 마음으로 그가 누구인지 알게 된다면 그에게도 좋은 일이 아닌 듯했고 어쩌면 더욱 실망할지도 모르니 그저 고마운 마음으로만 남겨두려 마음먹었다. 하지만 그날은 하루 종일 1학년 남학생들의 얼굴과 이름이 마치 양을 세듯 하나하나 떠올랐고 내 머릿속에서는 몇 명의 남학생으로 추정 범위가 좁혀졌다. 그래도 잊으려 노력했다. 생각하지 않으려 노력했다. 수업이 끝나기가 무섭게 아르바이트를 하기 위해 숙대 앞으로 가는 지하철에 몸을 싣고 밤늦은 시간에는 터벅터벅 와우산 꼭대기 자취방으로 무거운 발걸음을 옮겼다.

누군가를 마음에 품는다는 일에 대해 생각해본다. 그리움이 일상의 모든 틈새에 스며드는 것도 생각해본다. 하늘이 무거워 내려앉듯 그리움에 온몸이 젖어 밤늦은 편의점 앞 붉은 벽돌 화분에 걸터앉았다. 부산스러운 홍대 앞길을 사람들이 오고 간다. 지나가던 행인들도 나를 흘깃 쳐다보고 차 안에 앉은 젊은 남자들도 휘익 하고 휘파람을 불어댄다. 상념에 빠져 바라본 거리는 마치 풍경이 탈색된 영상처럼 보였다. 시인의 시와 그 선배와 그와 나를 생각했다. 첫사랑이란 이렇듯 일방통행인 것인가? 이렇듯 다른 차원으로 다른 방향으로 다른 세계를 향해 열려 있는 무심한 창문처럼…….

'어떤 것이 그리울수록 그리운 만큼 거리를 갖고 그냥 바라봐야 한다는 걸'. 시인의 말이 저 멀고 먼 수면 아래로 가라앉는다.

새내기 시절 선배들과 이론을 전공한 친구들과
어울리며 그들의 이야기를 많이 들었다.

'포스트모더니즘'이라든가 '구조주의'라든가 '해체'라는 단어들을
읊어대는 그들에게서 알 수 없는 자부심이 느껴졌다. 책에서 얼핏 보
았던 생소한 그 용어들이, 큰오빠의 고전들을 뜻도 모른 채 읽어온 내
귀로, 내가 가만히 움켜잡은 자판기 종이컵 위로 쏟아져 나왔다. 나는
출렁이는 커피를 조심스레 잡는 척 조용히 그들의 대화를 듣는다. 마
치 넘칠지도 모르는 커피 때문에 대화에 참여하기 힘들다는 듯 말이
다. 실기실 앞 자판기를 둘러싼 현학파들의 짧은 대화가 시작되었다.
'담론', '키치', '그로테스크'……. 참으로 멀고 생소한 용어들이었다.

열아홉의 시골 유학생에겐 마치 한 번도 가보지 않은 파리의 골목길을 다녀온 사람들의 후기처럼 느껴졌다.

하지만 나는 얼마나 허영심이 컸는지, 지기 싫은 마음에 삼성당의 칸트의 비판서 3종이나 라캉의 욕망이론이나 소쉬르의 언어철학 등에 대해 읽은 대로 열심히 읊었다. 마치 그 머나먼 유럽의 거대한 도시 속 생제르망 지구를 거닐다 온 듯이 말이다. 언제 나의 허풍이 들통날지 모르니 대화가 깊어지기 전에 조심스레 자리를 떠야 했다. 무안하지 않게 커피가 뜨겁다는 듯 손을 한번 바꿔 쥐고 잡았던 손을 후후 불며 시계를 들여다본다. 이즈음 자리를 떠야 이 무안한 대화의 본전이 드러나지 않을 것이다. 돌이켜 생각해보면 그때 그 자리에 있었던 대부분은 나와 비슷한 처지였을 것 같다. 유치하고 어설픈 지적 허영만이 가득찬 허풍선이들 말이다.

그런 날엔 관련 책들을 서점에서 구입해 와 다시 읽어본다. 외계어 같은 그 용어들을 이해하기 위해 나도 무어라도 해야 할 것 같아서였다. 나는 시골 소녀이고 싶지 않아 책을 읽었다. 시골 소녀가 되지 않기 위해 서울말을 어설프게 흉내 냈고 그들 사이에서 공공연히 유통되던 일본 영화의 불법복제 비디오를 보았다. 그저 문자로만 존재하던 모든 지식과 사상과 매체의 실체를 드디어 만져보게 된 어린아이 같았다. 과에서 맘이 맞는 친구니 선배들과 함께 그들의 자취방, 작업실 등을 돌며 입소문으로 유명하던 오스 지로의 영화를 보거나 펑크, 프로그레시브를 들었다. 라흐마니노프의 〈보칼리제〉와 로이드 웨버의 〈메디테이션〉 앨범은 그 당시의 나의 애장곡이었다. 크고 작은 영화제를 찾아다녔고 멀리 부산까지 영화제 원정을 가는 지경에 이르렀다. 사람들이 이해하기 힘들다는 난해한 영화를 골라 보았고 특히 타르코프스키의 영화를 사랑했다. 〈노스텔지어〉나 〈솔라리스〉의 음울한 여운에 취했고 〈희생〉 속 남자 주인공의 도가적인 행동에 고무되었다.

생각해보면 지적으로 가장 가난하면서 반면 가장 허영이 심했던 시기였다. 제대로 알고 있던 지식은 하나 없지만 어디에서든 그 외계어를 다 알고 있다는 듯 나를 가장했던, 마치 아버지의 호일 풍선 같은 모양새였다. 너무 오랜 시간이 흘러 절터와 전설밖에 남지 않은 시골에서 자란 나의 문화적 각박함을 절절히 느끼던 시기였다. 서울의 거대한 문화는 참으로 다양하고 풍성했다. 특히 대학 내의 선후배들은 마치 초대받은 저녁식사에 디저트를 하나씩 만들어오듯 그들의 문화 애장품들을 쏟아냈다. 우리는 모두 둘러 앉아 다양한 볼거리들을 관람했다. 생산보다는 습득에 더 많은 시간을 할애하며 게으른 대학생이 되어갔다.

아는 것이 늘어갈수록 무기력도 더해간다. 이것도 저것도, 이런 기발한 아이디어를 나는 아직 생각지도 못했는데 이미 누군가 발표했다는 사실이 참 섭섭했고 상실감도 커져갔다. 그때는 몰랐다. 그 수많은 작품들이 단지 좋은 아이디어로만 탄생한 것이 아니라는 사실을, 아이디어보다 더 중요한 삶에의 통찰이 필요하다는 사실을 말이다. 그땐 그저 모든 작가가 부러웠고 자신만의 색을 가진 모든 예술 작품이 신기했다. 조용한 숲 속에서 풍경화나 그려왔던 나였기 때문에 더욱 신기했을 것이다.

그때는 너무 조급했었다. 텍스트로 이해가 되면 그 텍스트의 철학도 이해하는 것이라 여겼던 듯하다. 책으로만 머무르는 사상이 얼마나 편협하고 위선적인 줄은 몰랐다. 성장해가며 사회생활을 하며 직접 부딪치는 페미니즘, 소수, 약자, 타자, 익명성, 소외, 그리고 해체는 내가 읽어온 텍스트들을 정의하는 것 이상으로 깨닫게 해주었다. 여행을 가보지 않고는 레비 스트로스의 《슬픈 열대》를 문자로만 이해하고 읽었을 가능성이 크다. 결국 나이가 들어 여행과 시간과 경험을 통해 내가 이해해오던 많은 지식의 실체를 때때로 확인하기까지, 나는 문자로 읽고 마음으로 그 책들을 이해하는 데는 성숙이라는 긴 시간이 필요하다는 것을 인정할 수밖에 없었다.

그렇디고 해서 그런 현학적 독서를 무소건 반대하지는 않는다. 적어도 그때는 이해되지 않았던 세상의 조각들과 사상의 파편들을 들고 맞지 않는 그림을 맞추기 위해, 나에게 너무 버거운 세상을 이해하기 위해 나 나름 분절된 단어와 단어들을 읽으며 몸부림쳤던 것이다. 그 조각의 빈 부분을 메우기 위해 많은 시간이 걸린 게 사실이지만, 엉성한 그 조각그림이라도 없었다면 나는 여전히 수북한 파편들 앞에서 방황하고 있었을 것이다.

그 어떤 시간이든, 그 어떤 노력이든 흔적은 남는다. 그 흔적으로 인해 아프다 해도, 또 웃는다 해도 결국 식물처럼 서서히 자라나리라, 우리의 모든 경험과 지식은 그렇게 삶이라는 나무의 가지가 되어 세상을 향해 팔을 벌린다.

You've Got a Friend

아버지가 돌아가신 해였다. 엄마는 서울에 올라오신 지 얼마 지나지 않았다. 큰오빠의 빚은 나날이 늘어갔다. 우리 집에는 남은 게 없었다. 단칸방 시절을 제외하고 그렇게 재산이 없기도 처음이었을 것이다.

큰오빠는 아버지가 돌아가신 다음 우리 가족의 새로운 숙제였다. 우리는 끊임없이 늘어가는 오빠의 빚 때문에 아버지의 죽음을 진지하게 논의해보지도 못했다. 엄마는 지금까지 믿고 의지하던 큰오빠의 정체성에 크나큰 충격을 받았고, 작은오빠는 연이은 야근과 격무와 본인의 생활비밖에 안 되는 신입 영업사원의 월급에 허덕이고 있었기에, 이 모든 경제적인 상황을 수습해야 하는 역할은 내 차지였다.

등록금과 생활비 그리고 오빠들의 구멍을 메우기 위해 나는 하루 세 개의 아르바이트와 학교생활을 병행하고 있었다. 벽화도 그리고 학교도 가고 학원에서 입시생도 가르치고 새벽 3시까지 과외도 했다. 이미 유학 따위는 머릿속에서 사라졌다. 나는 가라앉지 않기 위해 끊임없이 발버둥쳤다. 그 많은 일 중에서 무엇 하나 제대로 한 일이 있는지는 모르겠다. 그저 살아서 가라앉지 않기를 기도했다.

하늘이 고요했다. 뜨거운 여름날이었다. 재개발 결정 지역의 기와 지붕들이 올망졸망 삐뚤삐뚤한 그리드를 그리고 있다. 붉은 기와가 색이 바래 흐린 핑크빛이 도는 회색이 되었다. 어떤 것은 진하고 어떤 것은 이끼가 끼고 어떤 것은 깨져 있다. 옥상의 담벼락 아래를 목을 빼고 내려다본다. 저 아래 일층 바닥의 회색 인도에 내 머리통의 그림자가 볼록 튀어 올라 있다. 행인들이 드문드문 오가며 손에 든 서류 다발로 부채질을 해댄다.

대학은 방학이 시작되었고 입시생 아이들은 아직 학기 중이라 나는 제법 한가한 오후를 보내고 있었다. 헐렁한 티셔츠 쪼가리와 반바지를 걸쳐 입고 모처럼 일광욕을 하고 있었다. 아버지가 돌아가신 지 얼마 되지 않아 우린 부천에서 홍대 뒤쪽 구수동으로 다시 이사했다. 여전히 옥탑이었고 다시 월세가 되었다.

이상하게 아버지가 돌아가신 후에 나는 마음이 홀가분하기도 하고 슬프기도 하고 허무하기도 하고 실없이 웃음이 나기도 했다. 병실의 아버지를 떠올릴 땐 눈물이 나다가도 내 원망의 굴레가 끊어졌다는 사실에 실없이 허무한 웃음이 나기도 했다. 나는 쉼 없이 일을 하도록 나 자신을 몰아붙였고 더욱 크게 웃고 더욱 적극적으로 일을 했다. 그래서 이런 침묵과 나태와 나른함이 전과는 달리 어색했다.

그때 방 안에서 내 휴대폰이 울린다. 발신자 번호 표시가 없던 때였다.

"여보세요?"

"……딸깍."

"……?"

"When you're down and troubled

And you need some loving care

And nothin', nothin' is goin' right

Close your eyes and think of me

And soon I will be there

To brighten up even your darkest night

You just call out my name

And you know wherever I am

I'll come runnin' to see you again

Winter, spring, summer or fall

All you have to do is call

And I'll be there

You've got a friend

If the sky above you

Grows dark and full of clouds

And that old north wind begins to blow

Keep your head together

And call my name out loud

Soon you'll hear me knockin' at your door

You just call out my name

And you know wherever I am

I'll come runnin', runnin, yeah, yeah,

to see you again

Winter, spring, summer or fall

All you have to do is call

And I'll be there, yes I will

Now ain't it good to know

that you've got a friend

When people can be so cold

They'll hurt you, yes, and desert you

And take your soul if you let them
Oh, but don't you let them.

You just call out my name
And you know wherever I am
I'll come runnin, runnin', yeah, yeah, yeah
to see you again

Winter, spring, summer or fall
All you have to do is call
And I'll be there, yes I will
You've got a friend,
you've got a friend,

ain't it good to know,
you've got a friend,
ain't it good to know,
ain't it good to know,
ain't it good to know,
you've got a friend,

oh yeah now, you've got a friend,
yeah baby, you've got a friend,
oh yeah, you've got a friend."

캐롤 킹의 〈You've Got a Friend〉였다.

"여보세……."

내가 누구라고 물을 새도 없이 수화기 너머의 그 사람은 전화를 끊어버렸다. 노래가 흐르던 내내 나는 숨을 죽이고 그 노래를 들었다. 노랫말이 가슴에 와 닿았다. 나를 위로하고 싶은 그 누군가의 마음에 내 코끝이 찡해왔다.

4학년 학기 중에 돌아가신 아버지의 장례 소식은 대학과 3일씩 나누어 나가던 입시학원 두 군데에 모두 알려졌었다. 갑작스러웠던 아버지의 죽음으로 나는 2주 정도 일상을 비웠으니 모르기도 힘들었을 터였다. 돌아온 나는 많은 이들의 걱정과 달리 너무 쾌활하고 잘 웃고 더 적극적으로 삶을 살았다. 농담도 잘하고 전보다 더 씩씩해진 내가 그들 눈에는 위태로워 보였나 보다. 한 번씩 내가 생각에 잠기거나 말이 없을 땐 모두들 내 얼굴을 걱정스레 쳐다보곤 했다.

애써 추리를 시작했다. 나와 눈이 마주치면 얼굴이 발개지던 삼수생? 항상 힘쓰는 일을 도와주던 고3 남학생? 새로 구한 학원의 마른 소묘 선생님? 아, 그는 아니다. 내 전화번호를 모를 테니까. 그렇다면 연락이 뜸한 초등학교 동창? 괜히 무뚝뚝하던 3학년 남자후배? 아니면 얼마 전 엄마가 돌아가신 같은 학년의 오빠인가? 과 친구들과 저

녁을 먹고 노래방에 함께 갔다가 까닭 없이 눈물이 흘러 밖으로 나와 앉아 있던 나에게로 와 그가 어깨를 두르며 머리를 기대어왔었다. 조금 갑작스럽긴 했지만 그의 모친상과 나의 부친상이라는 묘한 공통감에, 우린 말없이 한동안 앉아 있었더랬다. ……설마? 그렇다고 그에게 대놓고 물을 수도 없는 노릇이었다.

나는 옥상의 담에 기대어 붉어가는 와우산을 바라보았다. 당인리발전소에서 뿜어내는 거대한 연기가 기우는 햇살로 거대한 핑크색 몸뚱이로 변했다.

그랬다. 나에게는 누군지 모르지만 친구가 있는 거다. 굳이 돈을 꾸어주거나 나를 수렁에서 건져주지 않아도 힘들고 지친 나를 위로하고픈 친구가 있었던 것이다. 그렇게 모르는 채 익명으로 전해준 누군가의 마음은 오히려 좁혀지지 않는 인물의 범주로 더욱 큰 위로가 되었다.

그런 선물은 두 번 다시 오지 않았다. 나는 눈시울이 뜨거워지고 마음이 위안으로 가득 찼다. 그 노래는 내가 받은 가장 큰 마음의 선물이었다. 여전히 나는 그 노래의 주인공을 모른다. 그저 마음에 간직하고 싶을 뿐이다. 가장 힘들었던 순간에 가장 빛나던 한순간으로.

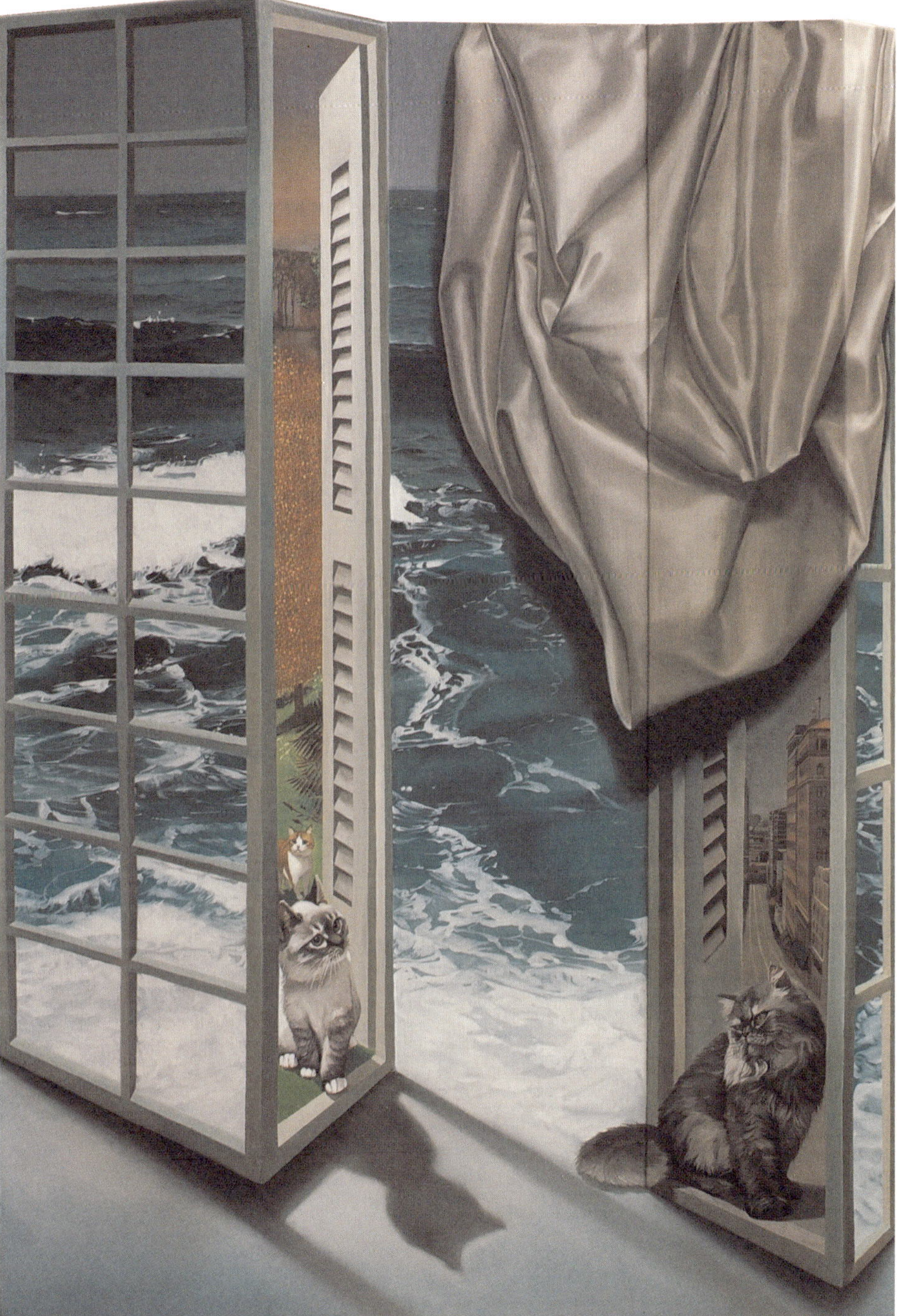

높은 산 위에서
부는 바람처럼

그는 나를 불러내 실내의 모든 사람들이 들리도록 크게 소리쳤다.

"사람이 왜 그래요? 내가 언제 이 선생 자료를 그냥 가져다 썼어요? 그냥 굴러다니길래 가져다 쓴 거고…… 그리고 나이가 몇인데 내가 이 선생한테 일일이 그걸 보고해야 합니까?"

그는 내가 크게 잘못한 듯 야단치는 말투로 소리를 질렀다. 자신이 잘못한 일에 대한 상황 설명은 작게, 자신이 당한 일이 어이가 없다는 이야기는 크게……. 안에서 들으면 영락없이 내가 야단을 맞는 형국이었다. 그는 나를 제외한 그 공간의 모든 사람도 그런 식으로 믿도록 만들었다. 내 기준에서는 사기였다. 그는 나를 띄엄띄엄 보았다. 나는

아버지의 부조리와 투쟁하며 분노로 지란 사람이었다. 그는 마치 다
단계 단체가 하듯 심리적인 가면을 쓰는 고수였다. 하지만 나는 콘텐
츠에 대한 자신감이 있었고 드러나는 정직함을 믿었고 아버지에 대
한 분노라는 연료가 있었다. 그리고 나는 그런 식의 연극적인 놀이를
인정하지 않는 사람에 속한다. 나는 내향적인 성향이었지만 일을 해
야만 하는 처지였다. 나는 그가 구축한 비정상적인 게임에 임하며 그
를 분석하고 관찰했다.

그런 연극적인 상황과 사건들은 항상 작은 전쟁터처럼 발생했다.
그 일터는 각자 능력에 따라 월급이 달라지던 열린 구조의 경쟁사회
였다. 주주 십여 명이 각자 투자를 한 원로회 같은 형식의 학원이었
다. 큰 대기업과는 많이 다르지만 나로서는 충분히 많이 실험하고 성
취할 수 있는 곳이었다. 그런 나를 누르지 못해서 그는 언제나 궁리
중이었다. 그 때문인지 나는 그곳에서 착하지도 나쁘지도 않았다. 그
저 나 스스로를 위했을 뿐이다. 최소한의 공정한 게임을 하기를 바랐
지만, 불행인지 다행인지 여자이자 열 살 연하이며 자신의 아랫사람
이라고 생각했던 나를 더 이상 성장하지 못하게 누르려는 그의 비열
한 게임에서 그는 번번이 승리의 맥락을 놓쳤다.

게임에는 절대 바꿀 수 없는 룰이 하나 있다. 먼저 룰을 파기하고
교묘한 수를 쓰는 사람이 결국 지게 되는 것이다. 결과와 상관없이 우

린 공정히 경쟁에 임한 상대의 손을 들어주기 마련이다. 나는 언제나 그런 식으로 대처했다. 승패도 중요하지만 누구나 인정할 수 있는 태도로 그와 부딪쳤다. 대체적으로 남자들은 여자를 사회적 라이벌로서 어떻게 대해야 할지 난감해한다. 그래서 그들은 여성 라이벌에게 패배감을 느끼면 더욱 비이성적으로 군다. 승부를 먼저 양보하는 것도 한 방법이지만 항상 한발이 늦었다. 이미 암묵적인 승패가 난 뒤에 어쩔 수 없이 양보하는 한 박자 늦은 연극은 그를 더욱 초라하게 만들 뿐이었다.

생각해보면 그렇게까지 피 튀기게 그와 대적했었어야 했나 지금도 절로 고개를 젓고는 있지만, 당시의 나에게는 너무나 절실히 돈이 필요했다. 모든 책임이 온전히 내 몫이었다. 당장 등록금도 내야 했다. 신촌교회 앞 눈길에 미끄러져 난생 처음 팔이 뚝 부러진 엄마의 병원비도, 입학 당시보다도 껑충 뛴 내 학비도, 끊임없이 마이너스인 집안의 생활비도, 우리 몰래 전세금을 다 빼서 쓴 큰오빠 때문에 짊어진 월세까지, 모든 게 내 차지였다. 나는 유능한 강사여야만 했다. 그래서 나는 그와의 대결에서 차마 물러설 수가 없었다. 학교는 짬이 나야 들르는 곳이 되고 말았다.

마침 H대 입시가 수채화 한 과목으로 바뀔 거라는 공고가 있었다. 본능적으로 알 수 있었다. 내가 돈을 벌 수 있는 일, 그것도 제법 많은 돈을 벌 수 있는 일이었다. 학교 앞의 많은 학원들이 수채화 강사 모집공고를 걸었다. 과 선배가 나가던 유명하던 학원이었다. 디자인만을 전문적으로 하던 학원이었기에 내가 성장할 수도 있는 좋은 기회일 것 같았다. 시험을 치르고 합격했다. 채용된 강사는 나 하나뿐이었다. 나는 '이미소'라는 가명을 쓰기로 마음먹었다. 본명을 드러내면 어떤 형태로든 훗날 작가가 되었을 때 좋지 않을 것 같아서였다. 잘해야만 돈을 벌 수 있고 잘하려면 이름이 세간에 돌아야 했다. 하지만 나는 내 이름이 강사라는 정체성으로만 규정되어 평생 불리는 게 싫었다. 기왕이면 완벽한 또 하나의 페르소나를 갖길 원했다. '이미소'는 유능강사가 되었다.

무척 열심히 했다. 새벽까지 연구작을 했고 가장 많은 그림을 그렸으며, 경영과 리더십에 관한 책들을 탐독했다. 160cm에 못 미치는 작은 키에 작은 체격이던 나는 격무에 시달리며 수면이 많이 부족했었지만, 일부러 어두운 색감의 두툼하고 커다란 점퍼와 통이 넓은 면바지를 입고 몸무게가 두 달 간 13kg이 늘도록 방치했다. 불과 두세 달 만에 학교의 과 친구들은 나를 우연히 길에서 마주쳐도 바로 알아보지 못했다. 젊은 여자로서 남성에게 매력을 어필해야 하는 아가씨로는 존재할 시간조차 없었다. 이럭저럭 중성적인 외모로 탈바꿈한 것은 나에게 별 거부감 없이 강사 생활에 큰 도움이 되었다. 머리도

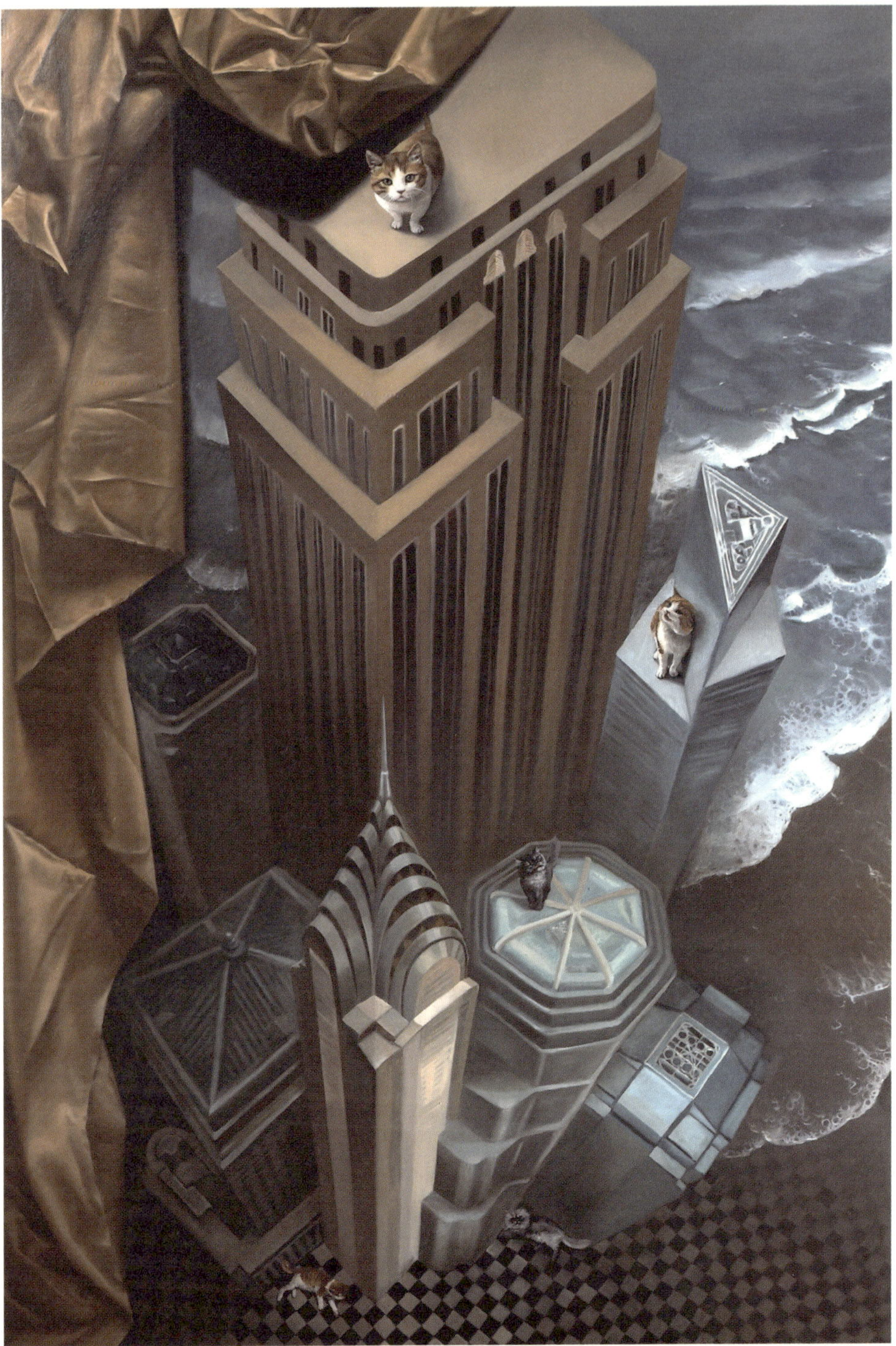

짧게 자르고 늘 긴 방망이를 한쪽 신발 위에 올리고 지각하는 학생들을 입구에서 기다렸다. 비록 입대한 적은 없지만 수년간에 걸친 입시 강사 생활은 남자들의 군기가 왜 필요한지를 충분히 이해하게 되었다. 체력적으로나 정신적으로나 힘든 입시미술 강사계에서 여자 전임은 당연히 아주 드물었다. 어쩌면 내가 거의 유일했다고 기억하고 있다.

나는 학원을 대표하는 강사였다. 그럴 의도는 아니었지만 학원 내에서 정적이 되어버린 그 남자강사는 스스로 그만두고 근무 학원을 옮겼다. 나는 굴러온 돌이 박힌 돌을 빼냈다는 소리도 듣고 이런저런 소문에도 시달렸다. 어릴 때는 정말 자신이 없던 삶의 과제들은 막상 눈앞에 닥쳐서 정신없이 헤쳐 나가다 보면 어느새 그 일의 중심에 서 있는 나를 발견하곤 한다. 나에게 삶은 항상 그런 것이었다. 목숨을 걸고 나를 잃고 온전히 모든 걸 걸어야 쥐어지는 그런 일들의 연속이었다. 여전히 나는 사적인 대화를 많이 하지 않는 사람이었지만 청중을 웃길 줄도 울릴 줄도 아는 그런 사람으로 변모해 있었다. 사람 앞에 선다는 게 호락호락한 일이 아니었다. 거짓을 말해도 안 된다. 당시에는 모두들 그런 듯 넘어가도 뇌리 속에 남은 껄끄러움은 시간이 지나면 모두가 눈치챈다.

길어지는 강사 생활을 언젠가는 그만둬야한다고 꾸준히 생각해왔었다. 다들 내가 학원 사업을 하리라 여겼지만 나는 집안이 안정이 되자 오히려 일을 줄여나갔다. 대학원을 졸업하고 틈틈이 개인전도 준비하고 전주에 있는 국립대학에 강의도 나가고, 예고에도 수업을 나갔다. 20대를 돌이켜보면 나는 어쩔 수 없이 가르치는 아르바이트가 언제나 공식 신분인 학생보다 늘 우선이었다. 직업은 강사고 취미는 대학생쯤이었던 것 같다.

내가 가르친 아이들이 이제 나와 같은 30대가 되었다. 이제는 아이들이라고 말하기도 미안한 성숙한 사회인이 된 그들을 내가 가르쳤지만, 그들의 성장을 지켜보며 어린 시절의 나를 많이 돌이켜보았다. 그들의 사소한 고민과 갈등을 이해하면 나도 지난 나를 이해시키기가 쉬웠다. 유치한 것, 부족한 것, 욕심이 과하게 많았던 것, 주변의 사람들이 어떻게 느끼는지에 대해 과하게 둔감한 것, 나라는 사람의 사회적 부적응증 같은 것들. 수많은 아이들의 아픔과 좌충우돌을 통해 어린 시절의 상처들이 간접적으로 치유가 되었다. 내가 겪은 그 순간의 아픔들을 그때는 제대로 보지 못한 채 아파만 하다가, 유사한 상황이 끊임없이 재발하는 아이들의 단체생활을 조절하며 나 스스로에게 이해를 시키는 과정이 꾸준히 이어졌다.

돌이켜보면 10여 년의 입시강사 생활은 긴장이 소나기처럼 쏟아지던 지옥 같은 시간들이었다. 해마다 그러한 지독한 연말을 보내고 나면 신학기 전의 간절기에는 우울증이 구에 달했다. 내 몸이 남아나지 않는 피로에 졸면서 아이들을 가르쳐도 개중엔 꼭 운이 없어 입시에 실패하는 아이들이 있기 마련이다. 그런 아이들이 결과를 들고 와 서럽게 울 때면 나도 무너지지 않으려 무던히 애썼다. 어쨌든 나는 그들이 유일하게 기대는 등불 같은 존재였고 그런 나는 쓰러지면 안 되니까. 하지만 집으로 돌아와서 그 아이들을 생각하다 잠들 때면 수도 없이 가위에 눌렸다. 한밤중에 벌떡 일어나 울기도 했다. 나 개인적으로는 입시를 참으로 느슨하게 치렀는데 지난 십수년의 강사생활을 하는 동안 나는 마치 100번쯤은 격렬한 입시를 치른 듯하다.

사회적인 성취와 그룹을 이끄는 리더는 내가 예상했던 것보다 훨씬 고독하고 절망적이었다. 문자 그대로 '웃고 있어도 웃는 게 아니고 울고 싶어도 울 수 없는' 그런 고독한 존재였다.

"높은 산 위에 부는 바람은 들판의 바람과 다르다"라는 구절을 《법구경》에서 읽은 적이 있다. 높은 산 위에는 오르는 사람이 많지 않아 가치가 있는 일이겠지만 부드러운 미풍이 부는 평원에 비해서 그 바람의 차가움과 세기가 비교할 수 없이 고통스러울 것이다.

하늘 높이 솟은 빌딩의 꼭대기는 그 자체만으로는 바벨탑의 신화처럼 허망한 것이다. 화려한 결과보다는 그곳에 이르는 과정을 통해 배운 깨달음만이 의미가 있을 뿐이다.

창백하고
푸른 암흑 속에서

조용히 문을 연다. 새벽 3시가 넘은 시간. 실내는 조용하다. 강아지 꼬미와 은실이가 꼬리를 치며 반긴다. 둥근 머리들을 한번 쓰다듬고 나는 양치질을 했다. 벌써 한 달이 넘도록 하루에 서너 시간밖에 자지 못했다. 부족한 잠을 간간히 보충하기도 하지만 이미 몸은 컨디션의 자각을 상실한 시체 같다.

서너 시간밖에 안 되는 수면과 여러 개의 일 때문에 생긴 피로 누적과 체력의 열세를 나는 하루 다섯 끼 식사로 버텼다. 엄마는 3시가 넘어 들어오는 나를 8시엔 출근시켜야 했으므로 밥을 국에 말아서 자고 있는 내 입속으로 들이밀었다. 흔들어서는 깨울 수가 없었다. 때때로 찬 사과를 깎아 마른입으로 넣기도 하고 고양이를 내 볼에 갖다

대기도 했다. 그럼에도 너무나 일어나기 힘들어 할 땐 그런 내가 니무 안쓰러워 엄만 울음을 터트렸다.

하루 종일 또렷한 말투로 말을 했다. 학부모와 전화 통화를 하고 학교진로를 아이들과 상담해 내신과 수능 예상 점수와 실기 실력 등을 반영해 세 군데의 학교를 정한다. 아이들과 이야기한다. 지원하는 학교와 현실적으로 갈 수 있는 학교 간의 괴리는 아이들에게는 받아들이기 힘든 현실이다. 너무 마음이 상하지 않게 또는 너무 부드럽지만은 않게 이야기해야 한다. 강사들끼리의 회의도 있다. 80명의 학생들을 지도하기 위해서는 8명 정도의 보조강사가 필요하다. 경험이 많시 않은 그늘이기에 하루하루 매순간마다 코치가 필요하다. 시험을 치른 후 평가를 해야 한다. 큰 소리로 평균 한 시간 이상 대부분 아이들의 그림을 평가하는 일은 체력적으로 가장 힘든 일이다. 다음은 체벌이다. 적당히 휘둘러야 한다. 공포 정치도 적당히 섞지 않으면 결국 원망이 돌아온다. 모두를 만족시킬 수는 없는 일이다. 그럼에도 불구하고 최선이란 무엇일지 끊임없이 고민하고 연구하고 실천한다. 한 달이 넘어가는 시점은 아이들에게도 나에게도 고비이다. 체력적으로 나는 너무 힘들다. 아침에 일어나면서 학부형의 전화를 받는다. 밥을 먹으면서도 전화를 받는다. 화장실에 있을 때도 전화가 울린다. 언제나 전화가 울린다. 하루 100여 통 이상의 전화를 받을 때도 허다하다.

몇날 며칠 오랫동안 신고 있는 신발과 피로한 몸의 열 때문에 온몸에서 썩은 내가 나는 것 같다. 나의 몸 구석구석이 썩고 있는 기분이다. 내 몸은 내 의식과 점점 분리되어간다. 나는 하루에 다섯 끼의 식사와 서너 시간의 수면에 깨어 있는 시간은 대부분 일을 했다.

느껴지지 않는 감각의 덩어리들이 옷 밖으로 덕지덕지 붙은 듯했다. 고요한 깊은 새벽이었다. 강아지들은 연신 꼬리를 흔들며 내 옆을 서성인다. 고양이인 나나는 방문 옆에서 고요히 나를 바라본다. 별다른 관심 없다는 듯 말이다. 나는 강아지들이 이내 힘들어진다. 나나와 1미터쯤 떨어져 거실 바닥에 누웠다. 나나의 투명한 눈이 나를 지긋이 응시한다. 가족들은 모두 고른 숨소리를 내며 잠들어 있다. 강아지들도 제자리를 찾아 사라진다. 적막 같은 거실 위에 나나와 내가 서로 바라보고 있다. 나나의 깊고 커다란 눈동자가 나를 홀린다.

우주같이 적막하다. 나는 홀로 궤도에서 이탈한 우주인같이 고독했다. 손가락 하나 쳐들기 힘들게 피곤했다. 서너 시간 후면 나는 다시 출근해야 한다. 침대에서 자야 하지만 거실 바닥에 뉘인 내 몸은 바닥 속으로 빠져드는 것만 같다. 내 심장 뛰는 소리가 귓가에 들린다. 마치 원시의 소리처럼 고요히 들린다. 블랙홀 같은 어둠이 나를 삼킨다. 저 멀리 별빛 같은 나나의 눈동자가 창백하게 빛난다.

암흑이다.

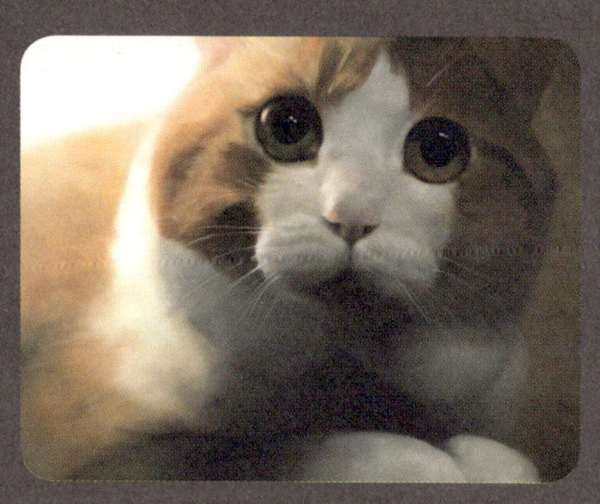

그림, 소중한 욕망을 수집하는 행위

학사 시절 수업시간에 교수님이 고양이 눈이 커다랗게 그려진 내 그림을 보시더니 툭 말을 던졌다.

"넌 물감 아깝게 왜 이런 걸 그리니? 우리나라 사람들은 고양이 싫어해. 안 팔릴 거야."

"후후, 그럼 뭘 그리는 게 좋을까요?"

"그건 네가 찾아야지……."

"아, 그래서 찾은 게 고양이인데요……."

교수님은 이내 언짢은 표정을 지으면서 자리를 뜨셨다.

나이 드신 어른들은 분명 고양이에 대해 편견이 있는 것 같다. 처음 고양이를 그리기 시작한 이유도 엄마가 나 몰래 고양이를 버리지 않을까 불안했기 때문이기도 했다. 내가 그림으로 그려야 한다는 당위성이 있다면 엄마는 충분히 고양이를 더 잘 보살펴주셨을 테니까. 또 실제로도 고양이는 당시 나에게 가장 소중한 존재이기도 했다. 물론 가족을 제외하고 말이다. 3학년 때부터 그려온 고양이 그림은 빠짐없이 교수님들에게 질타를 받았다. 물감이 아깝다거나 그냥 스쳐 가는 교수님들도 많았다. 교수님 중 단 한 분만을 제외하고는 늘 비슷한 충고 일색이었다. 그러다가도 간혹 내가 풍경이나 다른 소재를 그리면 모두들 열심히 칭찬하시곤 했다.

그림이란 과연 무엇인가에 대해 많이 생각했다. 그림이란 무엇인가? 그림이 벽화가 아닌 회화 형태로 존재할 때부터의 역사를 살펴보았다. 서양에서 초기의 그림은 종교적인 명분으로 교회에 봉헌되던, 교민에게 교리를 가르치던 정보 전달 차원에서 공적으로 그려졌지만, 그림이 사적으로 수집되던 형태를 살펴보면 양상은 조금 달라진다. 세도가나 왕실에서 귀중품을 보관하던, 기둥이 있던 회랑이 갤러리의 출발이었다. 그리고 그들이 수집한 그림 형태의 것들은 종교적인 이유도 있지만 그보다는 좀 더 본능적인 이유에서 소중하다고 여겨진 것들을 수집하려는 욕구가 가장 컸으리라고 생각한다. 아리따운 여인의 그림을 그려서 소장하거나, 막강한 권력을 지닌 군주가 자신의 초상을 후세에 남기기 위해 그림을 의뢰하거나 말이다. 그림이라는 매체는 현대에 와서 지적인 노력과 기록매체의 다양성으로 분리되어 철학하는 도구가 되었지만, 그 철학에의 의지를 조형적으로 표현하는 것 역시 철학적 사고를 조형적 형태로 수집하고자 하는 욕구인 것이다.

당시의 나에게는 나나가 무척 소중했다. 사소하고 무시되기 쉬운 나나의 존재 이유를, 좀 더 개연성 있는 명분으로 변화시켜야 했다. 그래서 나나를 그림으로 남기고 나나를 서랍장에 그린 가구를 만들고, 나나를 병에다 수집하듯이 그렸다. 당시 나의 그림은 나나를 표피적으로 수집하기보다는 나나를 그려 복제하는 행위로서 더 큰 의미를 지니고 있었다. 나는 '나나 캐비닛'을 만들어 디자인을 해서 가구 제작을 학교 앞 공방에 맡겼다. 서랍과 양문의 창에 나나를 그려 넣었다. 수집이란 지극히 대중적인 본능이며 소중함의 대상은 개인적으로 서로 다를 수 있다는, 일종의 항변 같은 것이었는지도 모르겠다. 그 나무로 만든 캐비닛은 4학년 2학기에 만든 과제였다. 기말평가가 끝나고 작품을 철수해야 하는 날, 나는 내 작품이 없어졌다는 걸 알았다. 급우들의 작품이 모여 있는 자리에 내 작업물만 사라지고 없었다. 아침까지도 있었는데 오후에 사라진 것이다. 하! 기막힌 노릇이었다.

그러니까 저 이미지의 캐비닛은 도둑맞은 이미지만 남은 작품인 셈이다. 수집에 대한 나의 행위를 담은 수집의 저장소인 캐비닛은 누군가에게 수집에의 욕구를 불러 일으켜 도난당한 셈이다.

나는 한동안 화도 내고 분실물에 대한 내용과 함께 돌려줄 것을 종용하는 딱지를 붙여놓았지만, 급우들에게 위로의 말만 잔뜩 들었을 뿐 성과는 없었다. 그 페이퍼는 그저 내 작품을 분실했다고 알리는 공고 정도의 역할을 했던 듯하다. F동 실기실의 8층은 낯선 이가 다니는 곳이 아니다. 범인은 멀리 있지 않을 것이다. 나는 여전히 이 캐비닛을 찾고 싶다. 그러기 위해서는 사라지는 캐비닛의 이미지를 다시 회생시켜야만 한다. 그래서 나는 방을 붙이는 대신 이 이미지를 재생산하기로 했다. 언제고 발견된다면 나에게 돌아올 수 있게.

발터 벤야민은 원화가 복제되면 그 아우라를 상실한다고 《기술복제 시대의 예술》에서 주장했는데, 후에 밝혀진 바로는 그의 주장과 반대로 이미지가 더 많이 복제될수록 오히려 원화의 가치는 상승한다고 한다. 현재까지 예술계의 현상으로 따져보면 그게 더 맞는 논리임이 분명하다.

나는 그래서 분실된 캐비닛의 저부조 패널을 만들고 그 속에 분실된 캐비닛의 이미지를 그려 넣는 소소한 작업물을 다시 제작했다. 사실 거대 서사가 들어가지 않은 사소한 작업이지만, 나는 이 작업을 끝내고 마음에 큰 위로를 받았다. 실체의 캐비닛은 상실했지만 그 캐비닛의 본래 아우라인 듯한 이미지를 다시 내가 수집하게 된 것처럼, 위안이 되었던 것이다.

나약한 인간과 거대한 자연으로 상징되는 파도를 서랍 안에 그려 넣고 그 위에 배치된 캐비닛은 실재의 오브제와 유사한 저부조 위에 표피로 존재한다. 얇은 물감 껍데기로 말이다. 하지만 그림 속에 박제됨으로써 영원히 존재한다. 나의 기억 속에서…….

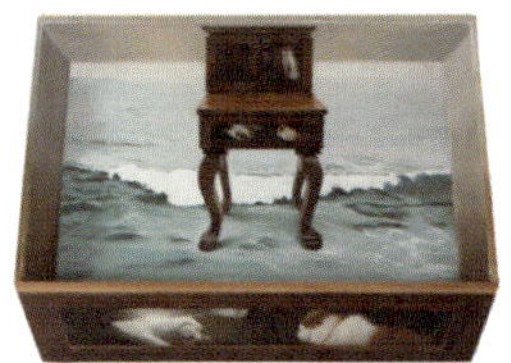

천을 그리는 인간, 인간을 감싸는 천

 커튼이 실내에 걸려 있다. 커튼은 밝고 둥글고 부드러운 곡선 모양으로 밝고 또 어두운 공간을 만든다. 슬쩍 드리운 주름은 자연의 중력과 엮인 실의 종류에 따라 그 선의 모양이 달라진다. 물을 내포한 듯 중량을 쏟아내는 주름, 두꺼운 실 때문에 앉아 있기가 불편해 보이는 거구의 주름, 얇고 단단한 광택 나는 실로 짜인 소프라노 여성의 음성 같은 주름…….

나에게 주름이란 안기고 싶은 부드러움인 동시에 내 것은 아닌 화려함을 동시에 상징했다. 엄마는 언제나 화려한 한복 천을 내 앞에서 펼치셨고, 그 갖고 싶고 아름다운 풍성한 색상들과 그 천들이 만들어내는 완만하고 풍성한 주름들은 나에겐 언제나 동경의 대상이자 또한 나의 것이 아니었다. 실질적으로는 나에게 속한 것이 아니었지만 천이라는 의미가 내게 상징하는 바는 엄마이기도 했다.

그리스 로마 시대에도 천은 종이보다도 먼저 인간에게 가까운 소재였지만, 천이 조각이 아닌 그림에 등장하고 천으로서의 독립적인 지위를 갖게 된 계기는 베로니카의 손수건이다. 골고다 언덕으로 십자가를 지고 가시 면류관을 쓴 예수의 얼굴을 베로니카가 손수건으로 닦았을 때, 그 손수건에 예수의 얼굴이 성령으로 그대로 배어났다고 한다. 그리하여 베로니카는 누가와 함께 화가의 상징이 된다.

파라시우스와 제우시스의 일화에서는 화가에게 천이라는 것이 또 하나의 특별한 상징이 된다는 것을 확인할 수 있다. 그리스의 두 화가 파라시우스와 제우시스의 그림 대결은 화가란 무엇인가를 논할 때 가장 먼저 등장하는 미학계의 큰 사건이기도 하다. 파라시우스와 제우시스는 당대 그리스에서 제일가는 화가였다. 그리스 시민들은 그 두 화가가 대결을 하여 누가 더 잘 그리는지를 가리고자 했다. 그래서 두 사람은 각자 그림을 그려 와 펼쳐 보이는데, 제우시스는 가려둔 장막을 걷어 탐스러운 포도와 과일이 그려진 그림을 공개했다. 그림이 공개되자 주변의 참새가 그 포도를 쪼아 먹으려고 날아와 부리를 박았다. 사람들의 탄성과 함께 제우시스는 이제 파라시우스의 그림을 보려고 파라시우스에게 장막을 걷어보라고 권했다. 그러자 파라시우스가 대답했다.

"자네가 보고 있는 그 장막이 바로 내 그림일세."

보통 화가의 사실주의적인 묘사력에 대한 이야기로 이 사건을 가장 많이 거론하지만, 그보다 더 중요한 것은 파라시우스의 의도, 즉 사람으로 하여금 깨닫게 만드는 행위 유발이다. 제우시스는 자신이 파라시우스의 그림이 진짜 천인 줄 알고 속았다는 데 대해 놀라워하며 그제야 속았다는 사실을 깨닫는다. 그 깨달음을 '코기토(Cogito)'의 단초로 보는 것이다. 화가는 그저 보이는 대로 그리는 사람이 아니라 그 그림을 보면서 사람들이 무엇인가를 깨닫길 바라는 것이다. 다소 인문학적인 접근이지만 이러한 깨달음으로 인해 현대미술까지 이어져 내려오는 미학의 개념이 발전할 수 있었다.

뒤에 무엇이 숨겨 있는지 알 수 없는 천은, 또한 행위를 유발하는 아이콘이자 포근한 모성의 상징이기도 하다. 젖이 나오지 않는 천으로 만들어진 어미 침팬지의 형상과, 젖이 계속 나오지만 철로 제작된 어미 침팬지의 형상을 놓고 새끼 침팬지가 어떤 애착 반응을 보이는지 미국에서 실험된 적이 있었다. 새끼 침팬지는 차가운 금속이 아니라 천에 대해 강한 애착을 드러내며, 배고픔이라는 본능보다는 부드러움과 따스함에 대한 촉각에 더욱 강한 애착을 느낀다는 결과였다. 부드러움에 대한 포유류의 집착은 모성 못지않은 본능이라는 것이다. 필요에 의해서가 아니라 본능적으로 부드러운 무언가에 끌린다는 뜻이다. 그러니 나에게도 어찌 천이 소중하지 않을 수 있을까?

플랑드르 화가들은 화가가 되기 위한 도제 수업에서 천을 그리는 연습을 했다. 수없이 많은 화가들에 의해 천이 그려지고, 또 걷어서 프레임 뒤의 정경을 확인하고 싶은 열망을 자극한다. 하지만 걷어낸 정경이 진실은 아니다. 산드로 마라이의 소설《열정》은 우리가 알고자 하는 의지, 의구심, 이 진실이 혹은 플라톤의 이데아 같은 절대적 숭고나 진리에 다다르지 못한다 해도, 그러한 진실의 그림자 같은 열정을 갖고 사는 게 인생임을 알려준다.

천 뒤의 진실은 어떤 정의이고 부동의 진리이고 신적이라면, 천을 바라보는 인간, 천을 걷고자 하는 인간, 의구심을 가지는 인간이 에너지이며, 삶이며, 인간적인 것이다. 불완전한 삶에 대한 인간적인 찬사와 위로로서 드리운, 더없이 부드러운 커튼이다.

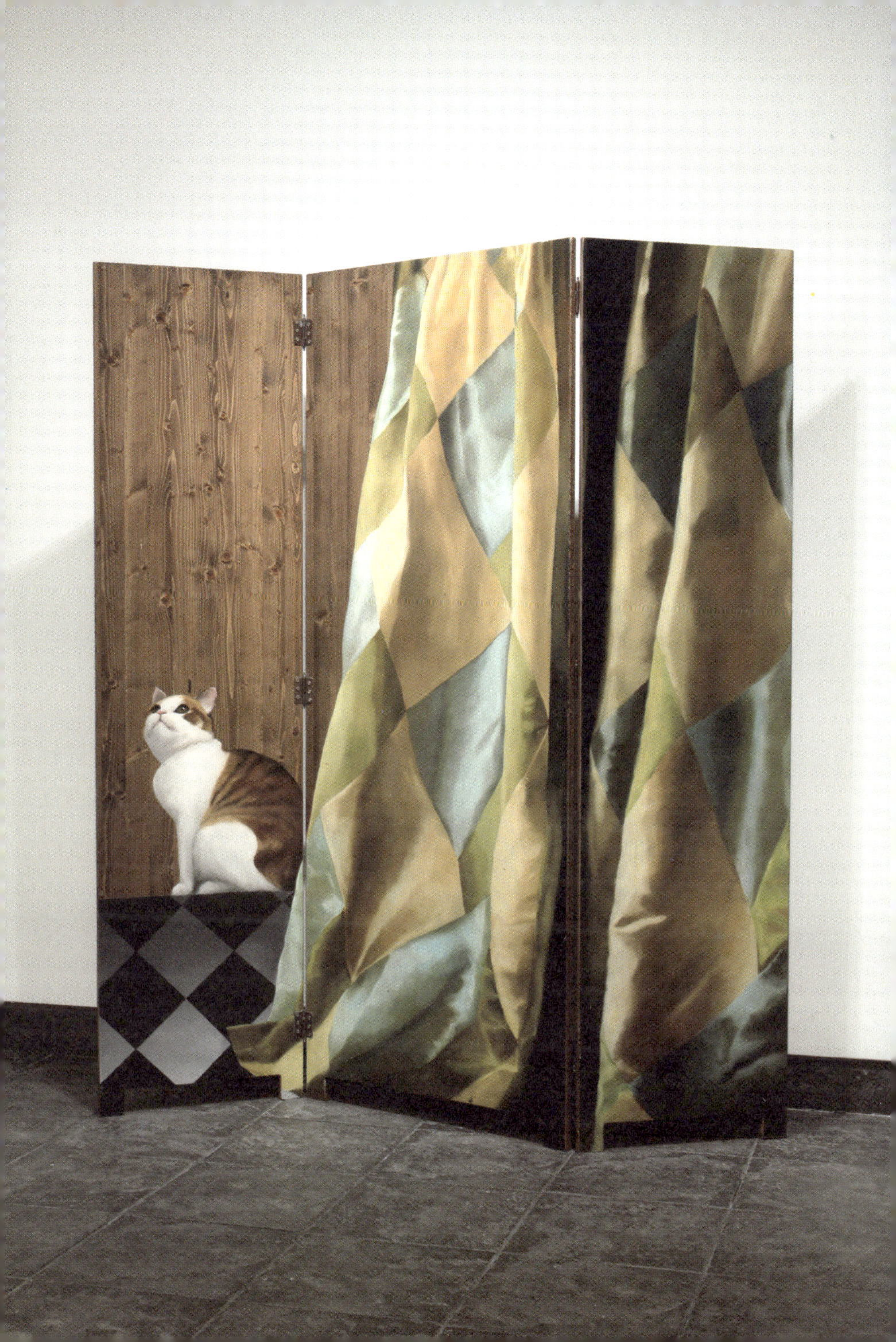

불완전함의 예술

나의 과한 추진력 뒤에 따라오는 우울함이 아버지로부터 물려받은 조울증임을 이해하고 나는 다시 인간의 인식적 한계에 깊은 회의를 품게 되었다. 하지만 그런 한계가 없었다면 분명 예술가들은 세상에 없었을 것이다. 인간에게 한계가 있고 어리석으며 늘 후회하기에, 삶에 대한 이런저런 감흥을 예술이라는 형태로 전달할 수 있는 것이며, 그렇기에 예술작품을 보는 많은 이들 또한 감동을 느낄 수 있는 것이다. 결국 나와 비슷한 이에게 애착과 애정을 느끼는 존재가 인간이 아닌가……. 나와는 너무 다른 것에 대해 교감할 수는 없는 일이다. 인간은 인간적인 인식의 한계에 뼈아프게 통탄하고 그것을 되돌릴 수도 없고 되돌린다 해도 그보다 잘할 수는 없음을 알기에, 인생의 희노애락을 모방한 정련된 형태의 연극이나 시, 소설, 음악. 그림에 열광할 수 있는 것이다.

벽 너머에 11차원이 있다고 주장하는 과학계의 흐름이 있다. 혹은 나와 똑같은 사람이 평행 우주의 뒷편에 살고 있다는 이론도 있다. 하지만 그런 이론을 이용한 작품이나 연극은 많아도 실제 인간이 물리적으로 그런 현상을 체감할 확률은 얼마나 될까? 거의 0.0001퍼센트도 안 될 것이다. 물리적인 인간의 현실이란 그런 것이다. 이론과 존재하는 실존 사이의 광속적인 거리 말이다.

우리는 언제나 프레임을 통해서 지식을 선별하고 가치판단의 기준을 삼으며 그 선별된 프레임 속의 정보를 머릿속에 저장한다. 무엇 하나 완벽한 게 없다. 그럴 수는 없다. 우리는 많은 정보를 가지고 있지만 한가지 이상의 생각을 한 두뇌에서 하지 못하고 과거와 현재와 미래를 종합적으로 보지 못한다. 사랑에 빠져 있을 때는 사랑 외의 모든 일에 소홀하기 마련이고, 회사일에 골몰할 때는 집안 살림에 소홀하기 마련이다. 그것은 인간이 도덕적으로 문제가 있거나 교육을 잘못 받아서가 아니다. 그저 인간적 사고의 한계 때문이고 그 한계의 프레임조차 불완전하기 때문이다.

앙드레 말로는 예술에 대해 이야기했다. 불완전한 인간의 완전을 향한 영원한 갈구가 예술 작품이라고 말했다. 전적으로 그 말에 동의한다. 예술은 인간적인 한계를 물리적으로 극복하지 못하는 인간들의 하소연이고 판타지이고 운명이자 신기루이다.

문을 열고 나가면 문 밖에 거대한 진실이 있다. 선하지도 악하지도 않은 거대한 자연이 있다. 하지만 인간은 그 문이 닫혀 있을 때는 문 밖의 진실, 그 존재 자체를 잊어버리고야 만다. 그것이 인간이다.

우리는 프레임 속을 살아가는 불완전한 프레임의 연속체이다.

그 문 앞에는 무위의 고양이가 유유자적하고 있다.

우리 윗세대 어른들에게 가난은 당연했을지도 모른다. 내가 겪은 가난은 또래 친구들에 비해선 조금 독특했고 그래서 오히려 윗세대들과 더 이야기가 잘 통했다. 가난했기 때문에 나는 윗세대를 더 많이 이해할 수 있었다.

20대가 되고 본격 사교육의 종사자로 내 밥벌이를 해야 했을 때 나는 아이들을 가르치며 나보다 아랫 세대의 풍요로움을 목격하고 체험했다. 그들에게 퍼부어지는 금전적인 투자와 관심, 그리고 수없이 많은 물건들은 여전히 절망적인 현재의 20대를 이해하게 했다.

에로스의 탄생에 관한 신화가 있다. 보통 에로스를 사랑의 신이라고도 하지만 에로스는 가장 인간적인 신이기도 하다. 무언가를 욕망하고 사랑하는 신. 지(知)에 대한 사랑과 미(美)에 대한 사랑 모두 에로스의 욕망이다. 그래서 미학에서는 에로스의 탄생 신화를 제법 비중 있게 다루고 있다.

미의 여신 아프로디테의 생일 축하연에 많은 신들이 초청받아 주연을 즐기고 있었다. 그러나 가난의 여신 페니아는 초대 받지 못하고 주변을 서성이고 있었다. 항상 굶주린 페니아는 주연의 한 조각이라도 맛보길 고대하다가 풍요의 신 포로스가 술에 취해 잠든 모습을 보고 반해 그를 범하고 그의 아이를 잉태한다. 에로스는 그렇게 탄생했다. 그래서 에로스는 항상 풍요로움과 아름다움을 추구하지만 빈곤의 신 페니아의 근성 때문에 언제나 만족할 줄 모르는 원죄와 같은 욕망을 갖는다. 에로스의 탄생은 사실 인간의 욕구, 아름다움에 대한 과욕, 지적 허영에 대해 가장 뛰어나게 설명해주는 상징적인 신화이다.

라캉식으로 해석하면 인간에게는 욕망이 삶을 살아가게 하는 가장 큰 에너지의 주체인데, 이것은 사막의 신기루처럼 내 손에 붙잡히면 안 되는 것이다. 나의 욕망이 충족되는 순간 인간은 갈 길을 잃고 방황하게 된다. 그래서 우리는 끊임없이 잡히지 않은 신기루 같은 욕망을 늘 설정해야 하고 그걸 쫓으며 삶을 살아가는 것이다.

에로스의 탄생과 신기루만큼 나를 설명할 수 있는 에피소드는 없는 것 같다. 나는 지독히 가난했을 때 그저 전원을 소요하는 소박한 화가가 되기를 바랐고 아버지가 돌아가시고 IMF가 닥쳤을 때에는 그저 그림만 그리는 사람만으로 살아가고 싶다는 소망이 이루어지길 바랐다. 그 시절을 고군분투하며 지내다 보니 나의 희망은 이미 이루어지고도 남았다 할 수도 있겠지만, 나는 여전히 아름다움을 추구하고 더욱 지혜롭기를 원하며 더욱 현명한 사람으로 살고자 변함없이 욕망하고 있는 것이다.

눈이 내리는 이국의 땅 톨레도에서 나는 내가 누구인지, 나는 왜 여기 있는지, 마치 유행가 가사처럼 읊조리고 있었다. 마라이의 《열정》 속 주인공처럼 나는 영원한 진실을 알고 싶다. 설령 그 진실이 손에 잡히지 않는 신기루라고 밝혀진다고 한들 그것을 잡기 위해 끊임없이 책을 읽고, 그 진실의 총체를 표현하기 위해 그림으로 그려내고 나의 생각의 틀을 축적하기 위해 글을 쓸 것이다.

나는 나를 알고 싶고 사람을 알고 싶고 서울을 알고 싶고 한국을 알고 싶고 세계를 알고 싶다. 나는 진실과 선의지와 아름다움을 사랑하고, 변함없는 인간의 부조리함을 받아들이고 삶으로서 이해하고 싶다. 그리고 많은 이들과 이에 대해 공감하고 싶다.

You don't own me!

당신은 나를 가질 수 없어

You don't own me, I'm not just one of your many toys

You don't own me, don't say I can't go with other boys

And don't tell me what to do

And don't tell me what to say

And please, when I go out with you

Don't put me on display, 'cause

You don't own me, don't try to change me in any way

You don't own me, don't tie me down 'cause I'd never stay

Oh, I don't tell you what to say

I don't tell you what to do

So just let me be myself

That's all I ask of you

I'm young and I love to be young

I'm free and I love to be free

To live my life the way I want
To say and do whatever I please

A-a-a-nd don't tell me what to do
Oh-h-h-h don't tell me what to say
And please, when I go out with you
Don't put me on display

I don't tell you what to say
Oh-h-h-h don't tell you what to do
So just let me be myself
That's all I ask of you

I'm young and I love to be young
I'm free and I love to be free
To live my life the way I want

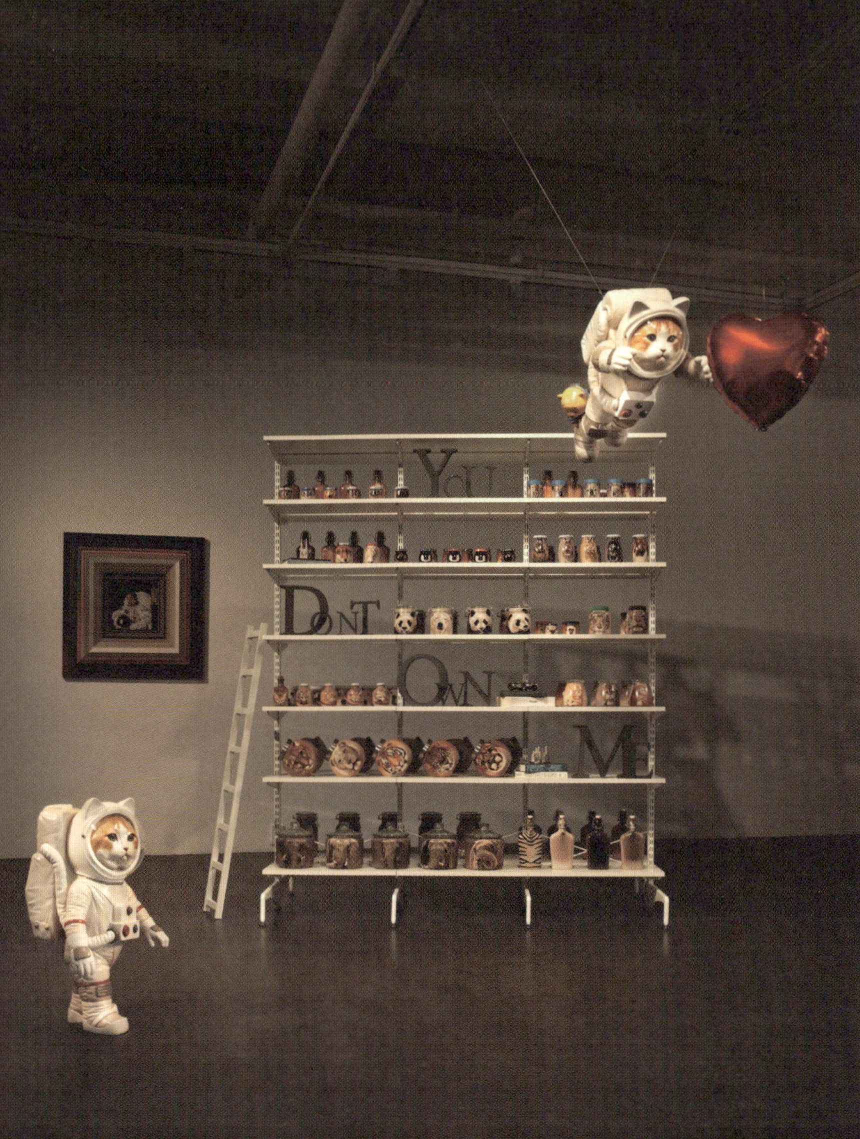

위대한 작가들에게 있어 완성된 저작이란 그들이 일생 동안 작업했던 단편들보다 가볍다!

_벅 모스(Buck Morse)

You Don't Own Me!
당신은 나를 가질 수 없어!

《파사젠베르크》에서 벤야민은 우리에게 노트 상자를 남겼다. 그는 우리에게 '핵심적인 모든 것'을 남겼다. 그의 저작이 완성되지 않았다는 비탄은 적절하지 않다. 그가 살았다고 하더라도 노트 들은 부적절하게 완성된 텍스트가 되지 않았을 것이다. 《파사젠베르크》는 현대성의 기원에 대한 역사적 어휘집이며, 도시 경험의 구체적 이미지 모음이다.

_벅 모스(Buck Morse, 1986)

작업에 대해 텍스트로 정의를 내리고 싶었으나 계속 가지만 칠 뿐 하나의 통합된 언어가 없다고 느낄 무렵, 나는 벅 모스의 이 글을 읽고 많은 위안을 얻었다. 그렇다. 우린 이론가가 아닌 작가이다. 벤야민은《파사젠베르크》를 그의 작품으로 이해했을 것이다. 하나의 통합된 주제를 묶어내기 위한 인생의 역작. 그러한 것은 결코 끝나지 않는다. 많은 대작들이 미완으로 그 마무리를 했다.《혼불》,《잃어버린 시간을 찾아서》,《파사젠베르크》처럼 우리는 증식하는 머릿속의 수많은 가지들을 쳐내지 못한다. 끊임없이 분열하는 세포 같은 그것이 작가이다.

지난 개인전 전시 타이틀인 'You Don't Own Me'의 철재 타이포를 사러 하드웨어 스토어에 갔을 때의 일이다. 점원이 철자가 어떻게 되냐고 물어서 우리는 또박또박 발음해주었다. 그 순간 그녀의 얼굴이 환해지며 제법 큰소리로 노래를 부르는 게 아닌가. "I'm not just one of your many toys~" 노래의 두 번째 대구 구절이었다. 아마도 이 노래는 요즈음까지도 사람들의 사랑을 받고 있는 모양이었다.

이 문장을 타이틀로 정하기 전에 구글링을 해보니 노래가 발표되던 1950년대 당시 미국의 페미니즘을 대표하는 곡으로 널리 히트 친 곡이라고 했다. 여러 명의 가수가 이 곡을 꾸준히 리바이벌했지만 나는 더스티 스프링필드의 곡이 좋았다. 애잔하고 허망한 느낌의 노래였다. 가사는 사랑에 관한 여성의 입장을 직접적으로 표현하긴 하지만, 처음에 나는 타이틀 문장만 쓸 생각이었다가 가사를 좀 더 넓게 해석하면 내 작업의 주제인 '허망하지만 애잔한 인생'과도 충분히 연관성이 높다고 생각하게 되었다. 노래를 듣는 내내 아버지와 어머니, 가족들 그리고 그들의 인생이 눈앞에 그려졌다. 지나온 시간은 즐겁든 고통스럽든 소중하기 마련이지만, 말도 많고 탈도 많았던 아버지의 인생과 끝없이 인내하던 어머니의 모질고 혹독한 인생이 대비되어 더욱 마음이 시려왔다.

돌아가실 때의 아버지는 육체도 강건한 편이었고 흰머리도 많지 않았다. 돌아가시던 그날 하루 사이에 많이 세긴 했지만 말이다. 아버지를 염할 때 오빠들은 함께 아버지를 씻기고 수의를 입혔다. 그날 작은오빠는 정신을 놓을 정도로 울었다. 마치 소 울음처럼. 소를 닮은 눈을 지닌 작은오빠의 울음소리는 그날 처음 들었고 그날 이후론 들은 적이 없다. 큰오빠와 작은오빠 그리고 나 이렇게 우리 셋은 모두, 술에 절어 어머니에게 폭력을 행사하는 아버지를 한 번쯤은 때려눕힌 적이 있다. 나는 오빠들처럼 주먹을 날리진 않았지만 가장 잔인한 말을 했었다. 아버지 밑에 있으니 이 땅을 떠나겠다고. 그 당시 나는 아버지의 반대에도 아랑곳없이 유학 준비를 하고 있었다.

아버지의 빈 육신은 눈을 감고 누워 있었을 것이다. 단 한 번도 본 적이 없는 아비의 맨몸을 보고 오빠는 증기처럼 터져 나오는 슬픔과 애환을 느꼈을 것이다. 큰방에서 아버지의 염이 이루어지는 동안 작은방에서 벽을 타고 전해오는 두 오빠의 울음소리를 계속 들었다. 주체할 수 없는 눈물이 흐른다. 아버지에 대한 연민보다 작은오빠의 안타까워 서러운 울음이 얼마나 많은 것을 담고 있는지 더 사무치도록 느껴졌기 때문이다. 우리는 무언가 잡고 싶었던 것이다. 잡을 수 없는 그 무엇인가를……

돌아가신 아버지는 술에 취해 항상 말씀하셨다. 굵고 짧게 살겠노라고. 아버지는 늘 조급증에 싫증을 잘 냈고 언제나 새로운 사업에 뛰어드는 걸 좋아했다. 일이 잘 풀리지 않는 건 초기 투자금이 너무 적었기 때문이라며 반복해서 또다시 술을 마시곤 했다. 늘 아버지가 잡고자 하는 건 잘될 리가 없다고 생각했다. 어린 나이의 나도 그렇게 생각이 들 정도로 누구나 아는 사실이었다.

개인전의 타이틀 작업을 계획하는 동안 남편이 물었다. 이제는 아버지를 용서하느냐고.

용서라고 할 게 없었다. 아버지를 원망해오긴 했지만 지금의 내 모습으로 살 수 있는 건 어찌 보면 나의 반쪽이 아버지에게서 왔다는 필연인 셈이니까. 나는 아버지를 용서할 자격도 없고 그럴 입장도 아닌 것이다. 아버지의 죽음과 함께 원망도 땅에 묻혔다. 소멸했다.

세상의 수없이 많은 피고 지는 꽃들과 태어나고 자라고 생명이 사라져가는 수많은 생물들을 생각했다. 아버지가 생전에 잡으려던 그 어떤 신기루는 과연 형태가 있었는지 모르겠다. 자연은 자연을 스스로 위할 때 가장 선하다고 어느 철학자가 말했다. 아버지는 스스로를 열심히 위하며 살아오셨던가? 인간적인 이성의 기준에서는 어떠했는지 모르겠지만 그가 끊임없이 진동하는 원자처럼 살다 가신 건 확실한 듯하다. 아버지의 죽음과 어머니의 노년을 지켜보며 마음속 깊이 애잔함을 느꼈다. 어머니가 잔인한 본인의 삶을 받아들이고 평생을 인내하며 살아오신 걸 봐왔다. 나는 부모 세대처럼 살지 않기 위해 무한히 질주해왔으나, 삶의 고비를 만나고 한 껍질을 벗을 때마다, 잡을 수 있다고 여겼던 그 신기루가 매번 멀어지고 신기루의 존재 자체를 의심하기까지 했다. 어째서 어릴 적부터 꿈꿔온 그 모든 것을 이루었는데도 나는 여전히 빈손인가? 나는 신기루이거나 연기이거나 속이 빈 화려한 풍선 같은 부재의 허상을 추구해왔던 걸까?

사람의 인생은 끝이 있어 그 불완전함과 미완성도 아름다울 수 있는 것 같다. 언제나 나를 살아 있다고 느끼게 하는 수없이 많은 가녀린 생명들이 존재하고 그들은 도덕적 선과 악을 구분하지 않는 무위의 삶을 실천한다. 인간보다 훨씬 짧은 그들의 생의 아름다움을 그들은 작열하며 사그라지는 존재로서 증명하고 있다.

거대하거나 지극히 사소한 세계는 아인슈타인의 숙원이었던 '통일장이론'처럼 결코 통합되지는 않은 채 언제나 이해 너머의 세계에 존재하겠지만, 결코 나는 내가 그토록 원하고 추구해온 그 무엇을 손에 잡지는 못할 테지만, 그래서 생은 아름다울 수 있는 것 같다. 달을 향해 들떠 있던 그들이 달에 도착해 발견한 진실은 달에 있지 않았다. 그것은 이룰 수 없는 꿈을 향해 달리는 인간의 눈물겹도록 아름다운 노력에 관한 것이며, 끊임없이 진동하는 존재에 관한 성찰의 미학이었다. 유한하고 한계가 있기에 완전함을 갈망하는 에로스적인 인간의 활동. 그것이 미학이고, 예술의 존재 가치이자 이유이며, 나 또한 잡히지 않는 그것을 향해 끊임없이 몸을 날린다. 우리는 사고 이전의 아름다움을 지닌 자연의 무위적 존재가치에는 도달하지 못할지도 모른다. 에덴동산에서 분별의 과실, 선악과를 베어 먹은 이후로 말이다.

무수히 많은 지구상의 아름다운 존재들은 우리들의 뒤에 있다. 그리고 나, 우리는 결코 아무것도 소유하지 못할 것이다.

"You don't own me!"

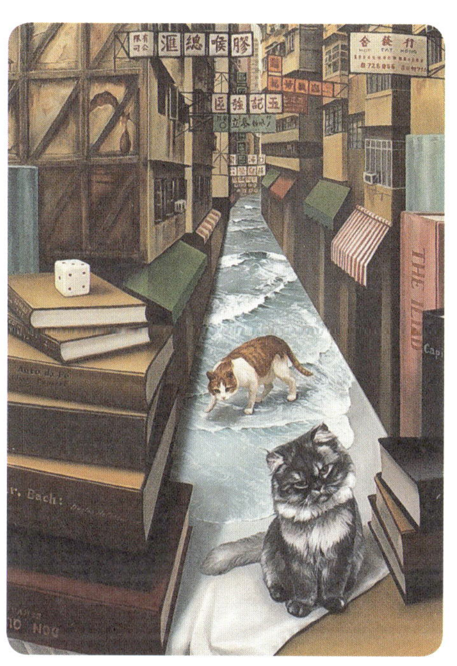
膠候總滙
五記強區
THE ILIAD

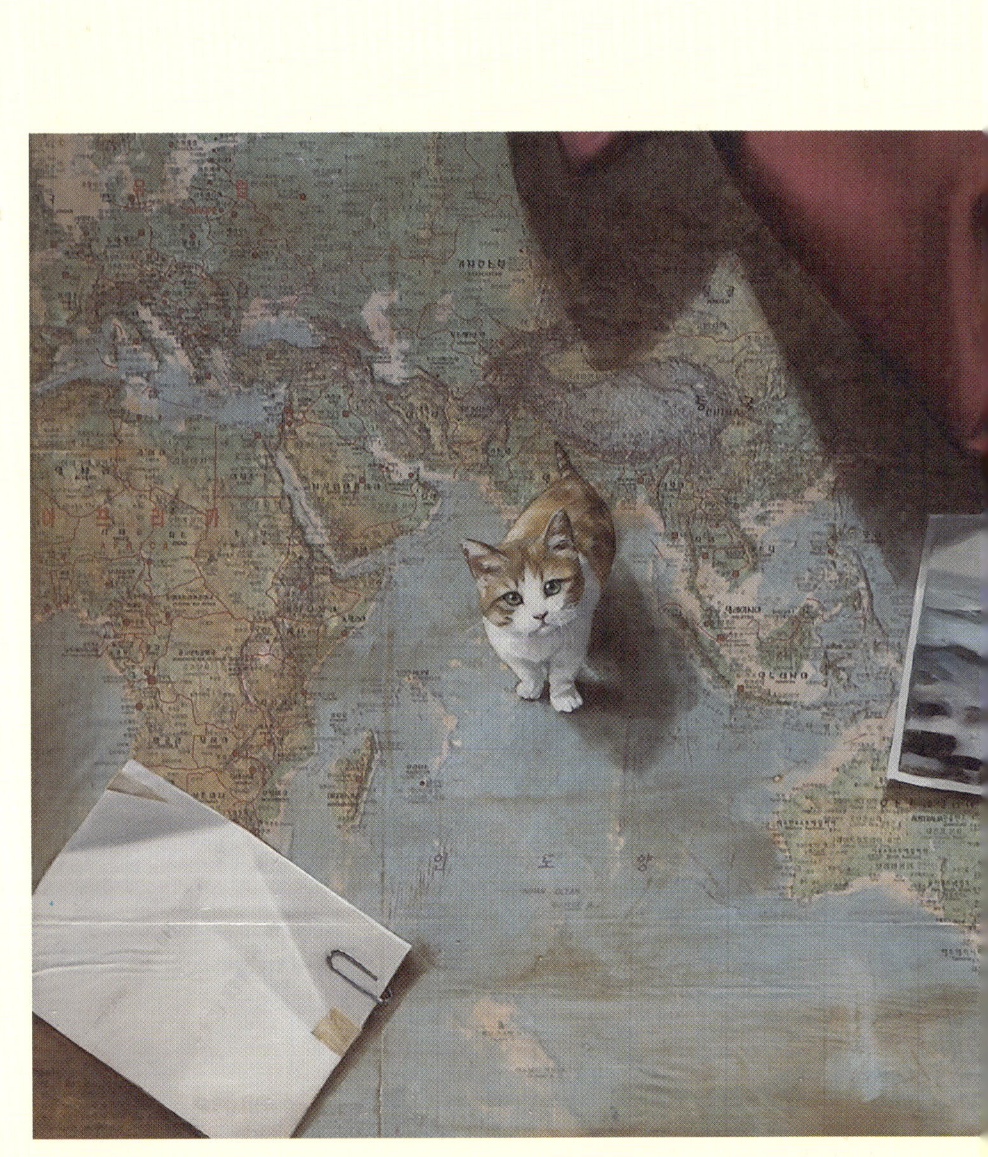

사랑,
고양이처럼 나는
혼자였지만

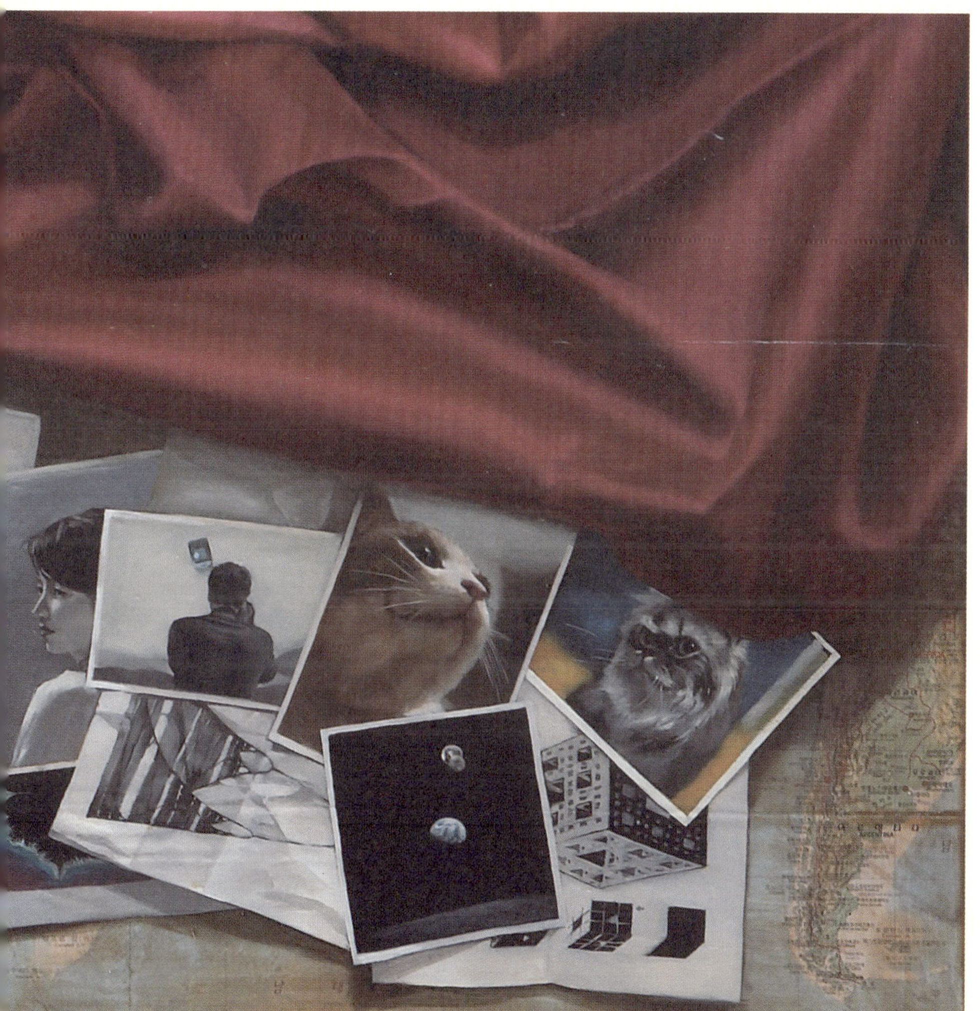

흩어지는 연기를
닮은 사랑

모락모락…… 담배 연기가 정체된 실내 속으로 사라지는 걸 보고 있노라면, 마음이 싸해진다. 투명한 물속을 마블링처럼 퍼져 나가는 잉크를 보고 있을 때도, 예쁘고 아름답고 눈물겨운 그 무엇이 가슴을 흔들어댄다. '점점 더 멀어져간다. 내뿜은 담배 연기처럼…….' 김광석이 노래한 〈서른 즈음에〉의 노랫말 한 구절도 마음을 울린다. 유형의 사고와 경험이 고체화되어 영원히 남을 것 같았던 청년 시절에는 도저히 이해할 수 없는 말. '사랑한다'의 반대말이 '사랑하지 않는다'가 아니라 '사랑했었다'임을 알게 되고, 그 기억마저도 풀어 헤친 머리카락처럼 공기 속에서 흐느적거리다가 연기처럼 희석되고 만다는 게 얼마나 가슴 아픈 일인지.

사랑했던 사람을 그리워하는 건 차라리 달콤한 고통일 것이다. '사랑'이 과연 있기나 했던가 하고 되묻는 나 자신을 발견할 때에는 담배 연기가 생각난다. 잡으려 해도 잡히지 않는 연기처럼, 손가락 사이로 빠져나가는 애절했던 기억들은 어느새 비어버린 기억이 되고 만다. 이제는 무형의 것들이 질량도 형태도 없이 기억 속에서 사라져간다. 이러한 슬픔은 무엇으로 표현해야 할 것인가? 허무한 것인지, 공허한 것인지, 마냥 슬프지만도 않은 이 머쓱거리는 심장의 정체는 무엇일까? 이러한 기분도 머잖아 연기처럼 사라지겠지만 말이다.

홍대 정문 앞 삼거리의 왜소해 보이는 삼각 횡단보도가 오가는 학생들로 넘쳐흘렀다. 정문 앞의 이층 카페에 앉아 그들을 내려다본다. 보행 신호가 바뀔 때마다 사람들은 모래시계처럼 우수수 빠졌나갔다가 다시 채워지기를 반복했다. 그들을 보고 있노라니 마치 최면에라도 걸린 듯 몽롱해지기 시작한다. 눈꺼풀이 점점 더 무거워지지만, 주책없는 외로움은 빗길에 젖어든 청바지처럼 내 종아리에 차갑게 달라붙어 있었다. 빨간 우산 파란 우산 검은 우산…… 나는 외로움과 최면과 추위에서 깨기 위해 밍밍하게 식은 커피잔을 들었다.

홀에는 연인처럼 보이는 두어 커플이 띄엄띄엄 앉아 있었다. 그들이 속삭이는 대화는 두 사람 사이의 내밀한 사랑의 대화였지만, 손님이 없는 오전 시간대의 적막한 공간이어서 사적인 거리를 유지한 내 귀에까지 들려왔다. 대화가 들리지 않는 양 커피를 들이킨다. 주말엔 어떤 영화를 볼지, 새로 산 신발이 그의 눈에 예뻐 보이는지, 중간고사 준비를 어떻게 할지, 자기를 얼마나 사랑하는지……. 여자는 목을 곧추세우고 고개를 살짝 비틀어, 무던한 등을 보이고 앉은 그에게 사랑스러운 유혹의 몸짓을 보낸다. 그냥 보기에는 영원히 헤어지지 않을 것 같은 커플이다. 하지만 나이를 생각해보면 그들도 꿰어지는 구슬의 하나로 서로에게 남을 것이 분명하다.

이별이 끔찍이 힘들던 때가 있었다. 20대에는 한 번, 두 번, 세 번……. 반복되던 이별 앞에 나는 침착해져갔다. 어느 해 초겨울에 헤어지던 날, 그의 눈물이 가로등에 반사되어 별처럼 빛났다. 그는 엄마를 잃은 아이처럼 동동 굴렀다. 하지만 나는 안다. 오래지 않아 그는 다른 이를 만나 또 사랑을 속삭이고 변함없는 사랑을 맹세하고 다시 또 헤어지리라는 것을. 지금은 지옥 같은 절망이겠지만, 지금은 다시 없을 고통이겠지만, 꼭 쥔 주먹은 주체할 수 없는 분노로 피를 흘리고 있지만 곧 아물 것이다. 별일 아니었다는 듯 작은 흉터를 남기고 우연히 그 흉터를 보기 전까지는 기억 속으로 사라질 것이다. 어쩌다 마주쳐 안부를 묻게 되면 그들은 묻지 않은 이야기도 한다.

"너 때문에 이제 웬만큼 힘든 건 힘든 것 같지도 않아. 그리고 난 이제 여자에게 채이지도 않아. 다 네 덕분이야. 고마워! 고맙다고 해야 할지는 잘 모르겠지만⋯⋯."

　길을 나선다. 갑자기 내린 비에 근처 편의점에서 산 칙칙한 체크무늬 우산을 하늘 높이 펼쳐 들고 나도 그 횡단보도 위에 섰다. 길 건너에 나를 마주한 사람들이 하나둘 늘어간다. 나는 어색하지 않게 그들을 살핀다. 아는 얼굴이 별로 없다. 당연한 일인데도 짐짓 서운하다. 그들도 나와 비슷한 표정으로 마주한 익명의 우리를 대치한 채 살핀다. 어색한 몇 분간 우리는 이미 한 가지 공통된 의견에 도달한다.

　'이곳엔 그리운 그 누군가의 얼굴은 없다⋯⋯.'

　신호가 파란불로 바뀌기도 전에 하나둘 화가 난 듯, 혹은 바쁜 듯 길을 건넌다. 이제는 사람을 만나는 게 어색한 나이도 아니다. 새내기 때의 설렘도 종적을 감춘 지 오래다. 나를 스쳐가는 많은 얼굴들을 빗속에서 사이에 두고 씁쓸하게 생각한다. 헤어짐과 만남을 반복했던 내 20대의 사랑을⋯⋯. 과연 사랑은 존재하는 걸까? 아니 꿈꾸었던 영원한 사랑은 가능한 걸까? 스무 살 때 내 입에서 튀어나오는 사랑이라는 단어에 지겨운 표정을 짓던 30대들의 표정을 이제는 이해하게 되었다. '사랑'만큼 흔하고 진부한 단어가 또 있을까. '사랑'은 그저 흩어지는 연기처럼 희미해져갔다. 서른이 코앞인 나에겐 사랑이란 순진함과 촌스러움의 다른 이름이었다. 그리고 그를 알게 되었을 때 나는 이미 사랑에 대한 기대를 저버린 지 한참이 지난 후였다.

지도 위, 당신과
나의 좌표

나는 가장 멀리, 가장 현실성이 먼 그를 선택했다.

그를 만날 즈음 나는 예고와 지방의 국립대학에서 파트타임 강의를 하고 학원 아르바이트도 줄여 주말에는 개인전 작업을 병행하던 중이었다. 여전히 바빴다. 그리고 꾸준히 사람을 소개받았다. 정말 간단한 이유에서였다. 나라는 사람도 평범하게 결혼이라는 것을 해야 할 것 같아서였다. 그런데 제법 많은 사람을 1년 넘게 소개받으며 깨달은 사실이 하나 있었다. 무난한 성격에, 무난한 가치관과, 무난한 외모를 가졌다고 생각했던 나는 상대가 어떤 사람이든 눈높이를 맞출 수 있을 거라 생각하고 지냈었는데, 정말 다양한 사람들을 만나며 발견한 한가지 중요한 진실은 의외로 나 자신의 기막힌 성향에 관한 것이었다. 나는 결코 지금껏 내가 생각해온 그런 평범하고 무난한 사람이 아니었다. 오히려 반대였다.

늘 학업과 일을 병행해왔기에 사람을 대하는 일이 껄끄럽지 않았다. 그런데 친구나 단순 연애 대상에는 가능한 그런 너그러움이 결혼을 염두에 두었을 때는 통하지 않았다. 사소한 거슬림조차 결코 지나치지 못하게 하는 남자들을 연이어 만나며, 나는 나와 정말 비슷한 사람을 만나거나 아니면 까칠한 나 혼자 살아야겠다고 결론을 내렸다. 결혼은 누구나 다 할 수 있는, 가만히 있으면 저절로 지나가는 그런 무난한 통과의례가 아니었다. 나는 너그러이 누군가에 나를 맞출 수 있는 착한 사람이 아니었다. 피상적으로만 생각해왔던 내 모습이 날카롭고 이기적인 무기 같다는 사실을 깨달은 순간 나는 담담해졌다. '아…… 난 혼자 작업이나 하며 고양이들과 살아야겠구나…….'

하고 싶은 작업과 연애를 바꾸기에는 작업에 대한 미련이 너무 많았다. 그래서 그를 택했다. 그가 어떤 목적으로 소개받으려 하는지는 알 바가 아니었다. 적어도 태평양 건너에 사는 그의 현실은 나에게 좋은 핑계거리가 되어주리라 믿었다. 그는 나를 주말에 붐비는 강남으로 불러내지 않을 것이며, 자주 데이트를 못한다고 화를 내지도 않을 것이며, 결혼하면 그림은 취미 정도로 생각했으면 좋겠다는 말도 하지 않을 거란 사실…….

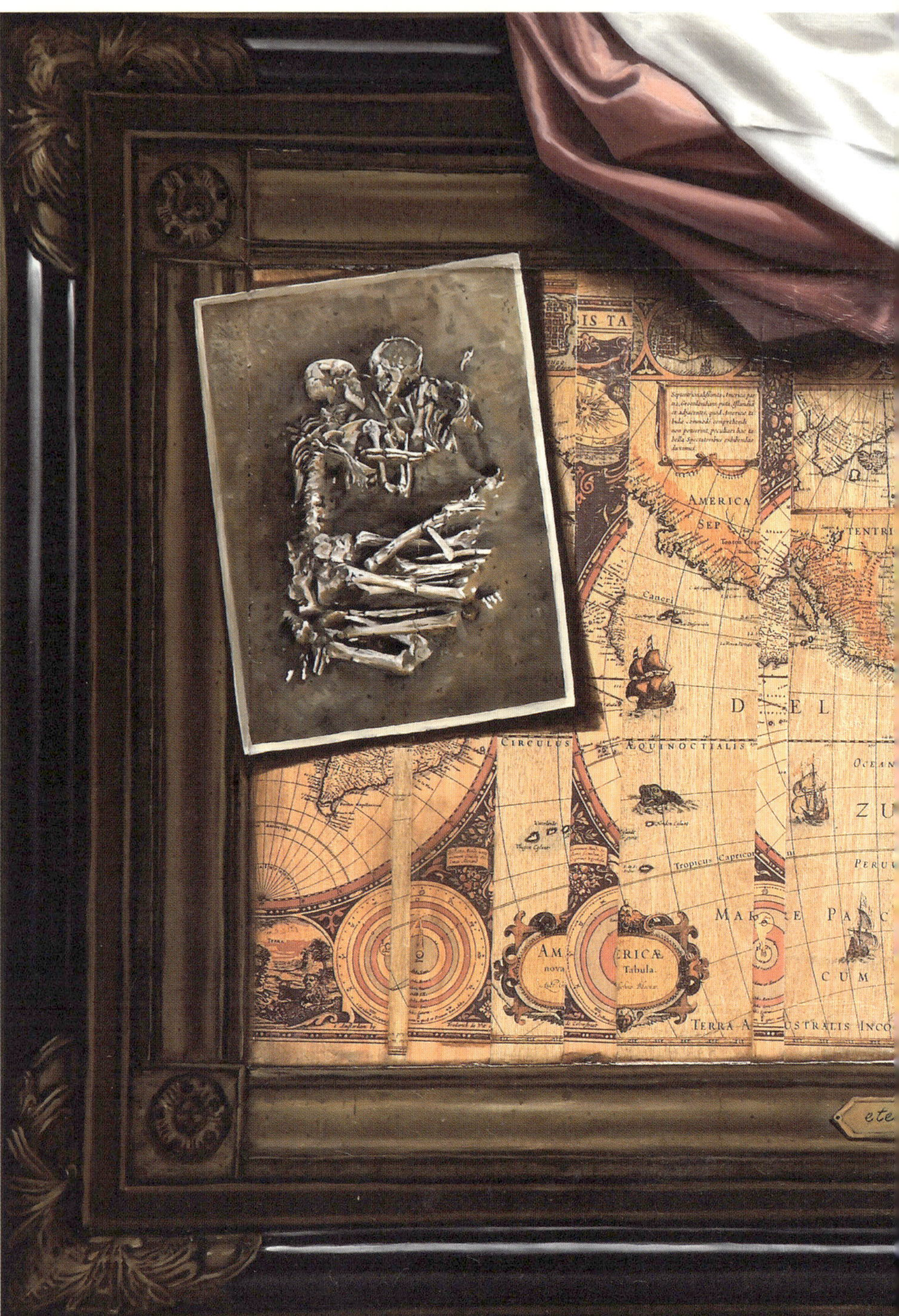
IS TA
AMERICA
SEP
Cancri
D EL
CIRCULUS
ÆQUINOCTIALIS
OCEAN
ZU
Tropicus Capricor
PERU
AM ERICÆ
nova Tabula.
MAR E PA
CUM
TERRA A USTRALIS INCO

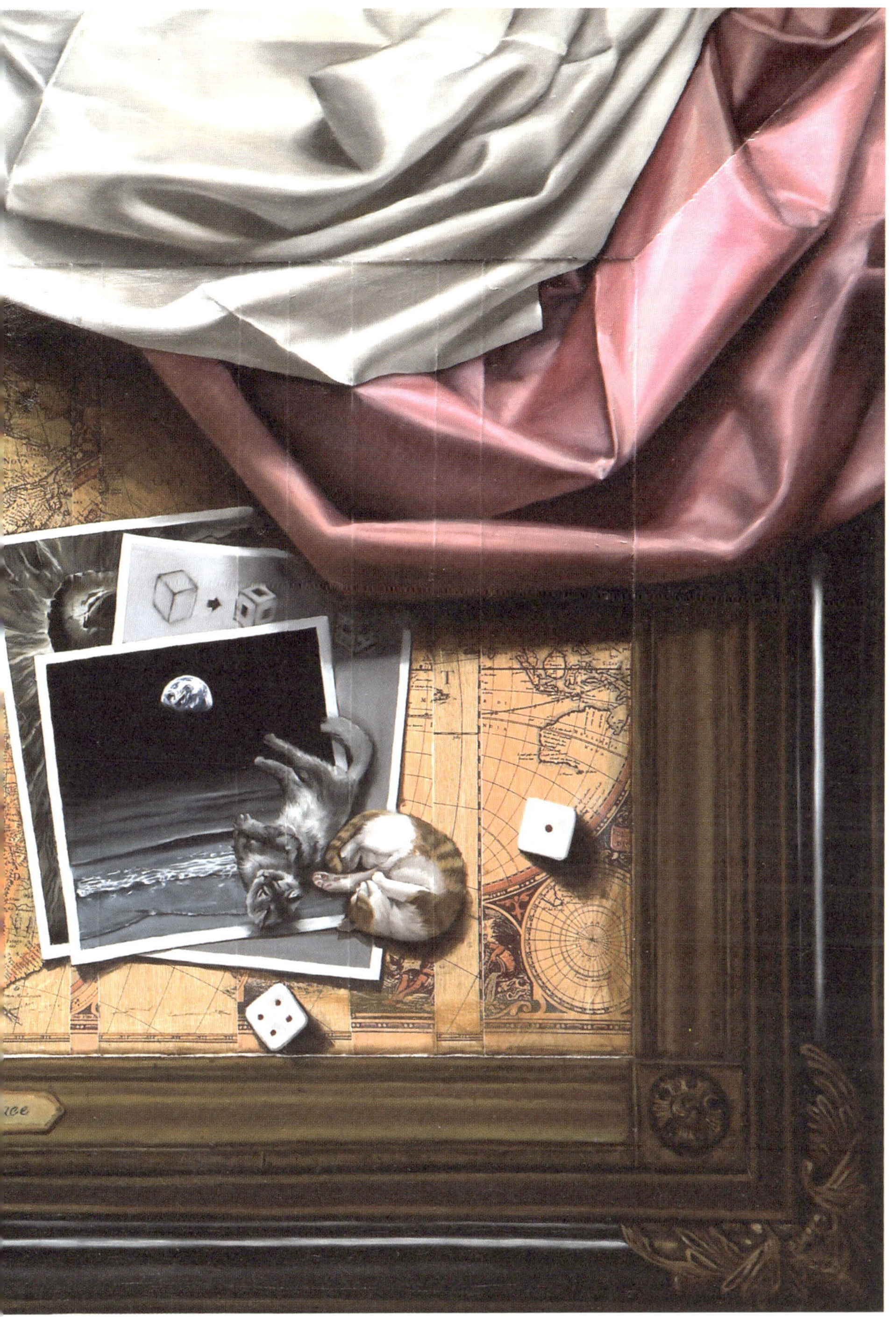
nce

나는 그저 새로운 분야에 대한 관심과 좋은 펜팔 친구 하나 사귀려는 심정뿐이었다.

그가 예고 없이 한국 출장을 와서 처음 만나자고 전화한 날, 나는 전시 때문에 큐슈에 있었다. 전화를 받으면서도 내 예감이 적중했음을 확신했다. 우린 가까워질 운명은 아닌 거라고. 굳이 대면으로 만날 필요성을 찾지 못하고 심드렁하던 나에게, 출장이 하루가 연장되어 내가 귀국하는 날 만날 수 있을 거라고 그가 말했을 때에도 "아……네. 뭐, 잘 됐네요."라고 감흥 없이 짧게 대답했다. 내 무미건조한 답변에 그도 꽤나 무심했던 걸로 기억한다. 아침 비행기를 타고 귀국한 나는 귀찮음 반 피로 반인 몸 상태로 겨우 약속 장소로 나갔다.

"사람을 잘 본다고 생각하시나요?"

2월의 마지막 날에 만난 그가 자리에 앉자 물었다. 나는 잠시 생각하다 내팽개치듯 대답했다.

"아뇨. 전 제가 제 발등 찍는 스타일이에요."

그의 눈에 힘이 들어간다.

나른하던 그의 입술에 궁금증이 피어오른다.

"왜요?"

"지금까지 늘 그래왔으니까요……. 돌이켜보니 늘 제가 보고 싶은 대로 봐놓곤 상대가 변했다고 힐난했는데, 이것이 반복되는 패턴을 보니 제 탓이더군요. 저 사람 잘 못 봐요. 하하하."

나는 그에게 어떤 기대가 없었다. 그는 열두 시간 동안 비행해야 갈 수 있는 곳에 사는 사람이고 나는 이곳 서울 하늘 아래 1주일의 휴가를 내기도 빠듯한 쓰리잡 비정규직인 인력이었다. 나는 나를 포장하기에도 지쳐 있었다. 충분히 무례함을 느꼈을 법한 나의 거침없는 태도에도 불구하고 신기하게도 그는 조심스럽게 호감을 보이기 시작했다. 그는 서글서글한 듯 말솜씨도 좋고 언제나 더하지도 덜하지도 않게 말쑥한 사람이었다.

호텔 라운지의 카페 테이블 밑으로 하얀 면직 테이블의 꼬리가 그의 긴 허벅지 위에 얹혀 있었다. 장거리 해외출장에 많이 피로한 듯 그의 입술은 하얀 각질이 일어 건조해 보였다. 다소 여성스러운 골격의 턱을 한 손으로 감싸 쥔 그는, 다양한 관심사를 가진 재미있고 독특한 이공계열 인력이었다. 차라리 그가 누가 봐도 무난한 생김새에, 무난한 성격에, 무난한 가치관을 가진 듯 보였다.

그날 나는 그에게 맞추고 싶은 나 자신과 꾸준히 부딪혀야 했다. 연이은 그의 호기심 어린 질문에 나는 일관되게 나의 생각을 솔직하게 말하려고 애썼고, 그가 내 마음속에 너무 가까이 들어오지 않기를 바랐었다. 솔직한 두 사람의 대화로 이야기는 점점 깊어갔고, 자포자기로 시작한 기대 없던 만남은 혼란스러워지기 시작했다. 우리는 매우 비슷한 가치관을 가지고 있었다. 단순명료하지만 비교적 긍정적인 나에 비해 안경 너머 그의 깊은 눈빛은 어딘지 모르게 쓸쓸해 보였다. 우리가 마주한 테이블은 한 팔의 길이였지만 대화 내내 깔려 있던 우리의 물리적 거리에는 태평양이 마주하고 있었다. 그가 살고 있다는 샌프란시스코 만이 궁금해지기 시작했다. 그저 단어로만 존재하던 실리콘밸리에 대해서도 나는 너무 모르고 있었다는 생각이 들었다.

즐거운 대화였지만 알 수 없이 불안하기도 했다. 내일 출국한다는 그를 보내며 재회하기는 힘들 것 같았다. 나의 의지가 아니라 나의 감각이 그렇게 말하고 있었다. 두 사람 모두 비행으로 인한 피로 때문인지 몽롱하고 얼떨떨한 만남이었다고 나는 결론을 내렸다. 나는 그에게서 불안을 느꼈고 그는 나에게서 그가 믿지 않는 단호함을 보았던 것 같다. 그는 나의 단호함이 어떤 것인지 궁금했을 것이고 나는 그의 불안의 원인을 알 수 없어 답답했다.

우리는 그렇게 서로에 대한 호기심으로 태평양을 사이에 두고 대화를 시작했다. 먼 거리를 극복하기 위해 다양한 기술들이 등장했다. 시차와 통신비용, 시간이 갈수록 멀어지는 실체……. 한 발 더 나아가 어이없게도 한국과 미국을 오가며 연애를 했다. 밀린 작업에 대한 부담감 때문에 주말에 홍대에서 강남에 가는 것도 부담스러웠던 내가 말이다.

시작한 이상 열심히 달려보기로 했다. 내 생애에 정말 사랑했던 사람과의 연애 정도는 꼭 필요한 챕터니까……. 그것이 해피엔딩이든 새드엔딩이든 말이다. 늘 일의 뒷전에 밀려 있던 내 빈곤한 사랑이 한 번쯤은 빛을 보게 되리라 믿으며 나는 나를 걸어보기로 했다.

후일, 왜 자기를 택했냐며 그가 묻는다.

"응……. 인생의 쓴맛 단맛 다 본거 같아서. 우리 둘 다 비슷하잖아. 멀쩡해 보이는데 속은 아프고 병들고 가난하고……. 하하."

그리고 나는 눈빛으로 그에게 덧붙였다.

'너를 보면 아프고 지친 내가 떠올라. 그래서 좀 더 좋은 인간이고 싶어. 너와 함께라면…….'

타임스퀘어에서는
사랑할 시간이 필요하다

처음으로 미국 여행을 하게 된 실질적인 동기는 양파 같은 그를 그의 터전에서 만나기 위해서였다. 아니 그의 마음을 확인하고 싶어서였다. 그는 손에 잡힐 듯 잡히지 않는 신기루 같았다. 그에게 숨겨진 연인이 있는 건 아닌지, 그가 얘기해온 그의 정보가 얼마나 일치하는지, 도통 알 수 없는 그를 존재하는 실체로서 이해하고 싶어서였다. 내 눈으로 확인하고 싶었다. 그의 방과 그의 흔적을.

그가 제의한 미국으로의 돌발적인 휴가를 내가 수락하자, 그는 친절하게도 전화상으로 여행 일정을 짜주었다. 그는 능숙하게 혹은 익숙하게 샌프란시스코와 서울간의 국제 항공권과 미국 내 뉴욕―샌프란시스코 간 왕복 항공권을 끊으라고 추천했다. 그럴 때마다 경험과

지도상에서 그가 항상 나보다 우위에 있다고 느껴졌다.

그렇게 시작된 미국 여행의 첫인상은 아주 오래전 서울에 갓 상경해 지하철을 처음 보았을 때처럼 극명한 대조였다. 월스트리트의 지하철에는 서울에서보다 많은 이들이 어깨를 부딪히며 걸었고, 서울의 거리에서 본 노숙자에 비해 당황스러울만큼 위협적인 노숙자들이 가득했다. 나는 관찰자였기에 언제나 현상의 이면이 함께 보였다.

5년차 뉴요커인 후배 J의 안내로 타임스퀘어 앞에 섰다. 타임스퀘어에선 세상의 모든 브랜드가 제 몸을 상품으로 팔고 있었고, 그마저도 안쓰러워 보였다. 번쩍이는 네온사인은 에너지가 넘친다기보다는 애처롭게 노력한다는 인상이었다. 나는 이 대도시가 불안했다. 미국을 폄하할 생각은 없었다. 그저 내가 처음 서울의 거대한 익명성을 느낀 그날처럼 미국으로 대표되는 그 도시 뉴욕은 거대하고 무심했다.

타임스퀘어에 걸린 현란한 간판들은 번쩍이는 화려함을 내세워 우리의 잠재된 욕망을 자극한다. 왼쪽에서 시작한 전등의 점멸이 네모난 간판의 가장자리를 한 바퀴 돌아 제자리에 오자, 빨리 흘러가는 시간을 기억하라는 듯 전체가 한 번 동시에 번쩍인다. 움직이는 거대한 LED 간판 속에서 수없이 많은 소립자가 수시로 색을 바꾸며 신입 관광객인 나를 유혹한다. 이렇게 내가 사라질지도 모르니, 어서 나를 가지라는 듯 말이다.

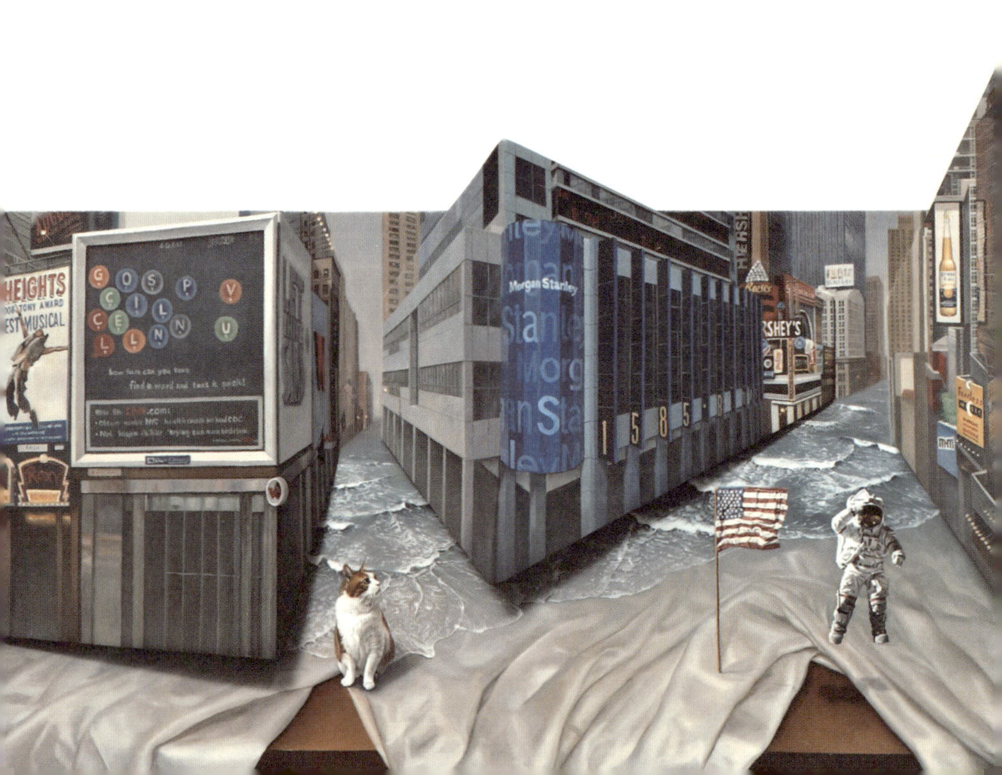
HEIGHTS
FOR TONY AWARD
EST MUSICAL
GOSPY
CILIL
CELNN
LNNU
how fast can you text:
find a word and text it quick!
Morgan Stanley
Stanle
Morg
anSta
1 5 8 5
HERSHEY'S
HERSHEY'S

하지만 이곳,

미국 특유의 텅 빈 고독을 가득 담은 풍경 속을
여전히 거닐고 있는 이유는 아직은 미완인 장소에 대한
나의 고민을 더 연장하기 위해서이다.
관광지의 도시는 기념비나, 광장, 거대한 궁전,
이국적인 공공건물이 지탱하겠지만,
타향에 머무르는 이방인에게 도시는 영원히 닫혀 있는
그곳의 집이다.

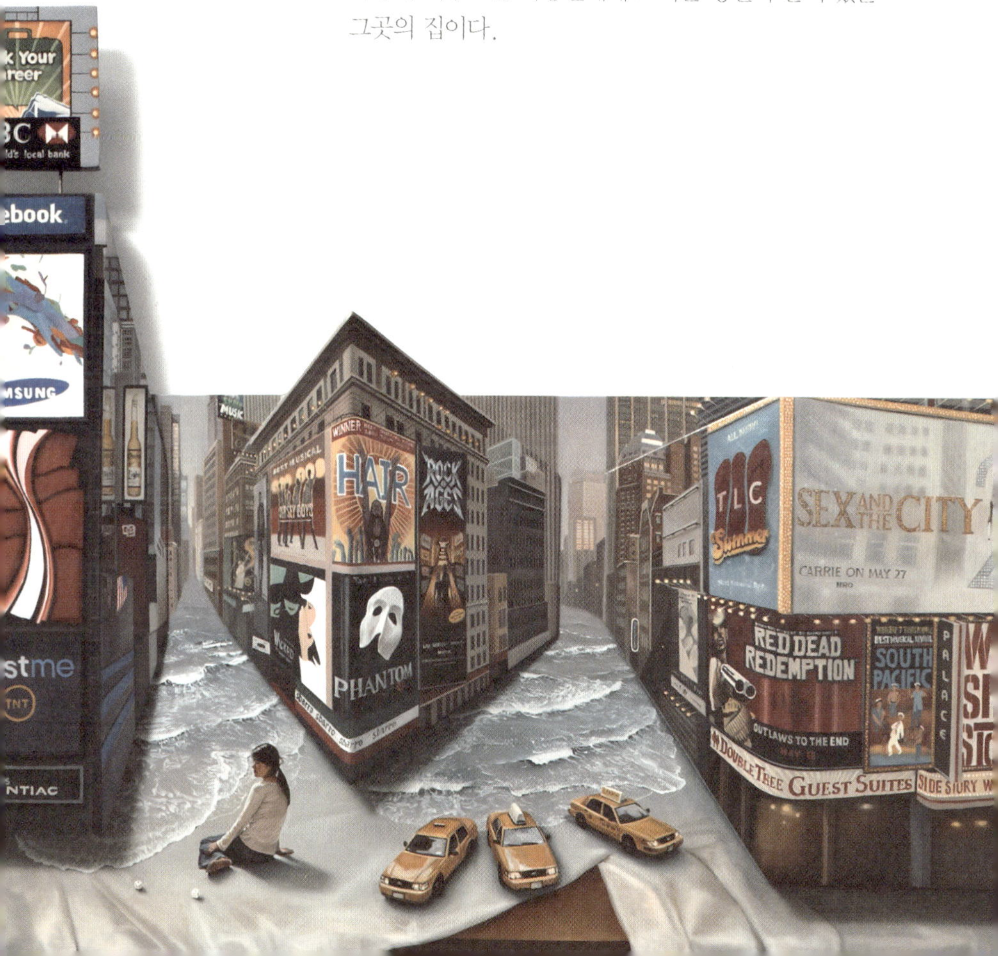

이러한 타임스퀘어의 미학, 재빨리 지나가고 덧없이 사라지는 것들에 대한 감상을 우울한 광기의 산책자 보들레르는 현대성이라 불렀다. 번쩍이는 스포트라이트를 받고 있는 환희의 순간을 포착한 열정적인 그림들이 나의 방에 나만이 아는 우울을 끄집어냈다. 적막하고 사적인 나의 공간에는 없는 것들을 이곳에서 채우라고 유혹한다. 하지만 조금만 이곳에서 시간을 보내다 보면 그 반복되는 화려함에 권태를 느끼게 된다. 해가 지자 거리는 현란한 조명의 색들로만 채워졌다.

그날 밤 뉴저지에 사는 결혼한 고향 친구에게 신세지기 위해 옐로캡을 탔다. 유유히 흘러가는 허드슨 강을 바라보며 멀어지는 화려한 맨해튼을 해석해보려 노력한다. 독일에서 왔다는 택시기사는 친절한 인사를 건네고는 익숙하지 않은 행선지인 뉴저지의 정보를 얻기 위해 어딘가로 전화를 한다. 푸른 불빛들이 검은 수면 위로 일렁인다. 성적 욕망을 자극하지 못하는, 유행에 뒤떨어진 사인은 철수된다. 타임스퀘어의 M&M 초콜릿 간판은 철 지난 유행과 같이 그 보잘것없고 작은 초콜릿들이 단지 대량 브랜드로 존재하는, 현대적인 상품의 누추한 진실을 드러냈다. 누군가의 손에서 튕기고 눌리고 갈라져 깨진 구슬 같은 작은 초콜릿 알들은 머잖아 쓰레기통에 버려진다. 정형화된 반짝이는 웃는 표정의 토끼는 '메이드인 차이나'라는 꼬리를 달고 있다. 아마 그 토끼를 만든 중국의 노동자는 일생 동안 한 번도 이곳 미국을 방문하지 못할 것이다. 바르게 채워지고 포장된 상자 내에서만 기능하는 화려한 이면의 미국표 상품들은, 뒤집거나 그리드에서 멀어지는 즉시 최음제로서의 기능을 잃어버린다.

자극을 열망하지만 동시에 자극에 반응하지 않는 무감각한 나는 새로운 것을 향한, 돌고 돌지만 결론 없는 탐색에 착수했다. 과잉된 이곳의 자극은 역설적으로 지루함과 동일반복성의 비참함으로 귀결되지만, 또 한편 우리로 하여금 무언가 새로운 것을 찾는 열광적이고 신경쇠약증적인 인성을 만들어낸다. 그 화려함 속에 사랑이 없다면 말이다. 쏟아지는 정보가 시큰둥해졌다. 타임스퀘어는 금방 떠나와 그곳을 떠올리는 것만으로도 나를 지치게 만들었다. 나는 좀 더 시간에 대해 고려할 필요가 있다. 사랑을 영글게 할 시간…….

샌프란시스코로 돌아와 타임스퀘어를 떠올리다 엉뚱한 생각이 잠깐 든 나는, 내 두 눈을 양쪽 집게손가락으로 반쯤 잡아 쥐고 그를 향해 방긋 웃으며 말했다.

"사랑해."

그가 기겁을 하며 얼굴을 최대한 나에게서 멀리 한다. 내 얼굴이 그렇게나 망가질 수 있다는 게 놀라웠을 것이다. 그리고 얼떨떨하지만 새로웠을 것이다. 타임스퀘어의 화려하고 열정적인 간판처럼 연신 애를 써서 그를 유혹하려던 내가, 그는 분명 지루해지려던 찰나였을 것이다.

패배한 사랑

전화가 없다. 처음 만난 이후로 그는 매달 한국으로 출장을 왔다. 대학원 졸업 후 S그룹에서 병역특례를 마치고 그는 미련 없이 미국의 한 회사에 취직해 실리콘밸리에서 근무하고 있었다. 유학을 하지 않고 미국 회사에 바로 취직한 것도 별난 이력이지만 엔지니어에서 마케팅 쪽으로 업무 영역을 전환한 사례도 보기 드문 경우라고 한다. 그런 그가 한국에서 출장을 끝내고 미국으로 향하는 비행기를 탈 때는 어김없이 나와 이별이라도 하는 듯한 모양새다.

그는 내가 마음에 안 드는 걸까? 아니면 그저 바람둥이인가? 그는 언제나 빈틈이 없었고 능숙했으며 모르는 분야가 별로 없었다. 나와 통화하면서 내가 뱉는 단어들을 벌써 화면의 링크로 불러들이는 그

는 스마트하기도 하지만 약기도 했다. 전화를 하겠다고 하는 그의 말
은 그저 듣기에도 거짓말로 들렸다. 그의 몸은 언제나 이별을 말하고
있었다. 그 연유를 알고 싶었지만, 대답할 그가 아니었다.

그를 만나기 전의 내가 연애와 아주 거리가 먼 사람은 아니었다.
언제나 내 삶의 중점이 일이었을 뿐, 나름 주변의 인연들과 연애를 해
왔던 내가 남자를 모른다고 생각하지는 않았다. 단지 어려운 가정형
편과 놓을 수 없는 꿈 때문에 20대를 쉬지 않고 달려온 내 기준에는,
한 가지 일만 잘하는 남자들에게서 기대고 싶다는 안정감을 찾지는
못했다. 나는 어쩔 수 없이 강한 여자였으며, 연애 상대와는 언제나
가혹하게 끝을 맺곤 했다. 더러는 미안하기도 했고 그런 이별을 고해
야 하는 내 모습이 서글프기도 했다.

연이은 연애에서 내가 느낀 공통점은 외로움이었다. 늘 학업과 일
을 병행해온 나의 밀도 높은 고민을 덜어줄 수 있는 사람이 없다는
것이 한없이 외로웠다. 그들은 대개 적당한 수준에서 합의하고 포기
하라고 권했지만 내가 수용할 수 있는 기준에 못 미쳤다. 평범한 여
자로서는 특별한 기대가 아닐 수도 있지만 나는 때로는 기댈 수 있는
연인을 원해왔었던 것이다. 나는 회사일과 사적인 일을 철저히 구분
해 능숙히 자신의 삶으로 영위하는 그를 보며 막연히 접어두었던 그
바람을 다시 끄집어내고 있었다.

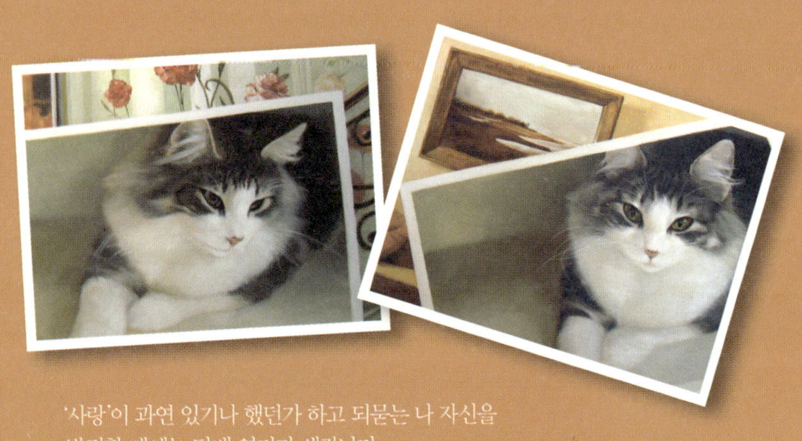

'사랑'이 과연 있기나 했던가 하고 되묻는 나 자신을
발견할 때에는 담배 연기가 생각난다.
잡으려 해도 잡히지 않는 연기처럼,

손가락 사이로 빠져나가는 애절했던 기억들은
어느새 비어버린 기억이 되고 만다.

그는 음악을 무척 좋아한다고 했다. 그리고 영화를 보는 취향도 비슷했다. 또 나와 같은 지방 출신의 서울 유학생이었다. 그럼에도 불구하고 한국에서만 공부한 것 같지 않다는 이야기를 그도 나도 종종 듣곤 했다. 그가 좋은 조건의 사람이라는 건 잘 알고 있었다. 호감 가는 외모를 가졌다는 것도 알고 있다. 하지만 그를 좋아하게 된 건 단지 그런 이유들 때문만은 아니었다.

그림이나 글이 누군가의 마음에 와 닿는 건 수용자도 그런 유사경험이 있기에 가능한 일이다. 진부하지만 누구나 공감할 수 있는 이야기에서 세계적인 명작이 나오는 이유와 같다고 생각한다. 그런데 그는 무척이나 예술에 대한 기호가 병적이다. 아마 그의 예술적 허영이거나, 지금까지 특별한 아픔이 없었다는 그의 말이 거짓일지도 모르는 일이었다.

비행기를 탄 그는 도착한 곳의 공항에서 짧게 전화하는 경우도 있었다.

"응, 나 잘 도착했어. 집에 가서 전화할께!"

서너 시간을 기다려도 연락이 없으면 그에게 내가 전화를 하곤 했다.

"아, 미안……. 그런데 내가 지금 뭘 하던 중이었거든? 10분 후에 다시 전화할께."

10분 후에도 10분 전에도 그가 전화를 하지 않겠다는 말이다.

그리고 나에게 전화를 기다리라는 말이기도 했다. 전화를 하지는 않겠지만 영원히 전화가 오기를 기다리라는 저주처럼 들렸다. 전화를 기다리는 나는 심장을 송곳으로 쿡쿡 쑤시는 것 같은 통증을 느꼈었다. 그가 전화를 하지 않는 것은 그의 신변에 불미스러운 일이 생긴 게 아니라, 그저 그가 전화하고 싶지 않았기 때문이다.

오랫동안 '어른 어린이'인 고등학생들을 가르치다 보니 알게 된 몇몇 깨달음 중 하나는, 말이란 정보를 전달하기도 하지만 정보를 왜곡해서 전달하기도 한다는 것이다. 특히 마음에 관한 한 많은 말들은 액면 그대로의 말이 맞을 확률이 절반도 되지 않는다. 내 마음은 아무도 몰라야 하는 나만의 무기인 것이다. 진심은 절대로 밝혀지면 안 된다.

그가 전화를 하지 않으면 나는 캔버스를 짰다. 전화기를 소파에 두고 젯소를 칠하고, 음악을 들으며 산책을 했다. 낡은 국방색 수동 아반테 승용차로 강변북로를 미친 듯이 질주했다. 그것도 아니면 울면서 이를 닦거나, 홀로 차에 앉아 심장을 펑펑 때리며 내리치기도 했다. 전시가 다가와도 집중할 수가 없었다. 예전에 나는 연인으로부터 전화가 걸려오면 곧 전화하겠다고 하고선 약속을 잊고 일에 골몰하기가 일쑤였다. 언제나 일에 뒷전이 된 연인으로선 늘 나에게 불만이 많았고 나는 그들이 이해심이 부족하다고 여겼지만, 돌이켜보면 내 마음의 크기가 별로 크지 않았던 것이다.

그는 삼사 일이 지나도 연락이 없다. 이대로 헤어지는 것임을 깨닫고 마음의 준비를 시작할 무렵 그는 엉뚱하게 전화를 한다.

"너 왜 전화 안 해?"

"응? 오빠가 전화한다며?"

"그런다고 정말 전화를 안 하냐?"

"쿡쿡. 그런데 오늘 재미난 뉴스 있던데, 그거 봤어?"

나는 아무렇지 않은 척 화제를 재빨리 돌리지만 내 마음은 기쁨 반 슬픔 반이었다. 그를 퍽 많이 좋아하고 있었기에 왜 전화하지 않는지, 왜 더 가까워지려 하지 않는지, 왜 공항에서는 매번 다시 만나지 않을 것처럼 이별하는지…… 따져 묻지 않았다. 그에게 시간이 더 필요할 수도 있고, 나를 그렇게 좋아하지는 않을 수도 있으니 말이다. '너 왜 전화 안 했어?'라는 문장 앞에 숨겨진 말 이외의 현상을 있는 그대로 받아들이기로 했다.

처음 나를 봤던 그는 마치 정해진 패턴처럼 여자를 배려하는 사람이었다. 의자를 빼주고, 선물을 사 오고, 재미있는 이야기를 하고, 내 오른쪽 어깨가 젖지 않게 우산을 바짝 씌워주었다. 그는 준비 없는 말은 하지 않았다. 정리되지 않은 상황도 싫어했다. 그는 어떤 형태로든 부딪히지 않는다. 그는 나의 다음 행동을 예상하고 있었으며, 정답지를 따라가는 나의 반응을 나른하게 지켜보았다. 그 나른함에 이의를 제기하고 싶지만 그냥 참는다. 그가 나를 대하는 방식에는 이미 그를 스쳐간 많은 여자들이 있었다. 하지만 가끔 내가 정답지에 없던 새로운 답을 내놓을 때면 그는 평정을 잃었다. 그의 눈빛이 흔들리는 걸 볼 때마다 어쩌면 그의 마음에 내가 들어갈 수 있을지도 모른다고 생각했다. 시간이 흘러도 나의 기대는 언제나 그 자리만 맴돌고 있었다.

"선봐서 결혼해. 내가 평생 애인해줄게……. 이런 말 비겁하지?"

나는 늘 반응이 느린 사람이었다. 그건 나의 장점이자 단점이다. 감정을 분출하기엔 쏟아진 감정의 덩어리들을 수습하는 게 더 피곤한 일이기도 했고 대개는 해야 할 말을 고르다 때를 놓쳐 그냥 침묵하는 쪽을 선택하기 때문이다. 그래서 성격이 좋다는 애기도 가끔 듣지만 변명이 별로 없는 까닭에 오해도 많이 받는 편이다. 무언가 부조리를 느낄 땐 너무 많은 상념들이 한꺼번에 쏟아져서 그걸 말로 표현하기가 더 힘들다. 그래서 그림을 좋아한다. 함축적이고 그려진 현상으로 존재하니까 더 증명해야 할 게 없다. 말은 핵심을 분석하기엔 엔트로피 지수가 너무 높아지는 것 같다. 더 산만해진다. 이 기묘한 연애처럼.

그의 연애 방식은 짧고 명료했지만 미래가 없었다. 나는 화를 낼 수도 슬퍼할 수도 웃어넘기지도 못해 복잡한 표정만 지었다. 아버지가 심어준 성인 남자에 대한 부정적인 각인 덕인지 그가 그런 말을 할 때마다 나는 화가 나는 대신, 내가 앉아 있던 우단 커버가 씌워진 푹신한 식당의자 속으로 푹 꺼지는 기분이었다. 어차피 연애라든가 결혼에 대한 기대는 없었다. 내가 많이 사랑한다고 인정했다. 그가 원하는 게 무엇이든 맞춰주기로 이미 마음먹은 터였다. 하지만 우리가 가진 공통점을 하나씩 발견해가며 점점 그와 헤어지는 게 힘들어질 무렵, 내가 얼마나 감당할 수 있을지 자신이 없어지기 시작했다. 나는 정말 심장이 녹아내리는 게 아닌가 걱정되었다. 엄마를 그리워한 그때 이후로는 처음이었다. 그의 전화를 기다리는 동안 빈 방에서 엄마를 기다리던 유년의 내가 떠올라, 서글픔에 꺼이꺼이 목 놓아 울었다. 작업실은 슬픔을 감추기엔 좋았지만, 눈치 빠른 친구들이 헤어지라고 권했다.

'어디까지 갈 수 있을까? 어디쯤에서 멈춰야 하는 걸까?'

다시 출장 온 그는 많이 취해서 전화를 했다. 고객사와의 피할 수 없는 술자리를 끝낸 그는 몸을 가누지 못했다. 쓰러지듯 나에게 부축된 그는 흐느끼며 말했다.

"사랑하지만 아무런 약속도 못해서 미안해……."

그는 얼마나 많은 시간을 일에 쏟았는지, 자신이 성취하고자 했던 직업상의 경력이 요즈음 자꾸 의미를 잃어간다고도 말했다. 그리고 그는 사랑에 대한 상처가 있다고 고백했다. 누더기 같은 자신의 영혼을 좀 보살펴달라던 그는 그대로 잠이 들었다. 잠들어버린 그의 좌석을 눕히고 새벽까지 그의 얼굴을 지켜보았다.

그를 위해 기도했다. 핸들을 양손으로 잡고 얼굴을 묻고 기도했다. 아버지가 돌아가시고 나는 늪지 같은 내 인생을 죽음도 두려워하지 않고 파죽지세로 헤쳐왔었다. 인생이 힘든 게 억울하지 않았다. 큰 의미를 담았던 일도 없었다. 화가가 되려던 나의 작은 소망은 이미 이루어졌으며, 앞을 보고 달리는 일이 숨차고 고통스러운 것도 즐길 줄 아는 사람이 되었다. 사랑……. 사랑 또한 내 인생에서는 크게 다른 형태가 아니었나 보다. 언제나 죽도록 애를 써야 하니 말이다. 언젠가 그에게 웃음과 행복과 미래를 안겨줄 수 있는 사람이 꼭 주어지길 기도했다. 그게 반드시 내가 아니라 하더라도 말이다.

미국으로 휴가를 오라는 갑작스러운 그의 제의는, 정말 내가 예상하지 못한 부분이었다. 일이 아닌 다른 이유로 해외에 간 적은 없었다. 어쩌면 그의 실체에 가까워질지도 모른다고 생각하고 결정한 여행이었다. 그리고 어느 정도는 이별을 예상하고 있었다. 그즈음 나는 뉴욕에서 갤러리를 운영하던 팀과 일을 진행하며 뉴욕으로의 진출을 막연히 계획하고 있었다. 그가 이끄는 연애 방식에 처음이자 마지막으로 내가 항변할 날이 눈앞으로 다가왔다. 그를 알기 전의 나로 돌아가고 싶었지만 한국에서는 자신이 없었다. 그와 함께한 추억이 있는 곳에서 그를 떠올리는 것이 자신이 없었다. 나는 이곳을 그런 이유로 떠나야 했다.

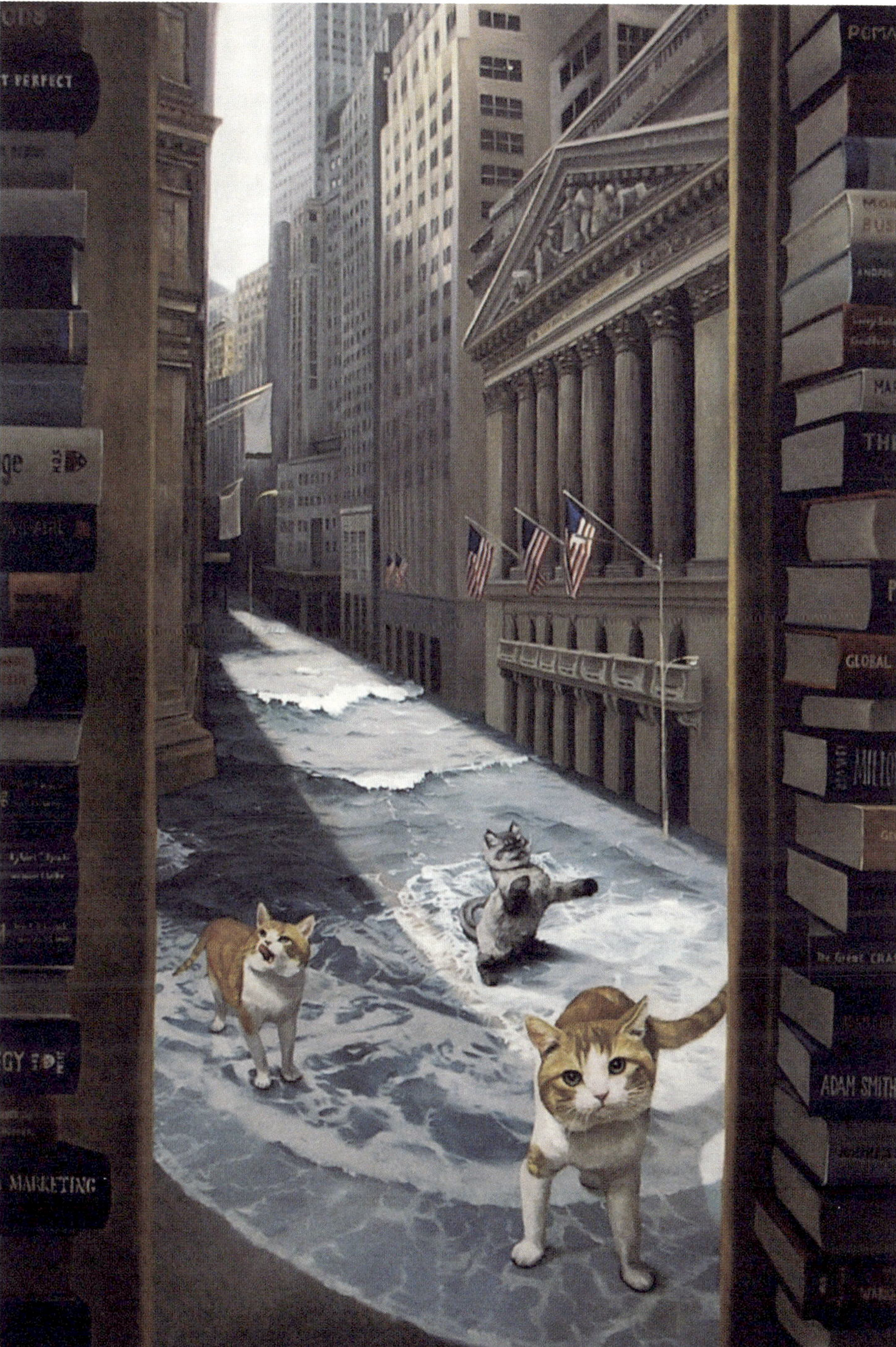

두 번의 식사와 잠을 이룰 수 없는 열두 시간의 긴 비행을 하고서 나는 샌프란시스코 공항에 도착했다. 그는 흰 남방과 시에나 빛 정장바지 차림이었다. 밝고 산뜻한 그의 옷차림과 그의 반듯한 자세가 반갑고 슬펐다. 길지 않은 연애 기간 동안 나는 그의 슬픔을 감추는 듯한 야릇한 미소를 배웠다. 나의 미소에 그는 걱정스러운 눈빛이다. 내 마음속의 결정들이 미소에서 배어나오는 모양이었다.

카펫이 깔린 조용한 계단을 올라 그의 방문을 열자 깨끗하고 검소한 창에서 빛이 쏟아졌다. 그는 내가 좋아한다고 했던 리히터의 '베티'를 화이트보드에 정성스레 그려 벽에 걸어놓았었다. 문득 눈가가 젖어들었다. 상상으로 존재하던 공간을 두 눈으로 확인한 기분이었다. 그는 사적이진 않았지만 그래도 실체로 존재하고는 있었던 것이다. 마음이 조금씩 따뜻해졌다.

그와 함께 소살리토에 갔다. 붉은 금문교를 건널 땐 구름 위에 떠 있는 하늘 위의 다리를 건너는 것 같았다. 낮은 항구의 길은 페튜니어와 제라늄이 둥근 종이등처럼 매달려 있었다. 잔잔한 바다 건너엔 샌프란시스코의 빌딩 섬이 기울어지는 해를 받아 미지의 엘도라도처럼 보였다. 키가 작은 나를 내려다보는 그를 보며 나는 만화주인공인 '태양소년 에스테반'을 떠올렸다. 어린 시절 나의 이상형이었다. 멀리 집을 떠나 엘도라도를 찾아 황금 콘돌과 시아와 함께 떠나는 모험이 나를 설레게 했던 것처럼, 나는 마치 그와 함께 모험을 떠나온 것 같았다. 또 다른 신세계인 엘도라도를 찾아서……

뉴욕으로 가기 전에 그는 나에게 핸드폰을 쥐여주었다. 자주 전화하라는 말과 함께. 뉴욕은 낯설었지만 이 대륙에 그가 있다는 사실만으로도 위안이 되었다. 발신이 안 된다는 걸 알게 되었을 때도 차라리 마음이 편했다. 그는 꼬박꼬박 전화해 안부를 물었고, 비로소 나는 그의 '전화할게'라는 말을 믿을 수 있게 되었다.

샌프란시스코로 다시 돌아온 다음 날, 나는 출근하고 없는 그의 방에서 오래된 '그녀의 선물'을 발견했다. 작은 테이블 밑에 숨겨진 붉은 하트 모양 상자에는 장밋빛 색지로 접은 종이 장미가 빼곡히 들어 있었다. 날짜는 그가 미국으로 건너오기도 훨씬 전이었다.

'사랑하는 시경에게―S로부터.'

나는 해가 지도록 등을 켜지 않았다. 캘리포니아의 황혼은 매우 붉고 장중하다. 서울에서는 느끼지 못했던 화려한 하늘이 방 안을 가득 채웠다. 그에게서 전화가 왔다. 세탁물을 대신 찾아달라며 나에게 차를 맡긴 터라 퇴근하는 그를 데리러 가야 했다. 나는 그의 붉은 하트 상자를 원래 있던 자리로 밀어 넣었다. 상자 위를 덮고 있던 다른 상자들도 그 모양을 기억해 그대로 모양을 잡았다. 운전을 해야 하는데 손이 떨려 한동안 그의 침대 귀퉁이에 앉았다 일어났다를 반복했다.

며칠간의 짧은 꿈은 다시 방 안의 어둠속으로 가라앉았다.

　그에게는 오랫동안 보관해온 장미가 가득한 하트 상자 같은 누군가가 있는 것이다. 그에게 묻지는 않을 작정이었다. 수습이 되지 않는 내 마음을 안고 그를 만나야 하는 게 더 큰 문제였다. 어딘가로 사라지고 싶었다. 서울이었다면 그냥 사라졌을 것이다. 나는 이런 상황이 익숙지 않았다. 그의 회사로 가는 센트럴 익스프레스웨이는 머나먼 숲길을 헤매듯 어둠으로 울창했지만, 나의 바람과 달리 그의 회사는 너무 빨리 나타났다. 그는 너무나 반갑게 나를 맞았다. 내 눈빛을 본 즉시 조금 불안해했지만 그는 연신 나를 부드럽게 만들려고 노력한다. 나도 괜찮아지기 위해 노력했다. 그게 두 사람 모두에게 좋을 것 같았다. 하지만 둥근 능선을 넘어가는 길에서 내가 속도를 줄이지 않자 그는 말했다.

　"우리 커플링 할까? 깔끔한 걸로……."

　순간 분노와 슬픔과 고통이 한꺼번에 밀려왔다. 나는 말없이 운전했다. 그가 나를 애타게 바라보는 게 느껴졌다. 나는 무슨 말을 꺼내야 할지 몰라 앞만 보고 달렸다. 집 근처의 길에 주차를 하자 그가 묻는다. 왜 대답을 하지 않는지. 나는 무어라 대답해야 할까?

　"……무슨 뜻이야? 커플링 하자는 말은?"

　"왜……? 싫은 거야?"

한참을 마음을 가다듬어 그에게 얘기했다.

“S라는 분은 어떻게 하고?

일순간 그의 얼굴이 굳어졌다. 나는 그의 대답을 기다린 게 아니었다. 그냥 그가 지금은 아무 말도 하지 않기를 바랐다. 그러면 이 모든 혼돈에서 내가 순순히 물러날 수 있을 것 같았다. 하지만 그는 처음에는 뉘엿뉘엿 말을 이어갔고 그 말들은 내 귀에 잘 들어오지 않는 단어들의 나열이었다.

“나는 그걸…… S는…… 내가 사랑했던…… 오래전에…….”

“…….”

그는 나의 초점 없는 눈이 서글펐나 보다. 그는 어느 순간 셔츠 깃을 쥐어뜯으며 흐느꼈다.

“네가 생각하는 그런 거 아니야. 그 사람은 이미 오래된 과거야. 믿어줘…… 제발…….”

슬픔과 억울함이 동시에 흐르는, 어린아이 같은 서글픔이 그의 얼굴에 가득했다. 그와 그녀는 그의 석사 시절에 만나 정말 서로 깊이 사랑했고 영원한 사랑과 미래를 약속했었다고 했다. 그는 그런 감정을 처음 느꼈었다고 했다. 그녀는 그처럼 똑똑했고 그처럼 모범생이었으며 그처럼 일찍 취직을 했었다. 하지만 결혼식을 1주일 앞두고 그녀는 그에게 이별을 고했다고 한다.

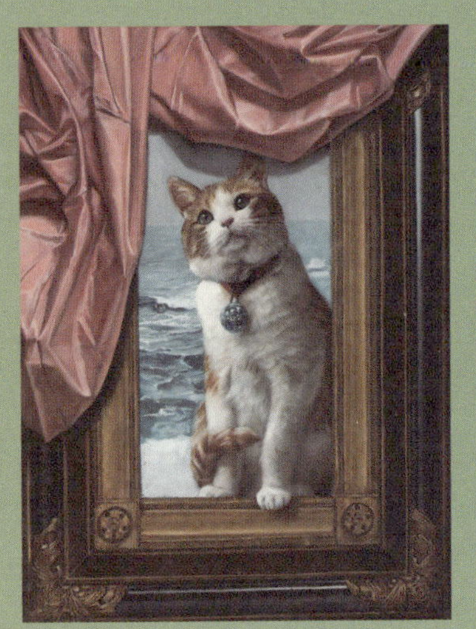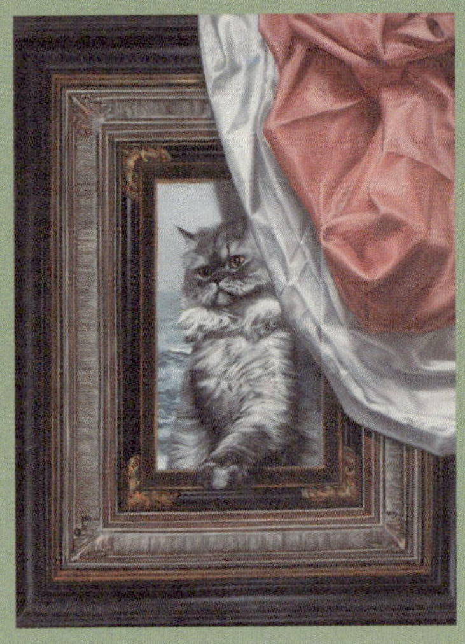

나와는 너무 다른 너를 서로를 닮은
고양이를 보며 이해하게 된다

그녀가 먼저 제의한 결혼이었기에 갑작스러운 이별의 이유를 그가 짐작하기란, 너무 어려웠다고 했다.

그는 그녀를 설득하려 많은 수단과 방법을 동원했지만 결국 그녀의 마음은 돌아오지 않았다. 그는 변해가는 그녀를 지켜보며 회사를 다녔고 그녀가 선택한 사회적인 부와 명성을 갖기 위해 물불을 가리지 않고 일에 매달렸지만, 그가 할 수 있는 일이 별로 없다고 느껴졌었다고 했다. 많은 여자들을 만나봤지만 그녀들은 자신이 변할 거라는 사실조차 인지하지 못하는 경우가 다반사였단다. 그는 서서히 사랑을 믿지 않게 되었고, S를 지켜볼 수밖에 없는 현실이 너무 괴로워 그녀와 함께한 한국을 미친 듯이 탈출하고 싶었고, 결국 탈출에 성공했다고 했다.

그가 한국을 떠난 이유는 그녀 때문이었다. 그녀를 잊을 수 없었거나 그녀를 잊지 못했던 거였다. 나를 만난 것도 그저 그의 비슷한 실험의 일부였다고 했다. 그는 그런 식으로 자신이 원한 카테고리에 맞는 여자들을 하나씩 수집했던 것이다. 자신의 논리인 변하는 사랑을. 내가 내놓은 엉뚱한 정답지가 그의 논리를 흔들어놓기 전까지는 말이다. 그는 매번 나에게서 그가 그녀들에게서 찾아내던 반복된 패턴을 찾으려 무척 노력했다고 했다. 하지만 언제나 예상 밖인 나의 대답과 반응 때문에 이제 사랑을 믿어보려 한다고 말했다.

그가 가장 가치 있다 믿었던 사회적인 성취와 경력들이 갑자기 우습게 보인 건, 멀리 자기가 그토록 돌아보기 싫었던 지긋지긋한 서울에 있는 나의 존재였고, 그의 곁에 내가 없다는 게 너무 서글펐다고 말했다. 오래도록 비어 있던 그의 옆자리를 그제야 확인했다고 말했다. 그때 나는 아무 말도 못했다. 그의 말을 전적으로 믿기엔 그날 하루 내게 일어난 일들이 너무 갑작스러웠기 때문이다. 나는 마시막으로 물었다.

"그럼 그 하트 상자를 간직해온 건 무슨 이유였어?

"그건……."

그는 긴 한숨을 내쉬며 말했다.

"그건 변치 않는 사랑이 없다는 걸 기억하기 위해서였어. 다시는 사랑에 빠지지 않기 위해서……."

그리고 그것은 쭉 효과적인 부적이었다고 했다. 그는 언제나 새로운 실험대상을 만나면 그 상자를 꺼내보며 평정심을 회복하곤 했던 것이다. 사랑이라는 링에서 빨리 빠져나가는 것만큼 상대를 아프게 하는 게 있을까? 그래서 그는 매번 이별을 했던 것이다. 하지만 그가 전화하겠다는 말을 그대로 인정하고 전화를 하지 않고 꾸준히 기다리는 사람도, 그간의 긴 침묵을 아무 일이 없었다는 듯 묻지 않은 사람도, 그의 무례한 발언에 아무 말 없이 대응하는 사람도 처음이었다고 했다. 그는 나에게서 신의와 인내를 보았고 그래서 나를 믿어보기로 했단다. 단 그의 상처는 영원히 비밀로 하고 싶었다고 했다. 그는 자신을 어설픈 사람이라고 했다. 자신이 지난 사랑으로 단단해진 사람이란 걸 들키고 싶지 않았다고 했다. 내가 실망할 거라 믿었다고 했다. 늘 나의 눈빛에서 자신의 위장을 꿰뚫어보는 듯한 마음을 읽었고 그럼에도 자신의 변명을 기다려주는 나에게서 한없는 안식을 느꼈다고 했다. 그리고 나라면 자신의 인생을 걸어보고도 싶다고 했다.

여전히 몽롱했지만 나는 차츰 정신이 돌아왔다. 천장까지 닿아 있던 뇌도 정상이 되었다. 하지만 여전히 마음 한구석이 무거웠다. 나는 보이지 않는 그녀와 대결하는 기분이 들었다.

사랑은 사람을 살리기도 하고 지옥으로도 보낸다. 차라리 죽게 된다면 고통스럽진 않았을 텐데……. 긴 기간 그가 사랑하지 않기 위해 노력한 시간 내내 그의 마음에는 그녀가 있었던 것이다. 나를 만나는 동안에도 그녀는 그와 함께였으며, 나를 그곳으로 불러들였을 때도 그는 여전히 사랑하지 않기 위해 끊임없이 그녀를 떠올렸을 터였다. 나는 그런 그와 같은 이유로 한국을 떠나려 했었던 것이다. 패배한 사랑을 두고 볼 수 없어서…….

패배한 사랑은 사람을 무작정 떠나는 길 위로 이끌어가는 것이었다.

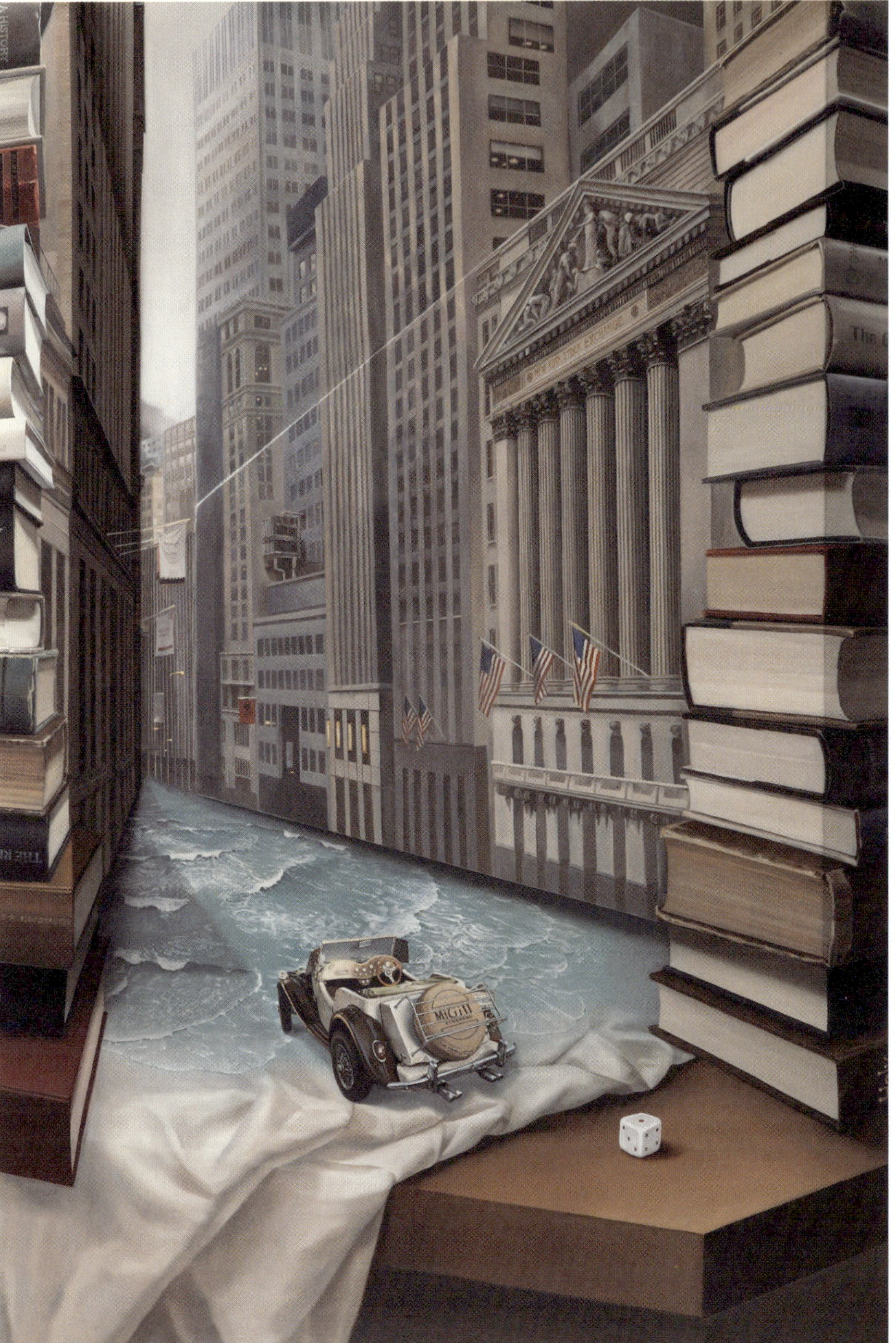

추락하는 탁상 위의 월스트리트

6년 전 처음 지하철역에서 걸어 나와 월스트리트로 접어들었을 땐 빽빽한 고층 빌딩들보다는 예상에 없던 고딕풍의 트리니티 처치가 더 압도적이었다. 이 빌딩 숲속에 교회가 있다니 놀라운 일이었다. 명성이 무색한 좁디좁은 월스트릿의 골목에서 뉴욕 증권거래소와 파란 첨탑이 인상적인 트럼프 빌딩을 올려다보고 나서 길의 끝까지 걸었더니, 바다가 나왔다. 브루클린 브리지와 브루클린 전경이 멋지게 한 화면에 들어왔다. 브루클린 브리지를 짓기 위해 당시 저소득층 노동자들이 잠수병증으로 많이 죽었다던 기사가 생각났다. 생성의 이유가 어쨌든 브루클린 브리지는 여전히 우아하고 위용 있게 바다 위에 자리 잡고 있었다.

다시 돌아오는 길의 월스트리트는 양 옆으로 하늘을 가리며 늘어선 높은 빌딩들과 멀리 트리니티 처치가 마치 일부러 짜 맞춘 듯한 구도로 동화처럼 길의 끝에 앉아 있었다. 먼 거리에서도 빌딩 사이로 뾰족한 첨탑과 파사드가 온전히 보이는 트리니티 처치는 카톨릭풍의 외형과 제도를 하고 있지만 개신교에 해당하는 영국 성공회의 미국발 첫 교회였다. 도버해협에서 건너온 신교의 상당수 쁘띠브루주아들은 이곳에 네덜란드와 런던에서 넘치던 자본을 거래하는 증권거래소를 만들었고, 원주민의 침입을 막기 위해 벽을 세웠다. 유럽의 황금시대에 조성된 월스트리트에 웅장한 고딕 복고풍의 교회가 있는 건 아주 당연한 듯도 여겨지지만, 눈앞에 펼쳐진 그림은 마치 자본주의 상징화를 보는 듯 느껴져 나는 한동안 월스트리트를 왔다갔다 했다. 마치 거대한 개념적 조합의 조형물이 주는 충격을 잊지않으려는 듯 말이다. 증권거래소 앞은 평일인데도 관광객들이 몰려들어 연신 플래시를 터트리며 카메라의 셔터를 눌러댔다. 검은색의 조지 워싱턴 청동상이 번쩍이는 플래시 불빛에 깜짝깜짝 놀라는 것처럼 보였다.

남편과 나는 신자유주의 경제논리의 폐단과 월스트리트의 엄청난 모럴 해저드가 전세계를 충격에 빠뜨린 시점에 연애를 했다. 그는 사랑이 아닌 성취와 권력을 택한 모범생이자 우등생이었던 첫사랑, 그녀의 도덕적 타락처럼 자신도 그렇게 채찍질해 달려왔었다. 그리고 좀 더 사회적 물질적 욕망의 코어에 접근하기 위해 이곳 미국으로, 한국을 떠나왔다. 그랬던 그가 미국에서 직접 목격한 극적인 사태들은 그에게 왜곡된 사랑의 상처에 대한 성찰도 주었지만, 중심을 상실한 성취와 권력이 얼마나 비참한 최후를 맞는가를 월가의 금융대란을 직접 겪으며 많이 느낀 듯하다. 굳이 그뿐 아니라 엘리트들의 오만과 도덕적 해이를 전세계가 느꼈을 것이다.

그리고 미국의 금융붕괴는 한국으로서는 더더욱 엄청난 충격이었다. 누구나 말을 하지 않았어도 한국인들의 막연한 꿈이 있었다. 미국처럼만 살 수 있다면 좋겠다는 말이다. 우리 부모 세대처럼은 아닐지라도 여전히 미국이라는 말의 위력이 우리의 삶과 사회 곳곳에 스며들어 있었는데 말이다. 그 꿈의 나라 미국이 그렇게 무너진다는 건 상상할 수도 없는 일이었다. 우리는 마음속에서 태곳적부터 품어온 달을 잃은 것처럼 방황했었다.

우리는 길을 잃었었다. 지난날 순수했던 사랑의 변심과 복음처럼 믿어왔던 개발도상국 논리의 토목적 성장과, 눈앞에서 추락한 거대하고 아름답던 일방적인 짝사랑의 대상이었던 달, 즉 미국의 추락 속에서 이제는 어디로 가야할지 진정으로 묻게 되었다. 우리 스스로에게, 그와 나에게, 한국인에게, 세계인들에게……

나는 그에게 얘기했다. 이곳이 꿈꾸어온 그곳이 아니라면, 떠나온 그곳에서 새로운 삶을 다시 시작해보자고. 그가 떠나온 고국이 진정으로 우리를 제대로 살게 해주는 토양이자 집임을 인정하고 돌아가기를 설득했었다. 나의 설득에 그는 부쩍 나이가 드신 부모님과 친구 같던 동생을 생각하며, 그리고 나의 진로도 고려하여 다시 돌아가기로 마음을 정했다. 그래서 그는 한국으로의 파견을 자진했고 나는 한국에서 본격 전업 작가 생활을, 그는 미국의 본사와 한국의 지사를 오가는 생활을 시작했다. 갑작스레 날아온 그 일 때문에 채 1년이 못 되어 다시 미국으로 돌아오긴 했지만 말이다.

지구의 소리를
들어라

그가 미국과 한국을 오가며 파견근무를 할 때 우린 결혼식을 치렀다. 꼭 필요한 가구들과 가전제품들을 틈틈이 하나씩 샀다. 인근에는 갤러리도 많고 커피숍도 많았다. 결혼한 해에는 정말 일이 많았다. 미국에서 금융대란이 연쇄적으로 발생했고 우리나라 경기에도 찬바람이 불었다. 준비 중이던 나의 개인전을 열자마자 유명 연예인의 자살 사건이 연이어 발생했다. 자살한 여성 연예인의 오랜 팬이었던 남편은 큰 충격을 받았다. 쉽지 않은 연애를 거치는 동안 세계적인 분위기도 롤러코스터를 타고 있었다. 사람들은 우울의 수렁으로 점점 깊이 빠져들어 갔다. 어쨌든 남편과 나는 서로의 영역 안에서 최선을 다하며 하루하루를 보냈다.

마음도 많이 안정되고 남편과의 생활도 익숙해질 무렵이었다. 어느 날 나는 온몸에서 열이나 잠들지 못했다. 몸의 관절 마디마다 뜨거운 통증이 나를 미칠듯이 괴롭혔다. 식은땀을 흘리며 통증으로 잠을 이루지 못한 나는, 새벽에 눈을 뜬 남편에게 무릎이 너무 열이 나고 아프다고 주저하다 말했다. 그는 내 무릎을 만져보고 깜짝 놀랐다. 무릎은 열도 심하게 나고 발갛게 부풀어 올랐다. 그는 내 무릎에 손을 올리고 눈물을 흘렸다. 그는 걱정스러워하면서도 일단 출근했고, 나는 오전이 되어서야 천천히 일어났다. 뜨겁게 차 있던 무릎의 물컹한 덩어리가 이제는 종아리 양쪽 옆으로 내려가 혹처럼 달려 있었다. 내 다리가 그런 모양으로 흉물스럽게 변할 수 있다는 사실이 더 충격이었다. 종아리 양쪽은 계란을 붙여놓은 것처럼 불룩했다. 여전히 물컹한 오른쪽 무릎의 관절은 휘청휘청 돌아갔다. 관절 사이에 물이 차고 그 물이 천천히 종아리로 내려간 게 분명했다.

며칠간 병원을 전전하다 류머티즘 관절염이라는 진단을 받았다. 치료를 하는 동안에도 염증은 금세 가라앉진 않아 오른쪽 무릎을 휘청이며 길을 걸었다. 웬만하면 밖으로 나오지 않으려 노력했다. 작업을 하면서 서글픔이 많이 몰려왔다. 세상이 어떻건 간에 이제 좀 살만하다 생각했는데 이런 면역계질환이 발병하다니, 창밖의 길을 지나가는 건강하고 무난해 보이는 행인들을 물끄러미 내려다보았다.

방 안에는 사랑스럽지만 포악하고 시끄러운 나나와 천상 둘째처럼 항상 나나를 따라다니는 조용한 귀염둥이 랑켄이 있었다. 랑켄은 예전 동교동 작업실 근처 꽃집의 고양이로, 생후 한 달 무렵 철제 계단에서 굴러 떨어져 목과 두개골이 골절되고 말았다. 그래도 생명에는 지장이 없었지만 랑켄은 목이 20도쯤 기울어진 채 아무는 바람에 항상 고개를 갸우뚱하고 있다.

랑켄의 주인은 안락사를 시키려고 했었다. 평소 안면이 있던 그녀는 사람과 함께 살기 힘든 고양이라며 눈물을 비쳤다. 차일피일 안락사를 미루다 랑켄이 4개월쯤 되었을 때 우연히 꽃바구니 사이를 다니는 신기한 블루톤의 고양이 랑켄을 보았고, 그녀에게 자초지종을 들은 나는 랑켄의 앞날이 너무나 안타까웠다. 당시 함께 작업실을 쓰던 친구가 그 애길 듣고 자기가 키워보고 싶다 했다. 난 그저 무조건 잘됐다 싶어 랑켄을 우리 작업실에 일단 데려다놓았다. 꽃집 주인은 키워준다는 사실만으로도 너무 고맙다며 또 눈물을 글썽였다. 그리하여 함께 쓰는 작업실은 고양이 두 마리와 강아지 두 마리가 우글거리는 동물 소굴이 되었다.

랑켄은 다른 고양이들처럼 응가를 덮지 못하고 사료에다 물을 퍼 올려 주변을 난장판으로 만들었다. 왜 꽃집 주인이 안락사를 시키려 했는지 알 수 있었다. 목이 기울어진 랑켄은 수평감각과 방향 감각

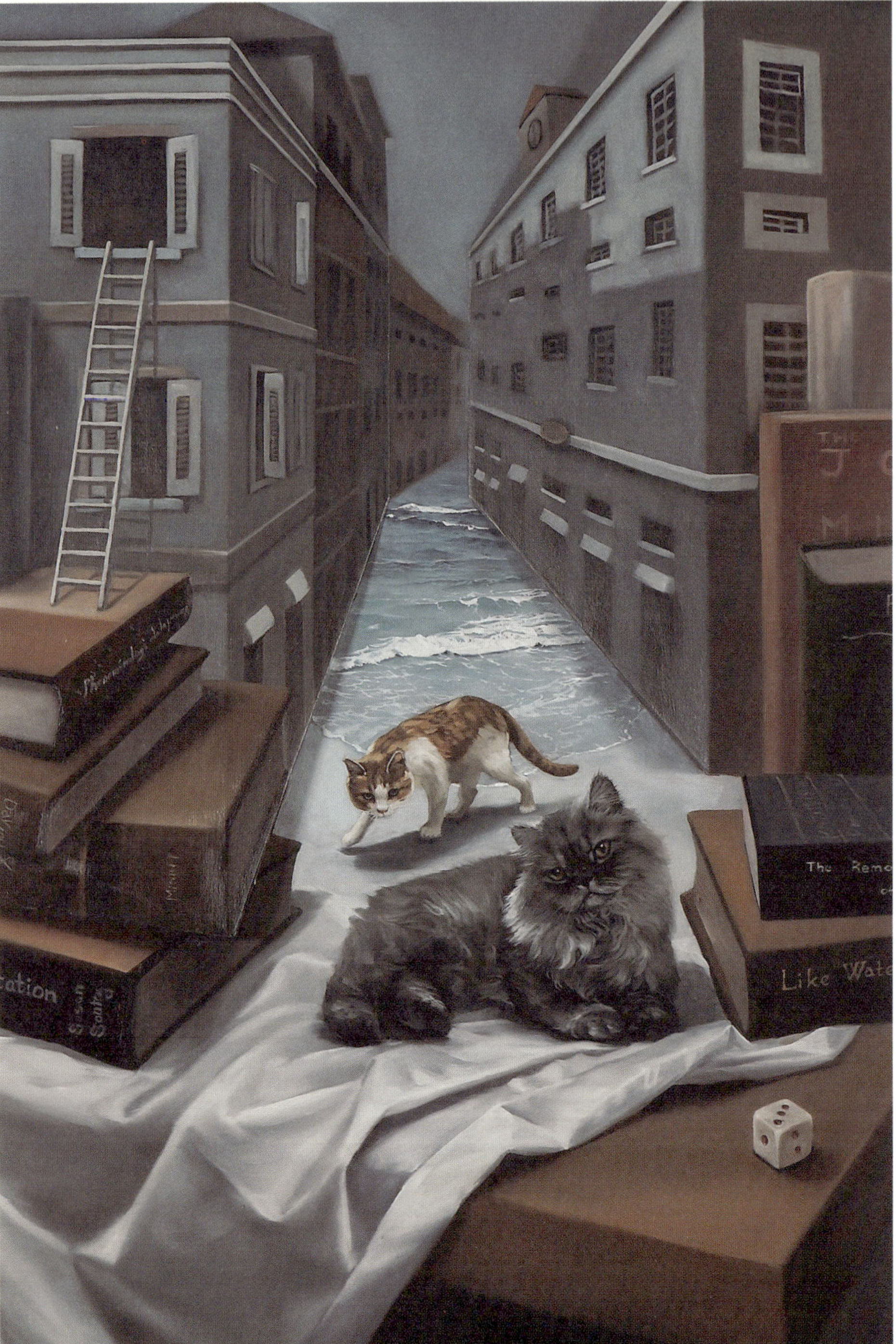

The
J
M
The Remo
of
Like Wate
cation

에 문제가 있었고, 물이 입으로 잘 안 들어오니 물을 먹다 자꾸만 발로 물을 잡으려 시도하는 것이었다. 랑켄의 이름은 《프랑켄슈타인》의 '랑켄'을 따서 지었다. 순한 성격도 그렇고 두개골이 골절되었던 사연도 그렇고, 언제나 고개를 조금 기울이고 있는 모양새가, 인간세계가 이해가 되지 않는 프랑켄슈타인의 어눌하지만 귀여운 모습과 많이 닮아 있었다. 걱정하던 바와 달리 시간이 지나자 랑켄은 나름대로 익숙해졌는지, 여전히 머리는 조금 엉뚱한 방향으로 들이대긴 해도 크게 곤혹스러울 정도는 아닐 만큼 적응해갔다. 작업실을 옮기며 나에게 잠시 랑켄을 부탁한 친구는 연락이 없었다. 그래서 랑켄은 나나의 동생이 되었다. 항상 사람만 바라보는 나나에 비해 랑켄은 혼자 사색하는 걸 좋아하는 편이다. 과연 그 작은 뇌 속에 어떤 생각이 들어 있는지 모르겠지만, 서늘하고 조용한 곳을 찾아 긴 사색에 잠긴다. 랑켄은 랑켄에게 일어난 일이 어떤 것인지, 자기의 세계가 왜 20도쯤 기울어 있는지 평생 알아채지 못할 것이다. 랑켄은 고양이니까.

아픈 무릎 때문에 우울한 나에게 랑켄이 다가와 다시 한 번 생각하듯 나를 올려다본다. 마치 괜찮을 거라고 나를 달래는 것 같다. 한동안 양쪽 부모님에게는 아프다는 말을 못했다. 마음 아파하실 그분들을 생각하니 좀 더 경과가 좋아지면 말씀을 드리기로 했다. 산책을 못하고 방 안에만 있자니 다시 살이 붙기 시작했다. 얼굴에는 알 수 없는 열꽃이 피었다가, 좁쌀 같은 뾰루지가 온 얼굴을 뒤엎기를 반복하며 심하게 얼룩덜룩하고 불그레해졌다. 가볍게 산보할 수 있을 만큼 다리가 진정되자 이젠 얼굴 때문에 밖에 못 나갈 지경이 되었다. 그렇게 심하게 외모에 대한 컴플렉스를 가져보기도 처음이었다. 우연히 내 얼굴을 본 둘째오빠는 속상해하면서 말을 잇지 못했다. 남편도 이래저래 방법을 찾아보고 이런저런 민간 치료법을 시도해보기도 했시만 특별한 진전이 없었다. 마음껏 행복해야 할 신혼이었는데 가족들도 우리도 나의 건강 문제로 걱정이 사라지지 않았다. 나중에 소식을 들은 어머님의 친척을 통해 소개받아 한약을 먹고서야 지지부진하던 무릎의 통증이 거의 잡혀갔다. 하지만 어떤 치료도 효과가 없는 얼굴의 상태는 더욱 심해져만 갔고, 나는 제법 긴 기간을 작업을 제외한 일 이외에는 두문불출하게 되었다. 이후로도 그 방식이 몸에 배었다. 미국 방문이 잦아지면서 근무하던 학교는 이미 그만둔 상태였고 열꽃이 보기 흉하게 핀 얼굴로 내가 딱히 꼭 만나야 할 사람도 없었다. 어쩔 수 없이 말이다. 그렇게 나는 은둔의 작가로 활동하면서, 신체적으로는 병과 싸우느라 급격히 지쳐갔다.

길 건너의 부동산이 보이는 창밖을 보며 내가 왜 이렇게 몸이 아프게 되었는지 곰곰이 생각해보았다. 아버지가 돌아가신 이후부터 거의 하루도 쉬어본 적이 없었다. 아버지가 돌아가신 이후의 격한 일들이 습관으로 남은 것일까? 10여 년을 입시 지도를 하다 보니 편안하고 별일 없는 일상이 너무 어색했다. 언제나 두어 가지 이상의 일을 하던 기나긴 학교생활도 끝나고 이제는 물리적인 시간은 여유가 있는데도 이런 증상이 찾아온 이유가 무엇인지 궁금했다. 나는 통각이 둔한 편이다. 처음부터 둔했는지 그걸 느낄 여유가 없어서 둔했는지는 모르겠지만 웬만큼 아파서는 입 밖으로 소리가 나지 않는다. 그래서 몸이 토로하는 불만을 몰랐던 것일까? 내가 받은 스트레스들이 긴 기간 동안 압축되었다가 드디어 몸 밖으로 터져 나온 것일까?

류머티즘은 루프스와 더불어 면역계질환에 속한다. 외부로 드러나는 증세는 그냥 관절염이지만 다른 외부적인 요인으로 관절이 아픈 게 아니라 자가면역계의 혼란으로 신체 내부의 관절 같은 부분을 공격하는 신기한 질병이었다. 의사의 말로는 나의 증상 정도에 해당하는 류머티즘은 보통 인자를 타고나는 것인데, 또 인자가 있다고 해서 흔히 발병하는 것은 아니라고 했다. 어떠한 연유인지는 아직 연구 중이지만 스트레스가 발병의 한 요인인 것은 확실하다고 했다. 스트레스는 만병의 근원이니 당연한 이야기겠지만 특히 오른쪽 무릎이 허약했던 건 확실한 사실이었나 보다. 가장 허약한 관절 위주로 병증이 심해진다고 하니 개인마다 증상이 다른 것도 이해가 된다.

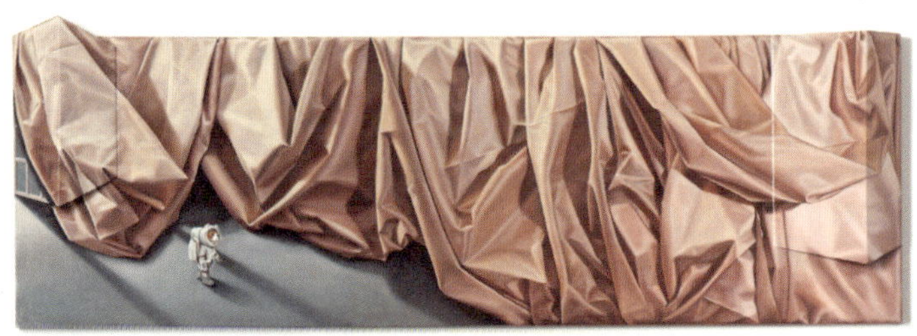
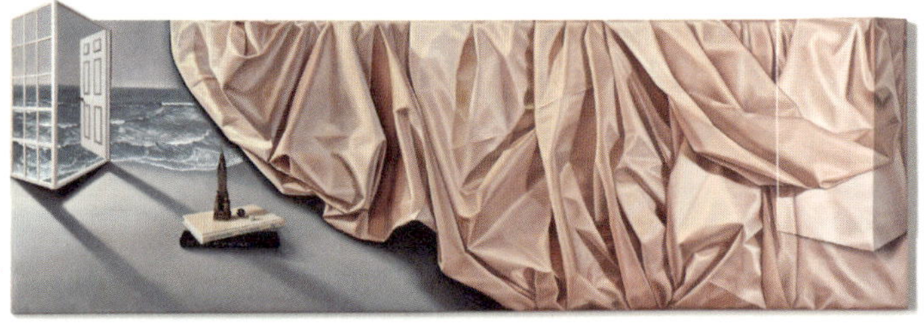
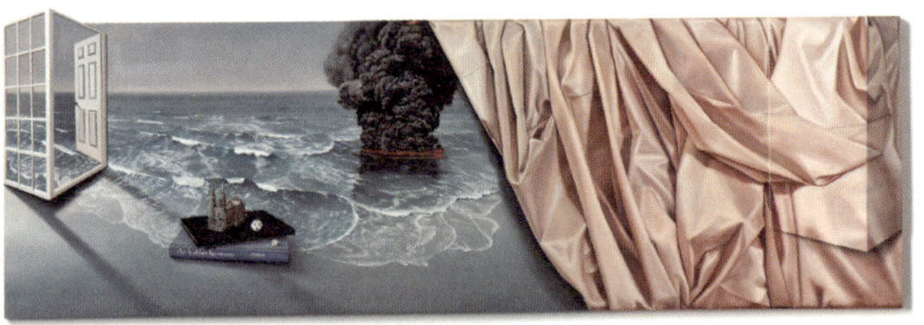
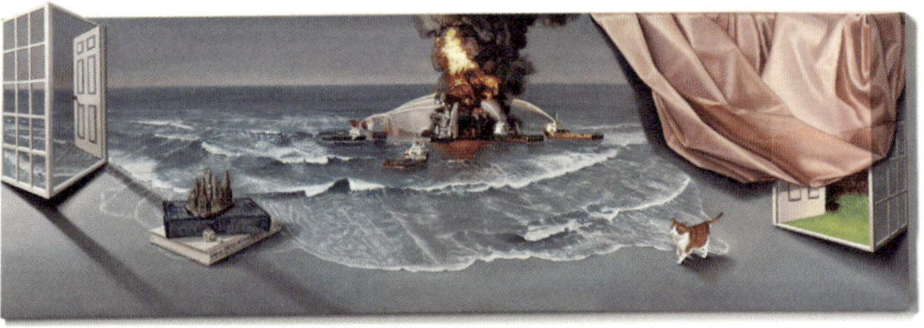

그러던 얼마 후 미국의 멕시코만에서 BP 원유 유출사태가 발생했다. 우리나라에서는 그저 강 건너 불구경이었을 수도 있지만, 현지에서는 대통령의 대응방책이 부실하다고 탄핵을 거론할 정도로 커다란 재앙이었다. 연일 TV에 거무스레한 멕시코만의 화면이 등장했다. 수많은 새들과 물고기가 죽어갔고 바다표범이며 고래들의 사체도 비춰졌다. 격렬한 환경 전문가들의 인터뷰와, 장기화하는 유출로 지역경제가 극도로 악화되는 바람에 우울해하는 지역 주민들의 모습도 단골로 등장했다. 결국 BP는 미국 청문회로 불려 나왔으며 그들의 부주의와 뾰족한 해결책이 없는 무능함을 사과했다. 사실 정국이 진지한 방안을 논의하는 것은 기억이 거의 나지 않지만 그곳이 곧 삶의 터전이었던 많은 동식물들과 지역주민의 망연자실함은 내 마음에도 꽤 오랫동안 통증으로 남았었다.

기름을 온몸에 두르고 마지막으로 눈을 꿈벅이는 갈매기를 보니, 어린 시절 어설프게 치료해주겠다고 집으로 데리고 왔던 이름 모를 작은 새가 떠올랐다. 지옥이 따로 없었다. 그곳은 지극히 재앙이고 참상의 현장이었다. 꿈틀거리는 핵과 맨틀을 가진 지구는 그 유동적이고 거대한 에너지를 품고서, 얇고 표면적인 평온함으로 유지되는 불안한 평화이다. 같은 지구의 구성요소인 석유가 해안의 표면으로 드러났을 때에는 해안의 표면에서 유영하던 많은 동식물들이 터전을 잃

고 오염되어 죽어간다. 시간이 지나면 지구의 표면은 천천히 자정작
용을 하며 언제 그랬냐는 듯 원상태를 회복하지만, 그건 개체에는 해
당하지 않는다. 환경이란 환경 자체의 의미로는 오염이라든가 생태계
라는 게 존재하지 않는 것 같다. 우주적 의미로 지구의 탄생과 소멸도
거시적으로는 자연스러운 일이 아닌가? 지구의 환경이라는 의미 또
한 마찬가지일 것이다. 지진이나 화산폭발, 홍수, 가뭄 모두 그자체로
는 선하지도 악하지도 않다. 그저 인간의 기준이나 얇은 지구표면의
풍요를 누리고 사는 생태계에서나 구별 기준이 생기는 것이다.

지구의 생태계를 가이아에 빗댄《작은 가이아》라는 책이 있다. 지
구의 환경이 모성적 대지의 신인 가이아처럼 품고 태어나게 하고 자
라게 하고 다시 무너뜨리고 또다시 품는 어머니 같다는 이 책은, 우리
가 이 지구에서 어떻게 상생하며 살 수 있는지를 설명하고 있다. 더
많이 지배하고 착취할 게 아니라 서로 공존할 수 있는 맹거의 스폰지
같은 공간을 무수히 만들어야 한다는 것이다. 딱딱한 고체로서 현대
적인 지구나 문명이 아니라, 유동적이고 수없이 많이 품을 수 있는 배
려의 장으로서의 지구 생태계와 문명과 철학을 제시하는 그 책을 보
며 나는 나 자신에 대해 생각했다.

배려 없는 주인을 만나 너무 혹사당하던 몸이 화산 폭발하듯 그렇
게 폭발한 건가? 제발 자기를 좀 살펴봐달라고 울부짖는 몸에게, 빨

리 병증이 물러나지 않는다고 약을 들이붓고 또 더 스트레스를 받고 그에 아랑곳없이 날밤을 새가며 작업을 해대는 나는, 너무나 피곤한 인생이다. 몸이 불평불만을 아주 가득 끌어안고 있는 것도 당연했다. 얼굴에 열이 가라앉지 않아 피부과에 가니 의사가 주사 증세라고 했다. 레이저 치료를 해야 한단다. 끊임없이 나는 뾰루지는 성인 여드름이란다. 잘 낫지 않으니 꾸준히 비용을 들여 치료해야 한단다. 눈이 너무 뻑뻑하고 눈곱이 너무 심하게 끼어, 자고 일어나면 본드칠을 해 놓은 눈처럼 속눈썹이 다 빠지도록 들러붙어 있었다. 눈앞이 너무 뿌얘서 작업을 못할 지경이 되어 안과를 찾으니 심각한 안구건조증에 각막염이라고 한다. 어느 날부터인가 한쪽 귀에 소음이 들리기 시작하더니 소리 자체가 잘 안 들리기 시작했다. 이비인후과에 갔더니 귀 내에 염증이 있다고 했다. 모든 증세의 원인은 알 수 없단다. 그저 표면적인 증세만을 치료할 뿐이라고 했다. 참으로 서글픈 몸이었다. 인정할 부분은 인정해야겠다. 나는 몸을 잘 돌보지도 않고 몸에 관심도 별로 없었나 보다. 내 몸은 내 의지를 따라가기엔 너무 허약한 게 틀림없다.

이런 나를 지켜보던 남편도 마음고생이 심했다. 나는 그가 좋아하는 산책을 나가길 꺼려하고 우울해졌으니 어렵게 연애해서 한국으로 돌아오기로 결정한 그도 나름 스트레스가 많았을 것이다.

그때부턴 몸의 언어에 관심을 가지려고 많이 노력한다. 요즈음은 웬만하면 피곤하지 않아도 적당한 양의 수면을 취하려 노력하고, 한국으로 들어가면 이 병원 저 병원을 순회하기도 한다. 류머티즘 때문에 한약을 지어주던 의사는 나를 두고, 너무 이른 나이에 류머티스가 찾아왔다며 몸이 많이 노화한 상태라고 했다. 그리고 체력은 약한데 기질이 너무 강하다고 했다. 그 말이 맞는 말일 수도 있겠다. 그렇게 정신없이 쉬지 않고 달려온 시간이 있어, 안타까운 거래 조건이긴 하지만 지금의 내가 있다. 무언가를 빨리 잡고 싶어서 그렇게 달려온 것 같은데 그 실체는 어디에 있는 것인지 모르겠다.

지구라는 생태계 가이아가 푸근한 주름으로 아픔을 감싸주기를 상상해본다. 지치고 힘들지만 그래도 그런 어머니 같은 대지가 있다는 것은 지극히 행복한 일이다. 작고 연약한 사내아이 같은 우리들의 문명은 끊임없이 구축하고 땅을 나누고 전쟁을 하며 현대적인 세계를 만들어가지만, 포화 상태가 되거나 한계에 도달하면 어김없이 대지의 어머니 같은 파도와 주름이 그것을 해체하고 감싸안아 다시 무의로 돌아가게 한다. 나도 그런 자연의 일부임을 받아들이고 그만 몸을 괴롭혀야겠지만, 과로가 습관으로 굳어진 나에겐 무작정 쉬는 것도 고역이다. 역시 세상에 쉬운 일은 없는 것 같다.

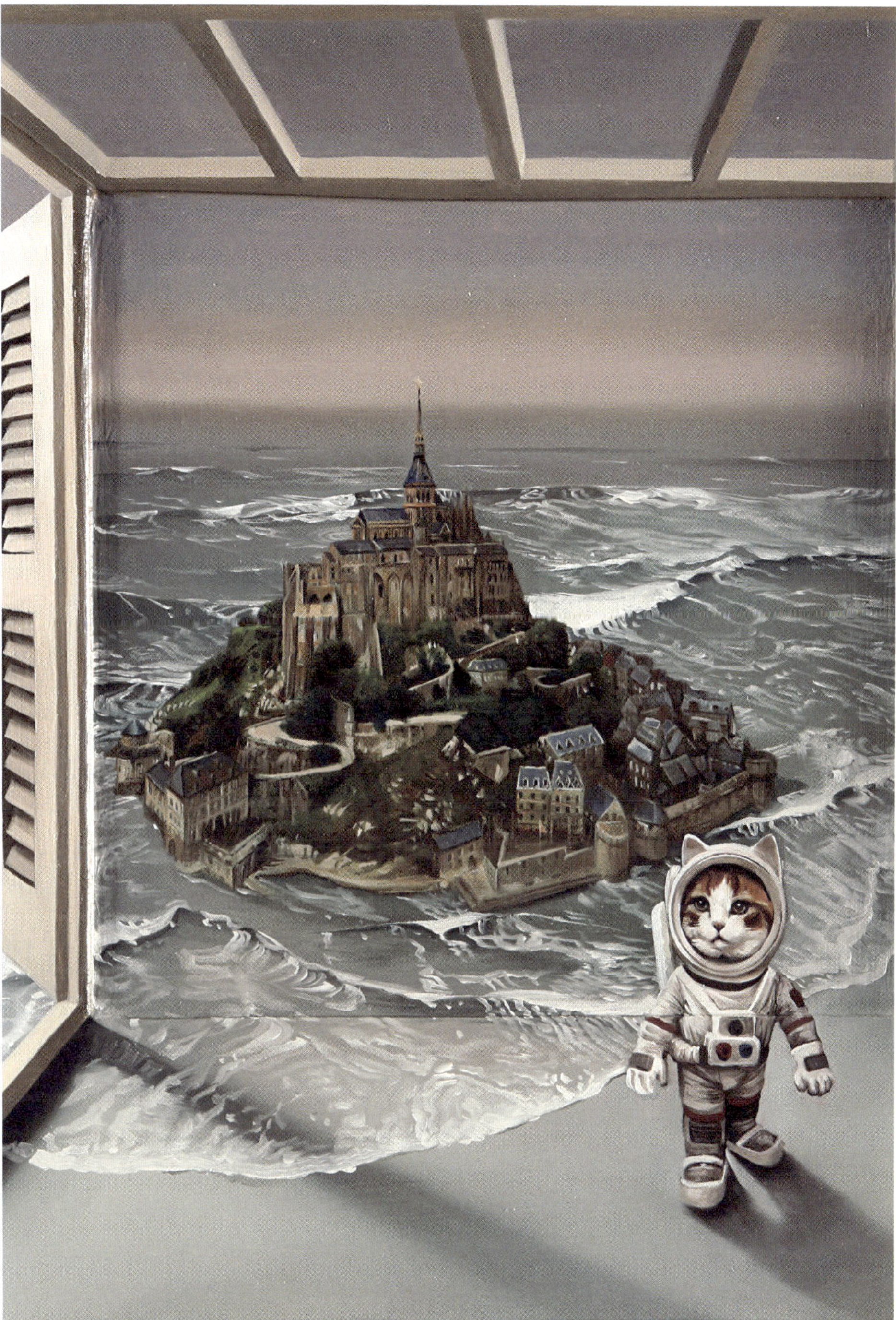

미국 본사로 돌아갔던 그가 다급히 전화를 했다.

"우리 미국에서 좀 더 지내보는 게 어때?"

"응? 지금도 그렇게 지내고 있잖아. 그런데 왜 갑자기?"

"……."

"왜? 무슨 일 있어?"

"우리 영주권이 곧 나올 예정이래. 절차가 진행되는 동안에는 둘 다 미국 내에서 거주하고 있어야 한다네……."

"영주권은 언제 신청했어?"

"내가 신청한 건 아니고, 미국으로 취직할 때 여러 가지 조건 중에 하나였어. 비교적 좋은 조건이었고."

“아……”

생각 좀 해보겠다고 대답하고 전화를 끊었다. 다음 개인전, 계약 기간이 남은 집, 고양이들……. 걸리는 점이 한두 가지가 아니었다. 홍콩에서 열리는 개인전은 작품만 보낸다 가정해도 서울에서 열리는 개인전은 대형 작품 준비를 어떻게 해서, 어떻게 보내야 하나?

그와 계속 이야기를 나누었다. 영주권 수속 및 발급 비용은 회사 부담이었고, 그는 지금의 회사를 급히 그만둘 경우가 아니라면 영주권을 받아두는 것도 나쁘지는 않을 것 같다는 의견이었다. 그리고 당장은 한국 갤러리와 일을 진행하되, 현지 갤러리와도 일해보는 게 어떻겠냐고 권했다. 심각하고 길게 생각하지는 않았다. 여행객의 신분이 아닌 이방인이 되어보는 것도 좋을 것 같았다. 그의 말과 같이 늘 꿈꾸던 달처럼 생각했던 곳이니까. 우리는 그곳을 좀 더 탐사해보기로 결정했다. 한곳에 정착하고 머물기엔 우리는 아직 젊으니까 말이다.

뉴욕으로 떠나려 했던 2년 전의 다짐을 떠올려보았다. 그때는 모든 것을 잊고 버리듯 떠나려 했었는데, 이번엔 모든 것을 끌어안고 떠나게 되었다. 그와 작업과 한국에서 좋은 갤러리와의 관계와, 새로운 장소에 대한 미래와 희망까지. 물론 예상했던 뉴욕이 아니라 샌프란시스코로 항로는 조금 바뀌었지만 말이다.

집을 떠나며 고양이들은 당분간 친정어머니가 들러서 봐주시기로 했고, 집은 계약 기간까지는 유지하기로 결정했다. 작고 아담했던 방을 두고 떠나자니 마음이 착잡했다. 일이 바빠 그 옛날 부천집처럼 손수 벽지를 바르지는 못했지만 그래도 1년 여간 정이 많이 들었었다. 10분 거리에 거래하던 갤러리들이 있었다. 언제나 그들과 커피를 마시며 수다를 떨었고, 이곳저곳에서 그림을 보기 위해 친밀한 관계자들이 방문하곤 했던, 정이 많이 든 곳이었다. 어설프게나마 신혼살림이라는 것도 꾸렸었는데, 막상 떠나기로 마음먹고 나니 마음이 아련해졌다.

부모님들께 아침에 전화를 드리고 공항으로 출발했다. 그와 자주 커피를 마시던 커피 체인점에서 이른 커피를 한잔 마시고 자리에서 일어나니, 살짝 머리가 핑 돌면서 눈물이 고인다.

이곳은 내가 살던 곳이었기에 항상 나에겐 현재 진행형의 공간이었는데, 벌써 과거가 되어 그리울 공간으로 순식간에 변해버렸다. 그리고 늘 잠시 다녀오는 곳이었던 그의 작은 방, 미국의 집을 떠올려본다. 아픔과 사랑과 추억이 서려 있던 회상의 장소가 이제 현실로 느껴질 그 작은 방은 어떤 모습으로 나를 기다리고 있을지 모르겠다. 따뜻하게 빛나는 캘리포니아의 햇살이 낯선 관광지의 것이 아니라, 작은 시골에서 태어나고 자란 나에게 거주지의 집으로, 내 것이 되는 것이다.

　　떠나는 날 서울 하늘은 남달리 쾌청하고 공항으로 가던 길의 익숙
한 강변북로는 흩날리는 아카시아 향으로 그날따라 눈부시게 아름다
웠다. 나는 언제나처럼 길 위에 있었다.

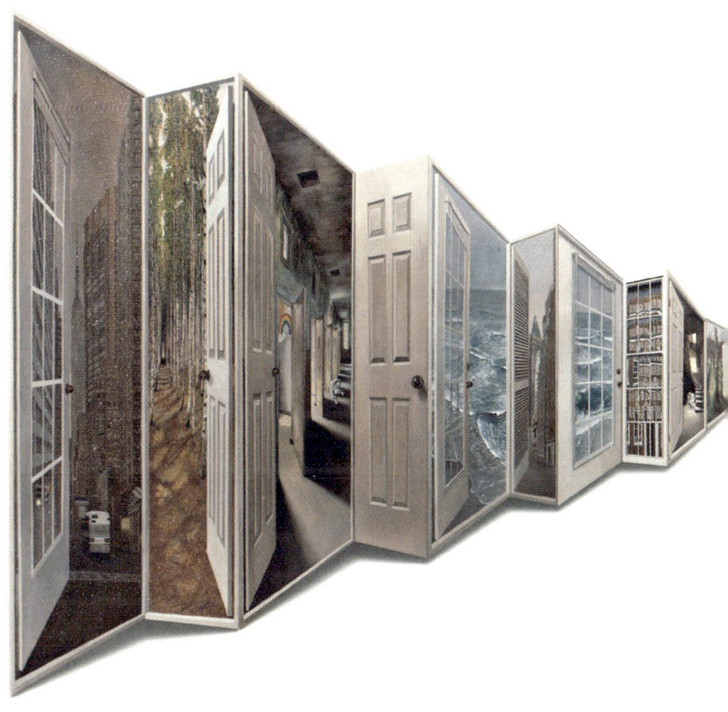

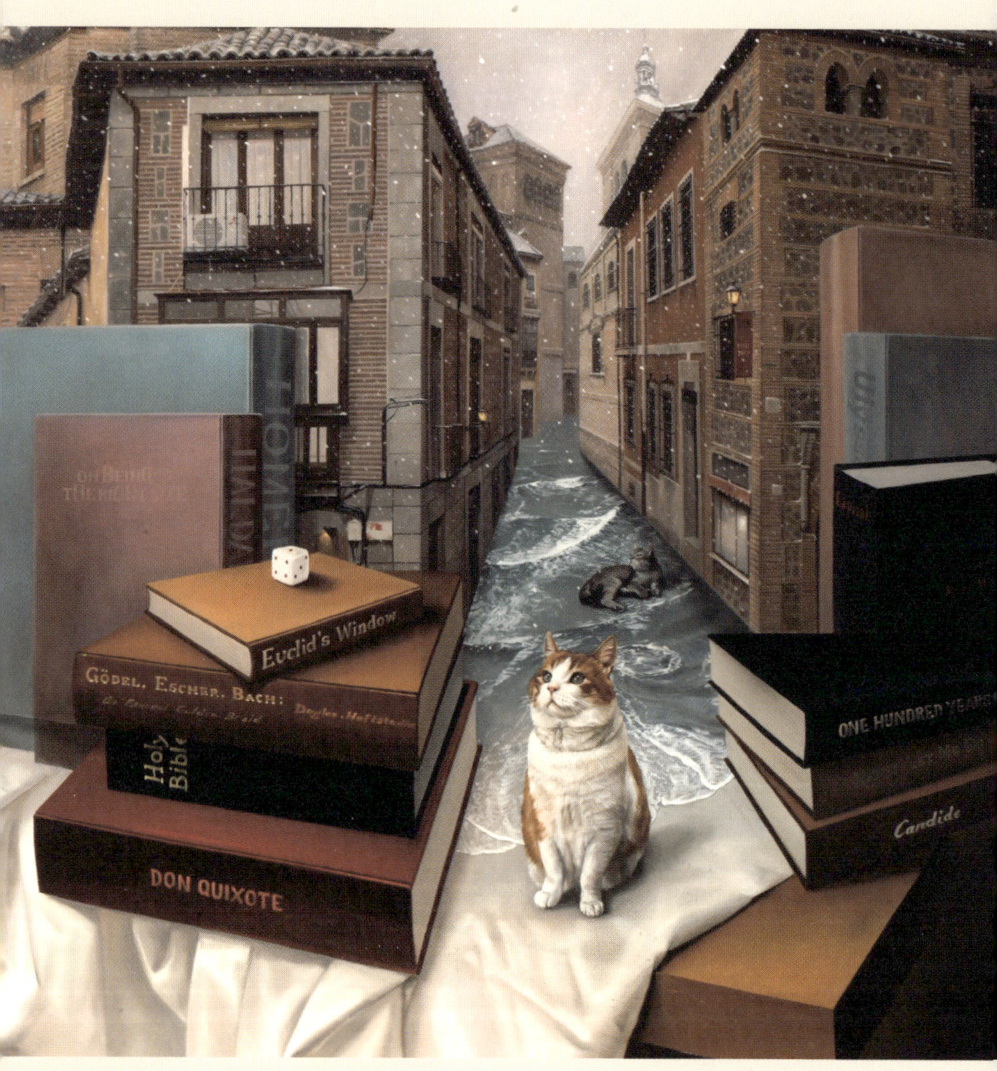
HOMER
OH BEING
THE HICH...
Euclid's Window
GÖDEL, ESCHER, BACH:
Douglas Hofstadter
Holy
Bible
DON QUIXOTE
ONE HUNDRED YEARS
Candide

Just go!

전시를 열어놓고도 1주일이나 지나서야 엄마가 있는 마천동으로 향했다. 전시 오프닝 때에도 늘 일로 바쁜 딸에게 짧은 인사밖에 건네지 못하고 멀리서 멀거니 나를 바라보던 엄마가 집으로 갔다는 걸, 한참 후에 남편에게서 들었다. 그 후로도 연이은 약속에 바빠 꽤나 시간이 지나서야 겨우 짬을 내어 잠시 들르러 갔다.

엄마는 반가워하며 평소에 내가 좋아하는 엄마표 반찬들을 내어놓으신다. 경상도 출신답게 나는 짠지나 나물무침, 된장찌개 등을 좋아한다. 밥을 먹고 금세 일어서서 신발을 대충 구겨 신은 나를 배웅하며, 엄마는 말했다. 신문에 난 기사들과 도록에 실린 글을 보았다고 했다. 이젠 허리가 아파 할머니처럼 허리에 뒷짐을 진 엄마가 울먹이며 말한다.

"미안했다, 엄마가……."

"뭐가요?"

"그렇게 집을 비워서……. 너는 별말을 안 했어도 다 기억하고 있었구나. 그게 그렇게 힘들었구나……. 엄마가 미안했다. 늦었지만 이제라도 사과하는 거야……."

엄마의 얼굴이 빨갛다. 얇은 피부 밑으로 이젠 노쇠한 혈관이 보이는 듯 말끝을 흐리셨다. 검은 눈동자가 흐릿한 눈에 이제는 마를 때도 된 것 같은 눈물이 그렁그렁하다. 멀리 나가 살고 있는 딸의 얼굴을 보고 말할 기회가 많지 않으니, 떠나는 나를, 신발을 신는 나를 잠시 세워놓고 그런 말을 할 수밖에 없는 엄마가 너무 안쓰러웠다. 괜히 그런 슬픈 과거의 엄마를 들춰내어 내 작업에 하나의 꺼리로 이용한 것 같아 미안했다. 그런 게 아닌데, 엄마가 미안하라고 그렇게 쓴 게 아닌데…….

"엄마, 아니라니까요! 그때 엄마가 집을 비워서 내 감수성이 일찍부터 예민해진 거야. 그래서 이런 옛날 일이라도 팔아먹는 그림이라도 그릴 수 있는 거잖아요. 엄마가 왜 미안해? 그리고 엄만 돌아왔잖아……. 난 엄마가 돌아와줘서 너무너무 고마웠어요. 그래서 내가 정말 힘들어도 무너지지 않고 살 수 있었어. 그러니까 엄마, 그런 생각 하지 마요!"

엄마는 입을 오물거리며 턱끝을 모으는 표정을 짓는다. 눈물을 멈추려는 엄마 나름의 비법이다.

"그래. 그래도 엄마가 미안하다……."

"에이, 그런 생각 마시라니까. 나 가요. 나오지 마세요!"

괜히 눈물이 날까 싶어 얼른 안전벨트를 매고 시동을 걸었다. 엄마에게 미소를 보이며 손을 흔들고 나는 갤러리로 향했다. 잠실 경기장을 지나며 생각했다. 오랜 기간 준비해온 전시를 오픈해놓고 나면 언제나처럼 기분이 들쑥날쑥하다. 기분이 좋았다가도 이내 쓸쓸해지고 온 세상이 내 것 같다가도 아무것도 없는 듯 허망한 느낌이 들어 나 자신을 주체하기가 힘들다. 이제는 익숙해질 만도 한데, 특히나 신경을 많이 쏟은 이번 전시는 여러 가지 후유증을 동반하고 있었다. 두어 주 후면 다시 미국으로 돌아가야 하는 것도 부담스러웠고, 무언가 제대로 처리하는 것은 하나도 없는 것 같은 내 상태도 불만이었다. 제대로 하고 있는 걸까? 제대로 가고 있는 걸까? 내가 목표한 중장기 계획들은 무리 없이 진행되고 있는 것 같은데도, 회의적이기까지 한 알 수 없는 불안이 나를 엄습한다.

나는 어디로 가려고 했던 걸까? 어린 시절의 목표를 떠올려보았다. 지극히 작은 시골에서 자란 나는 고요한 숲과 햇살이 내리쬐는 아늑

한 평원과, 하늘이 고요히 비친 수면을 그리는 전원 풍경화가가 되고 싶었더랬다. 때로는 인문학적인 주제를 담고 인물이 들어가는 알레고리화도 괜찮을 것 같았다. 여전히 그런 그림들을 사랑하고 훌륭한 작품 앞에서는 주체 못할 감동을 느낀다. 대학 초년생 때 한 교수님이 "자네는 어떤 화가가 되고 싶었나?"라고 뜬금없이 물어서 "저는 홉베마의 〈길〉이라는 작품을 좋아하고 인상주의와 자연주의 화풍의 그림들을 좋아합니다"라고 대답했더니 그가 말했다.

"음…… 넌 힘들겠구나."

서울 출신의 딸깍발이라고 불리던 그 교수님의 시니컬한 말투에 나는 참 좌절하고 마음 아파했었다. '나의 기호는 별로 경쟁력이 없는 것인가?'라는 자괴감과 더불어.

몇 해가 흘러서야 그 순진한 대화 속에서 교수님의 의중이 무엇이었는지 이해했다. 평소 나의 성향과 삶의 태도를 지켜보셨던 교수님의 기준으로는, 내가 경험하고 살아온 대도시와 익명으로 대변되는 현대성의 감성을 작업으로 함께 표현해야 적합하다고 믿으신 것이었다. 교수님은 당시의 내가 지나치게 과거지향적인 향수병 증세를 지녔다고 판단했고, 그것이 곧 현재 부정이라고 느낀 게 분명했다. 선택한 작품의 장르 자체가 옳거나 그르다는 뜻이 아니다. 작가란 자신이 경험한 것과 자신이 느끼는 바를 감각적으로 표현하는 사람을 말한다. 물론 도시에 살면서 전원을 그리워하는 작가도 충분히 타당성이 있지만, 당시의 나는 내 주변을 인지하지도 받아들이지도 않는 현재 부정의 상태였던 것이다. 청년기를 세계적으로도 규모가 큰 대도시 서울에서 보내며, 격렬하게 대도시인으로의 삶을 힘겹게 살고 있었던 나는 현재진행형이던 그 경험의 의미를 알아채지 못했다. 그것이 서서히 내 속으로 침투하는 걸 느끼지 못했다. 아쉽게도 교수님께 지도받는 동안에도 나는 그걸 발견하지 못했다. 오히려 20대가 끝나갈 무렵, 나의 이르고 밀도 높은 사회생활과 전원적인 유년 시절을 함께 돌이켜볼 때가 되어서야 지금의 작업 형태를 구축하게 된 것이다.

그때에는 막연하고 추상적이던 나의 예술관은 결국 내가 10여 년간의 격렬한 학업과 일을 병행한 진통 같던 20대까지 보내고서야 그 틀이 잡혀온 것이다. 내가 대도시에서 그렇게 생활하지 않았다면 나 나름의 예상대로 풍성한 자연을 그리는 화가가 되었을지도 모르겠다. 하지만 내 삶의 많은 부분을 낯선 도시에서 뿌리내리기 위해 고군분투하고 익명성을 체험하며 보냈기에, 나는 내가 겪은 모든 것을 작업 속에 넣을 수밖에 없는 것이다. 작업은 그래서 솔직한 매체인 것이다. 작가가 경험한 솔직한 역사와 세계가 고스란히 들어 있는, 말하지 않아도 존재와 현상으로 드러나는 것이 그의 작업이다.

그때에는 몰랐던 그 사건들의 의미를 새롭게 발견하기도 했고, 나는 끔찍하거나 아팠던 일들을 이제 충분히 내 속에서 숙성하여 관조하게도 되었다. 사건이 너무 고통스러울 때나, 아직 나를 놓아주지 않을 때는 그런 이야기를 내 속에서 꺼내기가 너무 힘이 드는 법이다. 나는 그런 의미에서 이제, 이 과거들에서 자유로워진 셈이다.

나는 여전히 고양이처럼 혼자이지만, 어느새 그 외로움을 그리움으로 전환할 줄 알게 되었다. 그리고 이제 나는 이런 말을 하고 싶은 것 같다.

그냥 가! 네가 어디로 가고 있는지 모른다 해도 말이야……. (Just go! If you don't know where you're going.)

이건 나에게 하는 말이기도 하고 나를 둘러싼 모든 인연에게 하고 싶은 말이기도 하다.

격렬한 청춘을 보내고 여기까지 와서 보니 인생의 목표라는 게 참으로 추상적으로 느껴진다. 어른들은 아이들에게 미래의 꿈이 무엇인지 그 직업을 구체적으로 듣길 원하며 조바심을 낸다.

하지만 지난 나를 돌이켜보았을 때, 삶에는 직업의 이름보다, 긴 시간을 꿰어 갖게 되는 경험을 통한 철학이 더욱 중요한 것 같다. 우리 세대가 어렸을 때 바라본 어른들의 사회와 지금 현재 우리가 겪고 있는 사회는 굉장히 많이 달라졌다. 요즈음은 입학할 때 유망하던 직종이 졸업할 때가 되면 포화 상태를 넘어 미래가 사라진 분야가 되는 경우도 많다. 이러한 팍팍한 현실의 사회를 같이 고민하고 부딪히며 살아가고 있는 나의 제자 후배들에게 나의 지난한 이야기가 용기와 희망이 되기를 기대하며 이 글을 쓰게 되었다.

돌이켜보면 왜 이리 피곤하게 살아왔나 싶다가도, 또 어느새 무언가에 몰두해 있는 나를 보면 이런 기질은 타고난 천성인 것 같다. 이제와 이런 글을 쓰게 된 일도 우연이지만 이 또한 숙명임을 많이 느낀다. 사소한 인연에서 출발해 이렇게 덜컥 책을 출판하기까지, 모든 일이 꿈만 같으면서도 너무나 유유히 흘러와 감회가 남다르다.

앞서 밝혔듯이 나는 내가 이렇게 빨리 글을 쓰게 되리라고는 생각하지 못했다. 더더욱 나의 개인사에 관련된 책일 거라고도 예상하지 않았고, 더더군다나 유치한 사랑이야기가 들어가게 될 것도 계획에는 없던 일이었다. 하지만 글을 쓰는 동안 잊혀져 기억 너머에 있던 사건들을 하나하나 곱씹어볼 수 있어서 아주 소중한 시간이었다.

물론 100퍼센트 정확한 기억은 아니겠지만 시간적인 순서에 따라 나의 사고의 변화를 쓰다 보니 어쩔 수 없이 쓰지 않으면 안 되는 일들이 있었다. 긴 시간을 짧은 글 속에 구겨 넣자니 읽기에 따라 좀 왜곡되어 보이기도 하고, 불필요하게 자세한 설명을 과감히 덜어낸 이야기는 원래의 서사와는 많이 달라 보이기도 한다. 부족하고 짧은 지식과 논리를 부끄럼 없이 만인 앞에 공개하는 것은 아닌가 싶기도 하지만, 운명에 맡겨보려 한다. 그리고 나의 제자들이 더 나이가 들기 전에 필요한 책으로 출판되고자 그저 큰 고민 없이 써내려 왔다.

앞길이 보이지 않는 막막한 안개 속의 여행자 같은 그들에게 전하고 싶은 말이 있다.

어딘지 몰라도 그냥 가자!

내 마음이 가리키는 그곳으로 함께 가자!

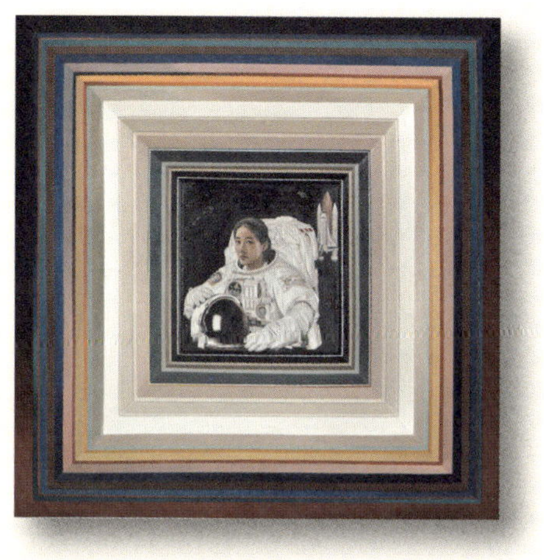

무수히 많은 지구상의 아름다운 존재들은 우리들의 뒤에 있다
그리고 나, 우리는 결코 아무것도 소유하지 못할 것이다

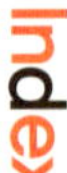

고양이처럼
나는 혼자였다

1판 1쇄 인쇄 2012년 4월 20일
1판 1쇄 발행 2012년 4월 27일

지은이 이경미
펴낸이 김성구

편집팀장 박유진
편 집 김민기 권은정 김동규
디자인 여종욱
제 작 신태섭
마케팅 최윤호
관 리 김현영

펴낸곳 (주)샘터사
등 록 2001년 10월 15일 제1-2923호
주 소 서울시 종로구 동숭동 1-115 (110-809)
전 화 02-763-8965(단행본팀) 02-763-8966(영업마케팅부)
팩 스 02-3672-1873 **이메일** book@isamtoh.com **홈페이지** www.isamtoh.com

ⓒ 이경미, 2012, *Printed in Korea.*

이 책은 저작권법에 따라 보호를 받는 저작물이므로 무단 전재와 복제를 금지하며,
이 책의 내용의 전부 또는 일부를 이용하려면 반드시 저작권자와 ㈜샘터사의 서면 동의를 받아야 합니다.

ISBN 978-89-464-1821-9 03810

이 도서의 국립중앙도서관 출판시도서목록(CIP)은 e-CIP 홈페이지
(http://www.nl.go.kr/cip.php)에서 이용하실 수 있습니다. (CIP제어번호: CIP2012001744)